Sophie Marlene Frohnauer
Das Flüstern der Rebellion

Matabooks sagt Danke

Das vorliegende Buch ist das erste Buch weltweit, das komplett aus Graspapier gefertigt worden ist. Bei der Verwirklichung dieses Projektes haben einige Menschen, Firmen und Organisationen mitgeholfen. Die HTWK Leipzig, insbesondere Frau Anke Schlegel, und die HTW-Gründungsschmiede standen als Hochschulen dem Projekt bei. Die Firma Creapaper mit Herrn D'Agnone waren ebenfalls stets Begleiter dieses Projektes.

Dieses Buch konnte mit Hilfe einer Crowdfunding-Kampagne enstehen, zu der viele Unterstützer großzügig beigetragen haben. Wir möchten uns hiermit bei allen Unterstützern bedanken, darunter insbesondere bei **Martin Raupp, Ira Matthes, Marie-Sophie Nimz, Romy Benisch, Werner Schneider, Alexander Bresk und Christoph Trusch.**

Vielen Dank!

Sophie Marlene Frohnauer

DAS FLÜSTERN DER REBELLION

MATABOOKS
nachhaltig, fair & vegan

Mehr über unsere Autoren, Künstler und Bücher:
www.matabooks.de

Originalausgabe
März 2018

Verlag: Matabooks
Umschlaggestaltung: Nina Egli
Satz: Kay Hedrich
Druck: Druckerei Lokay e. K.
Bindung: Bindwerk GmbH & Co. KG
Gedruckt auf Graspapier
Printed in Germany
ISBN: 978-3-947681-00-6

And all those things I didn't say
Wrecking balls inside my brain
I will scream them loud tonight
Can you hear my voice?

- Fight Song von Rachel Platten

Danksagung der Autorin

Ich weiß gar nicht, wo ich anfangen soll. Ich kann behaupten, dass dies hier wohl der schwierigste Text in meinem Buch ist. In meinem Buch. Wie unreal und unglaublich sich das schon anhört.

Bevor ich hier mit Namen um mich schmeiße, danke ich, wie doof das vielleicht auch klingt, zuerst mir selbst. Hätte mir jemand letztes Jahr gesagt, ich würde 2016 einen ganzen Roman schreiben und veröffentlichen, ich hätte ihn ausgelacht. Ich hätte nie geglaubt, dass ich so einen Ehrgeiz beim Schreiben entwickeln würde, um solch ein großes Projekt zu beenden. Und egal, wer mein Buch mit seiner Kritik in der Luft zereißt: Ich bin verdammt stolz auf mich. Ihr wisst ja gar nicht, was das für ein Gefühl ist. Und ich bin so beflügelt von diesem Gefühl, dass ich noch nicht genug habe. Ich will mehr. Immer mehr Bücher schreiben. Immer mehr Geschichten erzählen.

Doch jetzt kommen wir zu wichtigen Personen, ohne die ich vielleicht nicht durchgehalten hätte.

Natürlich einerseits meine ganze Familie. Zum Beispiel meiner Mutter, zu der ich jeden Abend gegangen bin, um ihr zu sagen, auf welcher Seite ich bin.

Ich danke allen, die sich immer wieder informiert haben, wie es läuft. Die sich meine Jubelrufe und vielleicht auch mein Gejammer angehört haben.

Ein besonderer Dank gilt auch meinen zwei besten Freunden:

Marit – Dich hätte ich niemals vergessen. Ein wunderbares Vorbild für Nelly und eine noch bessere Freundin. Ich will gar nicht wissen, wie oft ich dich mit Gequatsche über Luna und Levin genervt habe.

Elisa – Ja, Überraschung! Wahrscheinlich hast du das Buch gelesen, nachdem du mit Harry Potter durch warst. Ich weiß, an J.K. Rowling komme ich wohl nicht ran, doch ich hoffe, es hat dir trotzdem gefallen. Vielleicht werde ich ja jetzt zum verrückten Autor! Dann renn bitte nicht vor mir weg.

Selbstverständlich danke ich dem ganzen Verlag Matabooks, der mir dabei geholfen hat, aus dem Buch das Beste rauszuholen. Kay, ich danke dir für diese unglaubliche Chance.

Und ich danke auch allen Menschen, die ich auf der Buchmesse in Leipzig treffen durfte. Die Begeisterung, die ihr uns entgegengebracht habt, hat mir unglaubliche Motivation dazu gegeben, weiterzumachen.

Einen Dank sollte ich aber auf jeden Fall noch vergeben, und zwar an meine Deutschlehrerin: Hätten Sie mir das Projekt nicht ermöglicht, dass zu meinem allerersten Buchversuch geführt hat, dann wäre dieses Buch hier vielleicht nie zu Stande gekommen. Und Sie haben durchgehalten, obwohl ich Ihnen mit meinen ganzen Rechtschreibfehlern wahrscheinlich den letzten Nerv geraubt habe.

Wer sich auch zur Genüge mit meinen Rechtschreibfehlern herumschlagen durfte, war Barbara Johannsen und Christiane Hahnsch. Auch hierfür ein riesiges Dankeschön.

DANKE an alle, die dieses Buch lesen.
DANKE an alle, die dieses Buch rezensieren.
DANKE an alle, die auch die kommenden Bücher lesen werden.
Ich bin gespannt, was als nächstes kommt.
Sophie M.

PROLOG

2031: Eine unbekannte Krankheit bricht in Südafrika aus. Zuerst zeigt sie typische Symptome einer herkömmlichen Grippe, lässt die Erkrankten jedoch schon nach wenigen Monaten qualvoll ersticken.
Innerhalb von zwei Jahren sind ganz Afrika, Asien, Australien und die äußeren Teile Europas infiziert.
2035: Asien, Australien und Afrika sind unbewohnbar. Siebzig Prozent der Menschen sind gestorben. Die Überlebenden flüchten nach Europa. Amerika macht die Grenzen größtenteils dicht. Nur in wenigen Fällen ist die Überreise noch gestattet.
Europa platzt aus allen Nähten. Riesige Hochhäuser werden errichtet. Die Menschen leben auf engstem Raum. Der Alltag der Menschen wird streng geregelt. Eine genaue Essens- und Trinkzuteilung wird eingeführt. Niemand bekommt mehr als unbedingt nötig.
Fortpflanzung wird verboten. Schließlich reicht schon jetzt der Platz kaum aus. Schulen werden abgeschafft. Die Jugendlichen lernen nur das Nötigste für ihren neuen Job.
Von alldem bekommt eine Gruppe Menschen kaum etwas mit: Regierungsmitglieder und ihre Familien. Diese leben alle in einem Dorf an der Grenze Deutschlands in hohem Luxus. Sie sind die Einzigen, die heiraten und Kinder bekommen dürfen. Schließlich müssen sie sich fortpflanzen, damit ihre Kinder irgendwann ihren Platz einnehmen können.

Alle müssen auf ihre Befehle hören. Nur die sogenannten Rebellen haben es geschafft, dem Ganzen zu entfliehen. Sie leben in einem großen Wald. Die Reise dorthin ist durch die streng bewachte Grenze lebensgefährlich. Wer es einmal dorthin schafft, sollte nicht mehr zurückkehren.

NICHTS IST, WIE ES SCHEINT

EINS

Luna

„Wenn ich mich weiter drehe, wird mir noch schwindlig“, jammerte ich und stoppte. Mutter lachte.
„Du siehst wunderschön aus in dem Kleid. Ich wollte gerade sagen, es sei wie für dich gemacht, aber es wurde ja wirklich nur für dich angefertigt“, grinste sie.
Sie zupfte etwas an meinem Kleid zurecht, bevor sie meine Hand nahm und mich zum Spiegel zog.
Das beigefarbene Kleid reichte mir bis zu den Knien. Es war schulterfrei und besaß einen herzförmigen Ausschnitt. Emma, meine sogenannte persönliche Zofe, hatte mir die Augen dunkel geschminkt. Laut Emma kamen meine grünen Augen dadurch noch besser zur Geltung.
Mutter stand hinter mir und betrachtete stolz mein Spiegelbild. Ich lächelte sie an.
„Wann kommen die Gäste?“, fragte ich.
„Sie sollten jeden Moment eintreffen.“ Erstaunt drehte ich mich um.
„Ist das Essen fertig? Wo bleibt Tom? Ist Vater fertig?“
Nervös fasste ich mir an die Stirn. Heute kamen wichtige Politiker. Einige Geschäfte, die Vater im Auge hatte, standen auf dem Spiel, so dass wir alle unter Stress standen.
„Ganz ruhig“, sagte Mutter. „Dein Vater ist schon im Veranstaltungssaal, Tom sollte auch jede Sekunde eintreffen und das Buffet ist fertig angerichtet. Du musst nur gleich gemeinsam mit mir die Gäste begrüßen.“
Ich nickte zustimmend. Der Abend würde schon gut werden. Ich würde jedem nett zulächeln, Small-Talk

halten, lächeln, Anstand zeigen, lächeln und versuchen in den hohen Schuhen keine Blasen zu bekommen. Und nicht zu vergessen: lächeln.
Am anderen Ende des Flures schwang die Tür zur Eingangshalle auf und ein Mann des Wachpersonals verkündete: „Tom Fasanerie ist da."
Mutter nickte und scheuchte ihn mit einer Handbewegung weg. Dann ging sie zur Eingangshalle.
„Na, komm! Worauf wartest du?", fragte sie, während sie über die Schultern zu mir zurückblickte.

Tom stand aufrecht im Eingangsbereich und strich seine Anzughose glatt. Als er uns hereinkommen hörte, drehte er sich um und lächelte. Zuerst war Mutter an der Reihe. Küsschen links, Küsschen rechts. „Schön, Sie wiederzusehen, Frau Adams." Sie nickte höflich, trat dann zur Seite, um Tom den Weg zu mir freizumachen.
Er lächelte mich an und nahm mich für einen kurzen Moment halbherzig in den Arm.
Tom und ich waren zusammen seit ich vierzehn und er fünfzehn Jahre alt war. Im Laufe der Zeit wurde unsere Beziehung immer ernster. Mittlerweile war er neunzehn und ich fast achtzehn Jahre alt.
Ich drückte mich an ihn, bis es einige Momente später an der Tür klopfte.
Tom löste seinen Griff und wir stellten uns nebeneinander, bereit, die eintreffenden Gäste zu begrüßen. Mutter trat vor uns. Der Wachmann öffnete die Tür.
„Kommen Sie doch rein", säuselte er, während ein Lächeln seine Lippen schmückte.

Eine hochgewachsene, blonde Frau kam herein. An ihrem Arm hing ein kleiner, älterer Herr. Sie waren offensichtlich ein Paar, obwohl sie deutlich jünger aussah.
„Ach, Frau Almond. Wie schön, Sie heute hier begrüßen zu können“, sagte Mutter viel zu überbetont. Ich musste mich dazu zwingen mein Lächeln zu halten.
Und wieder das gleiche Prozedere wie bei Tom: Küsschen links, Küsschen rechts.
Und dann bei mir. Nur, dass ich rechts anfangen wollte, so dass wir gegeneinander stießen. Mein Kopf wurde tomatenfarben, bevor wir es noch einmal versuchten. Diesmal fing auch ich links an.
„Schön, dich zu sehen, Luna“, sagte sie, grinste und überspielte damit so gut wie nur möglich das Missgeschick von eben. Ich lächelte.
Ich begrüßte noch ihren Mann, bevor der Wachmann die beiden zum Veranstaltungssaal begleitete.
Als er gerade durch die Tür zurück kam, klopfte es erneut. Er stöhnte leise, aber so leise, dass man es kaum hörte und öffnete ein weiteres Mal die große Eingangstür.
„Guten Tag. Schön, dass Sie da sind”, sagte er.

Der Veranstaltungssaal war gut gefüllt. Jeder Platz an der großen Tafel war besetzt oder es hing zumindest die Jacke einer Person über der Stuhllehne.
Vater saß an einer der Spitzen der Tafel. Daneben meine Mutter und auf seiner anderen Seite waren mein und Toms Plätze. Vater hatte kurze graue Haare. Seine Augenbrauen wiederum waren tiefschwarz. Er hatte ein markantes Kinn und genauso markante Wangenknochen. Sein Gesichtsausdruck war streng, egal wie sehr er sich auch bemühte. Ich sah ihm überhaupt nicht ähnlich.

Als ich neben Tom in den Saal kam, unterbrach Vater kurz seine Unterhaltung und schaute auf. Er nickte uns zu und setzte sein Gespräch mit einer älteren Dame in einem roten Mantel fort.
„Willst du etwas essen?“, fragte mich Tom. Er hatte seinen Arm um meine Hüfte gelegt.
„Nein, lass uns erstmal hinsetzen, bitte.“
Ich nahm seinen Arm von meiner Hüfte und verschränkte unsere Hände ineinander. Wir liefen eng nebeneinander zu unseren Plätzen. Er erzählte mir von seinem Gespräch mit seinem Vater. Hin und wieder wurde er von Gästen unterbrochen, die uns begrüßten und mich mit Komplimenten überhäuften.
„Schönes Kleid, Luna!“
„Ihre Haare sitzen heute wirklich gut!“
„Eine Schönheit, wie ihre Mutter.“
Tom lächelte jedem kurz zu, bevor er mit seinem angeregten Monolog fortfuhr.
„Vielleicht nimmt er mich ja auch mal mit. Ich will endlich mal wieder eine Weile raus aus Deutschland, weißt du?“
Ich hörte ihm nur halb zu. Ab und zu nickte ich, als würde ich verstehen und ihm absolut zustimmen. Meine Konzentration widmete ich jedoch eher der Berührung unserer Hände.
Tom löste seine Hand aus meiner und schob meinen Stuhl zurück. Ich lächelte und nahm Platz. Tom setzte sich neben mich.
„Ihre Tochter ist ja groß und so hübsch geworden. Unglaublich, wie die Zeit vergeht.“ Ich schaute auf. Die alte Dame mit dem roten Mantel grinste mich an. Erst jetzt fiel mir auf, dass ihr Gesicht viel zu stark geschminkt war. Ihre Wangen leuchteten förmlich.

„Ja, sie ist mein ganzer Stolz. Und bald ist sie bereit, eine echte Politikerin zu sein“, lachte Papa fröhlich. Trotzdem sah sein Gesicht streng aus.

Ich wurde rot und schaute nach unten. Plötzlich kam mir der Boden äußerst interessant vor. Er bestand aus weißen Marmorfliesen, gespickt mit grauen Akzenten. An den Wänden standen große weiße und dicke Säulen, an denen sich goldene Figuren hochhangelten. Die Mitte der Decke bestand aus Glas. Würde die Sonne noch scheinen, so würde der ganze Saal vor Tageslicht nur so glänzen. Doch nun konnte man „nur“ die Sterne und den Mond am Himmel beobachten.

„Luna? Spielst du später eigentlich wieder Klavier für uns?“, fragte die hohe Stimme der älteren Dame mit rotem Mantel und zu viel Schminke.

„Ja, natürlich.“ Ich lächelte sie an, so wie ich es immer wieder eingebläut bekommen hatte.

„Wie lange spielst du jetzt schon Klavier?“, löcherte sie mich weiter. Ich schnappte mir Toms Hand unterm Tisch. Ich war etwas nervös, denn ich kannte sie nicht und wusste damit nicht, wie wichtig sie für zukünftige Geschäfte war.

„Fast vierzehn Jahre“, antwortete ich. Ich war froh, dass man die Unsicherheit in meiner Stimme offensichtlich nicht heraushörte.

„So lange schon?“, staunte sie.

„Ja, meine Eltern haben mich seit ich vier Jahre alt war ans Klavier gesetzt.“ Aus irgendeinem Grund fing die Frau plötzlich an zu lachen. Vater stimmte in ihr Lachen ein. Wenn man ihn jedoch kannte, dann wusste man, dass auch er keine Ahnung hatte, worum es ging. Ich kicherte nervös mit und Tom gluckste neben mir.

„Diese Eltern, die denken, ihre kleinen Kinder schon so früh wie möglich fördern zu müssen, damit sie etwas erreichen und ja keine Kindheit haben." Vater hörte auf zu lachen. Sie jedoch lachte immer lauter. Die Tränen standen ihr schon in den Augen. Vater räusperte sich nervös.
Die Frau mit dem roten Mantel und zu viel Schminke beruhigte sich allmählich wieder.
„Es tut mir wirklich leid, Herr Adams, bitte entschuldigen Sie diesen Ausbruch des schlechten Benehmens", beteuerte sie bevor sie aufstand, ihre Klamotten glatt strich und mit einem Nicken in der Menge verschwand.
Verwirrt schüttelte Vater den Kopf. Er stand auf, tätschelte mir die Schulter und sagte: „Wenn ihr mich nun entschuldigt." Dabei sah er Tom in die Augen, welcher nur nickte und lächelte. So wie jeder hier. Daraufhin verschwand auch Vater in der Menge.
Ich legte meinen Kopf leicht auf Tom´s Schulter, immer darauf bedacht, meine Frisur nicht zu zerstören.
„Was war das denn eben?", fragte ich.
„Ich habe keine Ahnung." Er lachte.

„Und nun freue ich mich sehr, Ihnen meine Tochter anzukündigen. Sie spielt für uns das großartige Werk *Für Elise* von Beethoven", kündigte mein Vater an.
Oh ja, es war großartig. Man könnte sagen, dass es mein Lieblingsstück war. Obwohl viele Werke von Beethoven einfach zum Dahinschmelzen waren. Jedenfalls für wahre Musikliebhaber.
Ich stand auf, ging auf die Bühne und setzte mich an den weißen Flügel. Bewusst schaute ich nicht nochmal zurück.

Das würde mich nur nervös machen. Man spürte nämlich die Autorität, die von jedem in diesem Saal ausging.
Ich legte die Notenblätter zurecht, räusperte mich und fing an zu spielen.
Bei den schnelleren Stellen ging ein Raunen durch das Publikum. Vereinzelt wurde auch kurz geklatscht. Ansonsten herrschte Stille im Publikum.
Ich genoss den letzten Takt des Stückes bevor ich meine Finger still auf den Tasten liegen ließ und dem Applaus lauschte.
Vater kam wieder auf die Bühne. Er nahm meine Hand, ich stand auf und wir gingen gemeinsam in die Mitte der Bühne, wo ich einen leichten Knicks machte, was mir einen noch viel größeren Applaus einbrachte.
Ich lächelte, diesmal unbewusst.
„Und bevor meine geliebte Tochter die Bühne verlässt, haben wir noch ein Anliegen. Tom, komm doch bitte auf die Bühne", forderte Vater Tom auf. Verwirrt starrte ich abwechselnd auf Vater, der die Bühne nun verließ und auf Tom, der an seiner Stelle zu mir kam.
Tom stand vor mir. Etwa einen Meter Abstand. Er atmete tief durch. Ich schaute zu Mutter. Auch sie schien nicht zu wissen, was gerade geschah.
Und dann passierte etwas, womit ich niemals gerechnet hätte. Vielleicht hätte ich es aber tun sollen. Tom zog eine kleine Schmuckschatulle aus seiner Anzugjacke und kniete vor mir nieder. Ab diesem Zeitpunkt wusste so gut wie jeder im Saal was als nächstes kam. Tom öffnete die Schatulle. Darin lag ein silberner Ring, an dem ein kleiner, glänzender Diamant steckte. Ich erkannte zwar eine Gravierung, aber nicht die einzelnen Worte.

„Luna Adams? Willst du, die große Liebe meines Lebens, meine Frau werden?“ Toms Stimme war fest, doch trotzdem hörte man eine gewisse Unsicherheit heraus.
Die Freude, die ich im ersten Moment verspürte, wurde schnell durch tiefe Zweifel ersetzt.
Ich hatte nur Sekunden, um die bisher schwerste Entscheidung meines Lebens zu treffen. Ich konnte jetzt schlecht Nein sagen. Erstens waren hier so viele Menschen. Zweitens erwarteten meine Eltern doch, dass ich Ja sagen würde. Schließlich war auch Tom ein wichtiges Mitglied in der Politik. Falls ich später den Posten meines Vaters übernehmen und damit eine der wichtigsten Politikerinnen Europas sein würde, so wäre Tom eine entscheidende Hilfe.
Und eigentlich liebte ich ihn doch auch, oder? Obwohl ich mir dabei nicht mehr ganz so sicher war.
Sag nein!, schrie mein Herz.
Du musst ja sagen!, entgegnete mein Kopf.
Bitte tu dir das nicht an. Sag nein!, schrie mein Herz wieder.
Die Gäste wurden langsam unruhig. Und Tom schaute mich immer ängstlicher an. Bereute er es, mich gefragt zu haben?
Jetzt tu es. Es muss sein!
Also öffnete ich den Mund und holte Luft, um eine Antwort zu geben, die wahrscheinlich alles verändern würde.
„Ja, ich will!“

ZWEI

Levin

„Ich weiß nicht, Levin. Im Moment ist die Überreise zu riskant. Es werden mehr Wachposten aufgestellt. Du würdest verletzt, wenn nicht sogar getötet werden“, zweifelte Ally.

„Aber ich muss darüber. Der Bote hat heute Morgen gesagt, er hätte mehr darüber herausgefunden, wo meine Eltern früher gelebt haben“, drängelte Levin.

„Ich weiß, ich weiß. Ich kann ja auch verstehen, dass du den wenigen Spuren, die von deinen Eltern geblieben sind, nachgehen willst. Aber du willst doch auch weiter hier als Rebell leben. Du hast selbst immer gesagt, du wirst irgendwann zusehen wie die Regierung untergeht und die Welt wieder zu einem besseren Ort wird. Dafür musst du aber am Leben sein.“ Ally stand auf und ging auf und ab. Sie schien angestrengt über etwas nachzudenken.

„Das ist doch doof“, fluchte Levin und warf einen Stein in den Fluss.

„Ich weiß. Aber ich weiß auch, dass wir irgendwann wieder in vollkommener Freiheit leben werden, keine Abstriche machen müssen. Aber es bringt nichts, sich in den Tod zu stürzen.“

„Ich vermisse sie“, raunte Levin.

„Ich weiß“, antwortete Ally. Sie setzte sich neben ihn und legte ihren Kopf auf seiner Schulter ab.

Levin war als Jugendlicher gemeinsam mit seinen Eltern in diesen Wald geflüchtet. An der Grenze wurde seine Mutter angeschossen. Doch er hatte seinen Eltern versprochen weiterzurennen, egal was passieren sollte.

Sein Vater war später zur Grenze zurück gegangen, um nach seiner Frau zu schauen. Auch er kam nicht mehr zurück. Damals war Levin zwölf Jahre alt. Verzweifelt irrte er dann im Wald herum und traf auf Ally. Sie hatte sich ein Lager aufgebaut, in dem Levin seither mit ihr lebte. Später hatten die beiden Levins Eltern an der Grenze gefunden. Beide erschossen. Sie haben sie auf einer Lichtung in der Nähe des Lagers begraben.
Das war jetzt sieben Jahre her. Mittlerweile war er neunzehn und Ally einundzwanzig.
„Ich vermisse sie so sehr." Levin legte seine Arme um Ally und schloss die Augen.
Ally hatte rotbraune Haare. Ihr blasses Gesicht war bedeckt von unzähligen Sommersprossen. Wie um ihre Schönheit zu unterstreichen, hatte sie dazu noch strahlend grüne Augen und einen schlanken, gut gebauten Körper. Durch das Leben im Wald zeichneten sich überall leicht Muskeln ab. Aber auch Narben ließen sich auf ihrer Haut erkennen.
Obwohl nicht nur ihr Aussehen, sondern auch ihr Charakter wunderschön war, hatte sich Levin nie zu ihr hingezogen gefühlt. Er sah sie schon immer als Schwester. „Seelenverwandte" würde es jedoch auch treffen. Aber wie hätte es auch anders kommen sollen, nachdem die beiden schon so lange zusammen lebten? Die ersten Jahre hatten sie nur sich gehabt, um über alles zu reden. Mittlerweile hatte sich nicht nur ihr Lager, sondern auch die Zahl ihrer Mitmenschen vergrößert. Mehrere Menschen stießen im Laufe der Zeit zu ihnen. Einige gingen wieder. Annemarie, Nelly und Lucas blieben. Mittlerweile lebte auch das dreijährige Kind von Nelly und Lucas namens Annabell bei ihnen.

„Warst du heute schon bei ihnen?“, fragte Ally.
„Nein, ich gehe später.“ Seit Jahren ging Levin fast jeden Tag zum Grab seiner Eltern, egal wie schlecht das Wetter war, egal wie komisch es Manchen vorkam. Er redete auch mit ihnen. Das könnte keiner verstehen, der nicht selbst einen großen Verlust hatte einstecken müssen. Trauer war stärker als jedes andere Gefühl. Es zerstörte die glücklichen Momente und Gefühle. Es fraß einen von innen heraus auf.

„Ich muss gleich noch Beeren sammeln gehen. Annemarie braucht noch ein paar mehr Zutaten fürs Abendbrot“, berichtete Ally. Die beiden erreichten Seite an Seite das Lager.
Dieses Lager lag mitten im Wald. Ally und Levin, später auch die Anderen, hatten es geschafft, Baumhäuser verschiedener Größen in den Bäumen zu errichten. Verbunden wurden sie mit Holztreppen. Optisch sah alles nicht wirklich professionell aus, aber es reichte zum Leben. Nur eine große Hütte stand am Boden. Darin war ein kleiner Raum mit den Vorräten sowie eine provisorisch errichtete Küche mit Esstisch.
Zusammen hatten sie es sogar geschafft, eine Wasserleitung zum Fluss zu bauen. Sie hatten kein warmes Wasser (außer es wurde über dem Feuer erhitzt) und auch nicht immer das sauberste. Aber auch hier reichte es aus, um davon zu leben.
„Soll ich dir dabei helfen?“, fragte Levin.
„Nein. Es wird bald dunkel und du wolltest auch noch zu deinen Eltern. Ich schaffe das schon ganz gut alleine.“
„Jetzt, wo du es sagst. Ich denke, dann mach ich mich gleich nochmal auf den Weg. Wir sehen uns ja dann

später." Levin wuschelte Ally durch die Haare, so wie es große Brüder immer taten. Dann drehte er um und ging wieder in Richtung Fluss.

An der Stelle, an der Levin vorhin mit Ally gesessen hatte, hielt er einen Moment an und schaute auf die Wasseroberfläche. Sah man ganz genau hin, dann erkannte man kleine Fische im Wasser. Deutlich leichter zu erkennen war sein Spiegelbild. Seine Haare waren zerzaust, als ob er gerade aus dem Bett gestiegen wäre. Sie hatten irgendeine Farbe zwischen dunkelbraun und schwarz. Seine hohen Wangenknochen waren deutlich zu sehen. Seine leicht gebräunte Haut passte zu seinen braunen Augen. Doch sein Gesicht schien ernst. Egal ob er es war oder nicht.

Seine Haut war noch gezeichneter von Narben als die von Ally. Er war stolz auf jede einzelne. Wieder etwas, das ihn von Ally unterschied.

Auch bei ihm zeichneten sich deutlich die Muskeln unter seiner Haut ab. Er war nicht überdurchschnittlich groß. Sie hatten keinen Zollstock oder ähnliches. So konnten sie alle nur schätzen. Annemarie meinte, er sei ungefähr 1,90 m groß.

Damit war Levin zwar der größte der Gruppe, aber er war felsenfest davon überzeugt, dass sein Vater größer gewesen war.

Er setzte seinen Weg fort. Viel laufen musste Levin nicht mehr. Innerhalb von fünf Minuten war er an seinem gewünschten Ziel: Die Lichtung, auf der seine Eltern begraben lagen.

Das Gras war sehr hochgewachsen. Es reichte Levin fast bis zu seinem Becken. Doch ein Trampelpfad erleichterte Levin den Weg zu den Gräbern. Es gab keinen Grabstein oder so etwas. Levin hatte lediglich ein kleines Kreuz aus zwei Stöcken gebastelt und legte immer wieder frische Blumen daneben.

Er setzte sich im Schneidersitz neben das Grab. Ersteinmal sagte er nichts. Beobachtete nur einen kleinen Spatzen in den Bäumen. Dann fing er an zu reden: „Hey Mum. Hey Dad. Ich bin so kurz davor, etwas Neues über euch zu erfahren und doch soweit davon entfernt. Ich wünschte, ihr könntet mir helfen. Wieso können Engel eigentlich nicht auf die Erde kommen und mit den Verbliebenen reden? Das würde alles so viel leichter machen. Aber vielleicht sind Engel zu schön dafür. Vielleicht macht der Tod ja so schön, dass die Menschen die Verstorbenen gar nicht wiedererkennen würden?"

Er strich mit einem Finger über das Kreuz, die Blumen, die Erde, unter der die Menschen lagen, ohne die er nicht hier wäre. Er war sich ganz sicher, dass er sich damals gut mit seinen Eltern verstanden hatte. Nicht viele Erinnerungen aus der Zeit waren übrig geblieben. Er wusste noch, dass sie beide die Gerechtigkeit und den Frieden geliebt hatten. Er hatte mal eine Prügelei mit einem Jungen gehabt. Das war in der 3. Klasse gewesen. Sie hatten sich um die Aufmerksamkeit eines Mädchens geprügelt. Der andere Junge musste ins Krankenhaus. Als Levins Mutter das erfuhr, weinte sie und sein Vater sprach zwei Tage lang überhaupt nicht mehr mit ihm. Levin hatte damals ein sehr schlechtes Gewissen. Er besuchte den Jungen im Krankenhaus und entschuldigte sich sehr oft bei ihm.

Seine Mutter hatte dann gesagt: „Es ist okay. Kein Mensch ist ohne Aber." Damals hatte Levin das nicht begriffen. Er lag oft Nächte lang wach, dachte über das Gesagte nach.

Er verstand sich zwar trotzdem nie wirklich mit dem Jungen und das Mädchen verabscheute Levin für seine Tat, aber er war trotzdem froh, dass es so geschehen war. Fehler konnte man nämlich auch als Erfahrungen bezeichnen. Auch das hatte seine Mutter zu ihm gesagt.
Außerdem erinnerte er sich daran, dass seine Eltern nie sauer wurden, egal wie viele schlechte Noten er nach Hause brachte. Sein Vater sagte dann immer: „Du musst entscheiden was dein Ziel ist. Für dieses Ziel solltest du kämpfen. Und wenn es nicht dein Ziel ist zu studieren, dann akzeptieren wir das auch. Es gibt noch so viele andere Möglichkeiten, glücklich zu werden. Nutze sie weise, mein Sohn."
Zu der Entscheidung, ob er sein Abitur machen wollte oder nicht, kam es nie. Das Schicksal funkte ihm dazwischen.

„Ich liebe euch", flüsterte Levin, bevor er aufstand und sich auf den Rückweg machte.

„Und? Was hast du heute zum Abendbrot gezaubert?", fragte Levin als er in die Küche kam und seine Jacke auf einen der Stühle schmiss.
„Kartoffeln, Erbsen und Hähnchen. Das ist das, was der Bote heute gebracht hat. Gewöhnt euch bloß nicht dran. Bald gibt es wieder Beeren und Nüsse", sagte Annemarie. Sie tat gerade jedem seine Portion auf einen Teller und goss Wasser in Gläser.
„Wo sind die anderen?", fragte Levin, während er seine Finger eingehend musterte.
„Ally wollte sich gerade nochmal frisch machen gehen. Nelly und Lucas sind mit Annabell zum Fluss gegangen. Annabell geht es immer noch nicht besser. Sie hat sich

mehrmals in der Nacht übergeben. Sie ist den ganzen Tag lang schon schwach und trinkt kaum was.. Unsere Medikamente sind alle. Wenn es nicht bald besser wird, müssen wir neue holen. Sie müssten auch gleich wiederkommen. Sie wollten nur versuchen, Annabell ein wenig abzulenken.", antwortete Annemarie.
„Komisch. Ich hab sie gar nicht gesehen oder gehört als ich zurück gekommen bin."
„Vielleicht sind sie mal zu einer neuen Stelle gegangen?"
„Kann sein", brummte Levin.
„Hier, dein Teller. Lass uns anfangen, sonst wird es noch kalt."
Annemarie setzte sich Levin gegenüber und gemeinsam fingen sie an, das Essen in sich hineinzuschlingen. Es war eine gute Abwechslung von ihrer sonstigen Nahrung und machte ausnahmsweise mal richtig satt.
„Wie war dein Tag?", fragte Annemarie.
„Gut", log Levin.
„Meiner auch. Der Bote hat mir versprochen, dass nächste Mal neue Klamotten für uns alle mitzubringen."
„Schön."
„Was ist los?", fragte Annemarie misstrauisch.
„Was sollte schon sein?", entgegnete Levin ohne es auszusprechen.
„Ach nichts. Ich dachte nur..." Doch was sie dachte, erfuhr Levin nicht, da Annemarie einen Hustenanfall bekam. Sie fasste sich an den Hals und Levin verstand. Er stand auf und schlug ihr mehrere Male auf den Rücken. Solange bis sie hörbar tief Luft holte.
„Danke!", krächzte sie.
„Nicht dafür." Er nahm seinen Teller, packte ihn in die Spüle und ging zur Tür.

„Du hast gut gekocht“, sagte er, bevor er die Hütte verließ. Sein Baumhaus war ganz am Rand. Sie hatten es auf eine riesige Birke gebaut.
Sobald er sich gewaschen und umgezogen hatte, legte er sich ins Bett und schlief sofort ein.

DREI

Luna

„Willst du mich heiraten?“ Tom kniete vor mir.
„Nein! Verdammt nochmal. Ich liebe dich nicht mehr!“, schrie ich ihm ins Gesicht. Zuerst schaute er erschrocken, doch als ich zu einer Ohrfeige ausholte, schnappte er meine Hand und verdrehte sie so, dass sie schmerzte. Ich schrie auf.
„Lass mich los, du Schwein“, zischte ich.
Er drückte mich an die nächste Wand in Reichweite, hielt mich fest und schlug mich. Immer und immer wieder. Die Schläge wurden härter. Dann hörte er auf, sah mich an, so wie er es immer in den ersten Monaten unserer Beziehung getan hatte und presste seine Lippen auf meine. Ich versuchte vergeblich, ihn wegzudrücken.
Daraufhin schaute er mich wieder mit einer angsteinflößenden Aggressivität an und begann erneut, auf mich einzuschlagen. Ich schrie, doch er übertönte mich mit seinem Ausruf: „Du wirst mich gefälligst heiraten, Schlampe!“

Schweißgebadet schreckte ich aus dem Schlaf hoch. Mein Blick huschte zur Seite. Dort lag Tom, die Decke über sich ausgebreitet. Er schlief noch tief und fest. Vorsichtig umfasste ich zitternd seine Hand. Begierig wartete ich auf das Kribbeln, das mir bestätigen würde, wie sehr ich ihn noch immer liebte. Doch es blieb aus. Enttäuscht zog ich meine Hand wieder zurück.
„Luna?“, fragte Tom schläfrig und drehte sich zu mir.

Er setzte sich auf, strich meine Haare weg und küsste zärtlich meinen Hals.
„Bleib weg von mir!“, zischte ich ihn an und schlug seinen Arm von mir. Entschlossen stand ich auf.
„Was ist denn los, Luna?“, fragte er erschrocken.
„Nichts. Tut mir leid. Das eben war sehr unfreundlich. Du solltest erst mal in Ruhe wach werden. Ich mache mich solange fertig.“ Ich zwang mich zu einem Lächeln.
Er sah mich noch einen Moment verwirrt an, bevor er sich ergeben zurück in die Kissen sinken lies. Erleichtert verließ ich das Zimmer. Auf dem Flur war noch nicht sonderlich viel los. Draußen war es noch dunkel. Auf Zehnspitzen schlich ich mich zu dem Zimmer, in dem meine Kleider aufbewahrt wurden. Und ich hatte Glück. Emma hatte mein heutiges Kleid schon ordentlich nahe am Eingang aufgehangen. Es war umhüllt von einem Kleidersack. Ich griff nach dem Bügel und stellte fest, dass es schwerer war, als man es von Kleidern vielleicht erwartete.
Da ich nicht zurück in mein Zimmer wollte, schlich ich mich in das nächstgelegene Badezimmer und schloss die Tür hinter mir ab.
Einige Minuten später wurde mein Körper umhüllt von zartem Rosa. Das Anziehen hatte ich zwar geschafft, doch als mein Blick im Spiegel auf mein Gesicht fiel, musste ich mir eingestehen, dass ich weder Ahnung von Schminke noch von Frisuren hatte.
Als ich auf den Flur trat, stellte ich fest, dass das Haus in wenigen Minuten zum Leben erweckt war. Bedienstete eilten über den Flur, flüsterten sich etwas zu und verschwanden dann wieder im nächsten Zimmer. Das Bad, in welches ich geflüchtet war, lag am Ende des

langen Flures. Doch trotzdem hoben alle den Kopf als ich das Wort ergriff.
„Wo ist Emma?“
Ein blondes zierliches Mädchen trat einen Schritt nach vorne. Sie machte einen leichten Knicks. Fragend sah sie mich an, bis ich ihr mit einer Handbewegung bedeutete, dass sie reden dürfe.
„Ich glaube, sie ist noch in ihrem Zimmer. Soll ich sie für Sie holen?“
„Ja, bitte. Beeilen Sie sich und sagen Sie Emma, ich bin nicht wie gewöhnlich in meinem Zimmer, sondern hier.“ Ich deutete auf die Badezimmertür hinter mir.
„Verstanden“, sagte die Blonde und verschwand. Die anderen sahen mich noch immer erwartungsvoll an. Den Kopf hatten sie leicht gesenkt.
„An die Arbeit“, befahl ich mit fester Stimme und das Theaterstück ging weiter. Ich beobachtete einige von ihnen noch einen Moment, bis ich sah, wie Tom aus meinem Zimmer kam. Schnell flüchtete ich wieder in das Badezimmer bevor er mich sehen konnte.
Nur wenige Minuten später wurde die Tür geöffnet und Emma trat ein. Sie trug ihre typische Zofenkleidung und hatte die Haare lieblos hochgesteckt. Man sah ihr an, dass sie sich in Eile fertiggemacht hatte.
„Entschuldigung, dass du so lange warten musstest. Du bist sonst nie so früh wach“, sagte sie. Emma war die einzige Bedienstete, die mich duzen durfte.
„Wie spät ist es denn?“
„Kurz vor sechs!“
„Oh, nun ja, es gibt schließlich viel vorzubereiten. Schließlich bin ich ja jetzt verlobt.“ Ich versuchte, meine Stimme begeistert klingen zu lassen. Doch als Emma mir

antwortete, wusste ich, dass ich damit kläglich versagt hatte.
„Du willst ihn nicht heiraten“, stellte sie fest. Einen Moment erwog ich, es zu leugnen, doch dann vertraute ich mich ihr an.
„Nein, ich glaube, das will ich wirklich nicht.“
„Wieso? Du hast doch immer von ihm geschwärmt. Was ist passiert?“, fragte Emma erstaunt.
„Wenn ich das wüsste. Ich dachte ja auch, alles wäre gut, doch als er mich gestern gefragt hat, da fingen die Zweifel an. Ich hatte einen Albtraum von ihm und als ich heute Morgen seine Hand berührt habe, war da nicht mehr dieses Kribbeln. Wenn ich an die Hochzeit denke, sehe ich mich nicht im Hochzeitskleid. Ich sehe, wie ich traurig und unzufrieden bin.“
„Das solltest du ihm sagen. Wenn du noch nicht dazu bereit bist, solltest du ihn auch nicht heiraten“, stellte Emma fest.
„Das geht nicht. Erstens habe ich vor so vielen Menschen ja gesagt. Wahrscheinlich laufen überall schon Berichte über unsere Verlobung. Und zweitens muss ich ihn früher oder später sowieso heiraten. Das bringt uns allen Vorteile“, klagte ich.
„Aber du kannst doch niemanden heiraten, den du nicht liebst. Du bist eine der wenigen, die heiraten darf. Dieses Privileg solltest du nicht an den Falschen verschwenden.“
„Wer sagt, dass ich ihn nicht mehr liebe? Seit vier Jahren sind wir zusammen. Liebe kann doch nicht einfach so weg sein, oder?“
„Ich weiß es nicht. Ich war noch nie verliebt.“
Damit machte sie sich an die Arbeit.

„Übrigens ist Noah heute Nacht zurückgekommen“, berichtete Emma, als sie ein letztes Mal mein Aussehen prüfte. Aufgeregt quiekte ich bei dem Gedanken, meinen großen Bruder wieder im Haus zu haben. Er war für drei Wochen nach Spanien gefahren. Dort steckten die Menschen im Moment in einer großen Krise. Worum genau es ging, wusste ich nicht.
„Ich glaube, er sitzt schon am Frühstückstisch“, ergänzte Emma.
„Dann muss ich jetzt wohl los“, stellte ich fest und lächelte sie glücklich an. Einen Moment lang war die bevorstehende Hochzeit, für die ich noch immer keine gute Lösung gefunden hatte, vergessen.
„Das passt ja gut. Ich bin fertig, das heißt, du bist entlassen“, verkündete Emma nach einem letzten Mal Puder auftragen.
„Danke, Emma“, sagte ich, während ich das Zimmer verließ. Hätte ich keine hohen Schuhe an, dann wäre ich die Treppe wahrscheinlich fröhlich wie ein kleines Kind heruntergesprungen. Oder, hätte ich das bodenlange Kleid, das mich in meinen Bewegungen etwas einschränkte, nicht an, dann wäre ich wohl das Geländer hinuntergerutscht. Doch die Umstände ließen nur einen gesitteten Gang nach unten zu.
Ausnahmsweise ignorierte ich an diesem Tag die Zofen, Diener und Wachmänner, die knicksten, als ich vorbeikam. Ich zog ohne eine Begrüßung an ihnen vorbei bis zum Speisesaal. Ein älterer Mann in einem schwarzen Anzug öffnete mir die Tür und schloss sie auch wieder hinter mir.
An der langen Tafel saßen Tom und Noah sich gegenüber. Ich verstand nicht, worüber sie sich unterhielten und sie

schienen mein Kommen auch gar nicht zu registrieren. Noahs braune Haare waren ordentlich zurückgekämmt. In seinem Gesicht stand kein Stück Müdigkeit, obwohl er spät in der Nacht angekommen sein musste. Er war nur zwei Jahre älter als ich, doch trotzdem kam er mir zehn Jahre reifer vor.
„Guten Morgen.“ Ich strahlte, als Noah sich umdrehte, seine Arme um mich legte und mich fröhlich hochhob.
„Na, verlobte Schwester!“ Mein Lächeln verschwand, bevor ich mich wieder zusammenriss.
„Du weißt es schon?“
„Natürlich. Tom hat mir sofort davon erzählt. Glückwunsch. Jetzt heiratet meine kleine Schwester vor mir“, lachte er. Ja, das würde ich wohl. Jedenfalls, wenn mir nichts anderes einfallen würde.
Tom sagte die ganze Zeit nichts. Er starrte auf das Brötchen auf seinem Teller. Wahrscheinlich war er immer noch beleidigt, weil ich ihn heute morgen hatte abblitzen lassen.
Ich setzte mich nicht auf meinen gewohnten Platz neben ihm. Stattdessen wählte ich den Stuhl zu Noahs Rechten. Tom schob sich den letzten Bissen seines Brötchens in den Mund und stand auf.
„Ich will euch dann mal nicht mehr länger stören. Außerdem habe ich noch einiges zu tun. Luna, vielleicht meldest du dich ja heute im Laufe des Tages. Noah, es war schön, dich wiederzusehen“, sagte er und mit einem Nicken verließ er den Saal.
„Kein Abschiedskuss?“, fragte Noah mich scherzhaft.
„Ach, das hat er bestimmt nur vergessen!“, wich ich aus und biss in mein Brötchen.

„Musste Tom los? Schade. Dann kann er ja gar nicht bei dem ersten Treffen mit der Hochzeitsplanerin dabei sein“, bedauerte Vater.
„Heute? Eigentlich wollte ich mich mit Alexa treffen.“ Alexa war meine beste Freundin und diente mir in diesem Moment als gute Ausrede. Dachte ich zumindest.
„Das ist doch nicht schlimm, Liebling. Du kannst bis vierzehn Uhr zu ihr. Dann kommst du zurück, hast Tanz- und Klavierunterricht und dann kommt die Hochzeitsplanerin. Klingt der Plan gut oder gut?“, fragte Mutter.
„Klingt wunderbar“, stimmte ich wenig begeistert zu.
„Vielleicht kannst du Tom ja doch noch überzeugen, sich heute Abend Zeit zu nehmen. Dir kann er doch keinen Wunsch abschlagen“, lachte Mutter und strich mir durch die Haare.
„Und damit das hier nicht vollkommen unter den Tisch fällt: Morgen geht es für uns beide nach Amerika. Also solltest du vielleicht noch ein wenig Handgepäck für den Flug packen“, setzte Vater zu. Oh ja, das hatte ich glatt vergessen, obwohl es eine besondere Reise war. Wir reisten zwar sehr oft in andere Länder Europas, aber nur sehr selten nach Amerika. Bisher war ich nur viermal dort gewesen.
Viel öfter dorthin zu fliegen war kaum möglich. Generell war es nur Regierungsmitgliedern erlaubt und auch hier nur in begründeten Ausnahmen. Solch eine war es. Vater hatte ein wichtiges geschäftliches Meeting mit einem der Staatsoberhäupter Floridas.
„Natürlich. Danke, dass du mich erinnert hast. Ich werde daran denken“, antwortete ich.

„Noah, wie war die Reise eigentlich? Es war schließlich deine erste Reise ohne mich!“, erkundigte Vater sich.
Noah musterte ihn böse, was Vater aber nicht zu bemerken schien.
„Sie war okay“, sein Ton unterstützte seine wütende Miene nur noch mehr. Ich beschloss, ihn später zu fragen was los war.
„Mhh, das klingt nicht sehr überzeugend. Aber es freut mich, dass du wohlauf und zurück bist“, antwortete Vater.
„Ja, bei allen anderen Menschen in diesem Land interessiert dich das ja offensichtlich nicht“, murmelte er, doch alle im Saal hatten es verstanden.
Entgeistert sahen Mutter und Vater ihren Sohn an.
„Was meinst du?“, fragte Mutter spitz.
„Ist nicht so wichtig. Wenn ihr mich entschuldigt. Die Reise war ermüdend, ich möchte mich noch ein wenig ausruhen.“
Verwirrt schaute ich ihm hinterher.

VIER
Levin

„Guten Morgen!" Nelly und Lucas kamen nach Ally in die Küche. Annemarie und Levin saßen bereits am Tisch. Nelly hatte braune Haare. Ein wildes Durcheinander von Locken herrschte auf ihrem Kopf. Lucas` Haare wiederum waren blond und kurzgeschoren.
Levin betrachtete Nelly. Sie war die Frau, die er einmal geliebt hatte.
Nachdem Ally und er zwei Jahre lang allein gelebt hatten, stieß Nelly zu ihnen. Levin und Nelly verstanden sich auf Anhieb gut. Zeitweise vernachlässigte Levin sogar Ally für sie. Eines der Dinge, die er heute bereute. Nach einem halben Jahr, es war kurz vor Levins 15. Geburtstag, wurden die beiden ein Paar. Sie blieben fast zwei Jahre zusammen. In dieser Zeit traf Annemarie zu der Gruppe. Und dann nach fast zwei Jahren stieß auch Lucas zu ihnen. Nelly trennte sich von Levin, um mit Lucas zusammenzukommen. Schnell wurde Nelly schwanger von Lucas und schien alles, was sie jemals mit Levin verbunden hatte, zu vergessen. Ihr Wesen veränderte sich sehr, sie schien wie ein neuer Mensch.
Seitdem hatte Levin weder zu Lucas noch zu Nelly eine wirklich gute Beziehung. Und doch konnte Levin nicht leugnen, dass Nelly ein besonderer Mensch war. Sie hatte ihren eigenen Kopf. Nelly hielt zum Beispiel nicht viel von Schuhen. Sie lief liebend gerne den ganzen Tag barfuß herum. Dadurch hatte sie sich schon einige Verletzungen im Wald eingehandelt, doch das brachte sie auch nicht davon ab, in Zukunft weiterhin ohne Schuhe

herumzulaufen. Und egal wie hungrig sie wäre, sie würde niemals auch nur ein Stückchen Fleisch essen. Außerdem war sie sehr direkt. Manchmal verletzte sie Menschen mit ihrer Ehrlichkeit, aber dennoch liebte jeder diese Eigenschaft an ihr. Bei ihr wusste man, woran man war und wie viel man ihr bedeutete. Levin schien nicht viel Bedeutung für sie zu haben sonst hätte sie ihn nicht so einfach von sich gestoßen.

„Die Brötchen sollten wir heute im Laufe des Tages aufessen, sonst werden sie noch hart“, erklärte Annemarie und stellte den Brötchenkorb in die Mitte des Tisches, bevor auch sie sich auf einen der Stühle setzte und anfing zu essen.
Lucas räusperte sich. „Ally? Levin? Nelly und ich wollten euch um einen Gefallen bitten. Annabell geht es immer noch nicht besser. Wir machen uns wirklich ernsthafte Sorgen. Könntet ihr uns neue Medikamente besorgen?“
Bevor Levin auch nur die leiseste Chance hatte zu antworten, sagte Ally: „Selbstverständlich! Wir machen uns gleich nach dem Frühstück auf den Weg, sodass wir hoffentlich zum Abendbrot zurück sind.“
„Danke.“ Nelly schien völlig ausgepowert zu sein, während Lucas noch ziemlich fit wirkte. Wahrscheinlich hatte sie sich die ganze Nacht um ihre Tochter gekümmert während Lucas schlief.
„Vielleicht solltest du dich aber heute mal ausruhen, während Lucas sich um Annabell kümmert“, schlug Levin mit monotoner Stimme vor. Es war selten, dass Nelly und Levin miteinander redeten. Dementsprechend überrascht sah Nelly Levin an.

„Ja, Schatz. Jetzt, wo Levin es sagt: Du solltest dich wirklich ausruhen." Lucas legte einen Arm um seine Freundin.

Und das ist ihm nicht selbst eingefallen?, schoss es Levin durch den Kopf.

„Wir werden sehen", wich Nelly aus und sah Levin böse an. Die folgenden Minuten schwiegen alle Fünf.

„Ich frage Annemarie noch schnell, ob sie ein wenig Reiseproviant für uns hat. Warte hier!" Ally rannte zurück in die Hütte, während Levin seine Jacke zuzog. Es war Mitte Februar und dementsprechend kühl draußen. Wenige Minuten später kam Ally wieder, einen Rucksack in der rechten Hand.

„Wer trägt den Rucksack?", fragte sie.

„Ich", antwortete Levin, nahm ihr den Rucksack ab und setzte ihn auf.

„Lass uns am Fluss entlanggehen. Da kann ich mich besser orientieren", schlug Levin vor. Ally nickte zustimmend.

„Vielleicht treffen wir ja das Mädchen wieder, das du so mochtest!"

„Ich mochte sie nicht. Ich fand sie nur hübsch", stellte Levin klar.

„Natürlich. Geht ja auch nicht anders. Sie hatte schließlich blonde Haare."

„Was soll das denn bedeuten?"

„Na ja, jeder Mann steht doch auf Blondinen!", triezte Ally Levin.

„Stimmt doch gar nicht. Ich zum Beispiel finde braune und rote Haare viel schöner!"

„Ja, das sagst du jetzt nur so."

„Wirklich! Nur, weil ich eine Blondine hübsch fand?"

„Nur eine? Findest du Annemarie etwa nicht hübsch? Lass sie das bloß nicht hören. Sie liebt ihre blonden Haare“, sagte Ally gespielt geschockt.
„Das meinte ich auch nicht so. Du verdrehst mir heute aber auch jedes Wort im Mund!“ Um sie zu ärgern, beugte Levin sich vor und kitzelte Ally. Die Schwachstelle vieler Mädchen.
Ally kreischte und lachte gleichzeitig. Jetzt, wo die beiden unter sich waren, tauten sie langsam wieder auf.

„Lass uns eine Pause machen! Ich kann nicht mehr“, bettelte Ally. Levin stimmte zu und gemeinsam setzten sich auf einen kleinen Felsen in der Nähe.
„Wie läuft es eigentlich mit Nelly?“, fragte Ally.
„Was soll da schon laufen?“
„Na ja, ich meine… redet ihr mittlerweile wenigstens wieder miteinander oder ist da nach zwei Jahren immer noch komplett Funkstille?“
„Ich habe ihr nichts mehr zu sagen. Manchmal habe ich sogar überlegt, wegzuziehen. Aber ich konnte dich nicht einfach allein lassen!“
„Wehe du ziehst ohne mich weg. Irgendwann, wenn wir beide den Richtigen oder die Richtige gefunden haben, ziehen wir zu viert weg. Alleine ist es doch sowieso langweilig.“ Sie machte eine kurze Pause, bevor sie die nächste Frage stellte: „Liebst du Nelly noch?“
„Nein! Ich frage mich nur manchmal, warum unsere Beziehung gescheitert ist. Ich meine… anscheinend hat sie mich ja nicht wirklich geliebt. Oder würdest du mich einfach verlassen, nur weil ein anderer Typ daher gelaufen kommt?“

„Nein, aber bei Freundschaft ist das etwas anderes. Manchmal vergeht Liebe einfach. Und dann sucht sich das Herz ein neues Zuhause. Manchmal treffen sich zwei Menschen und es passt wirklich alles, bis auf den Zeitpunkt. Wer weiß schon, was aus eurer Beziehung geworden wäre, wenn ihr euch später getroffen hättet? Vielleicht wärt ihr noch zusammen, vielleicht aber auch nicht."
Levin schien nicht wirklich befriedigt, doch über Allys folgenden Satz dachte er noch eine lange Zeit nach: „Du wirst niemals die Richtige finden, solange du die falsche nicht loslässt."

FÜNF

Luna

„Alexa ist gerade runter zum Teich gegangen. Ich glaube, sie ist allein“, berichtete die Mutter meiner besten Freundin.

„Dann werde ich mal dort nach ihr schauen. Vielen Dank!“

Für Mitte Februar war das Wetter verhältnismäßig gut. Zu Weihnachten hatte Noah mir einen langen, eleganten Mantel in Schwarz gekauft. In diesen hatte ich mich zusammen mit einem dicken Schal eingekuschelt und mich auf den Weg gemacht, um mit Alexa zu reden.

Ich wusste noch nicht, wieviel ich ihr erzählen wollte. Kurzzeitig dachte ich sogar darüber nach, ihr gar nicht von meiner Verlobung und der damit anstehenden Hochzeit zu erzählen. Dann hätte ich wenigstens eine Person um mich, die nicht die ganze Zeit darüber redete. Aber ich entschied mich dagegen. Früher oder später würde auch sie es erfahren. Und sie wäre sicherlich wütend, wenn sie es von jemand anderem als ihrer besten Freundin erzählt bekäme.

Doch nun war noch immer die Frage, ob ich sie in meine Zweifel einweihen sollte.

Als ich sie am Fluss stehen sah, entschied ich mich spontan dagegen. Was genau mich zu dieser Entscheidung führte, verstand ich selbst nicht, aber wenigstens heute wollte ich mal auf meinen Bauch und mein Herz hören, statt auf meinen Kopf. Dadurch kamen meist die besseren Ergebnisse heraus.

Ich schlich mich an Alexa an und wollte sie erschrecken, so wie man es als kleines Kind machte. Doch eine Krähe, die hinter mir krächzte, durchkreuzte meine Pläne.
Alexa drehte sich um und sah mich, bevor ich zum entscheidenden Sprung hatte ansetzten können. Vielleicht war es aber auch besser so. Denn nun lief ich nicht Gefahr, mit dem Gesicht nach vorne in den Schnee, oder besser gesagt in den Matsch zu fallen.
Erst schien sie überrascht, doch dann strahlte sie und schloss mich in ihre langen Arme. Sie war um einiges größer als ich. Ich war nicht besonders klein, sondern sie war eher überdurchschnittlich groß. Jedenfalls für ein Mädchen.
„Was machst du denn hier? Waren wir etwa verabredet? Habe ich was vergessen? Wenn ja, tut mir das wirklich leid.“, plapperte sie.
„Beruhige dich mal. Diese Frage ist ja lachhaft. Du vergisst nie etwas!“, kicherte ich.
Alexa sah mich vorwurfsvoll an. „Das stimmt so nicht.“
„Oh doch, und wie es das tut! Ich musste mal raus von zu Hause und da dachte ich mir, ich besuche dich mal wieder. Nachdem wir in letzter Zeit ja nicht so oft dazu kamen“, erklärte ich.
„Was ist denn los bei dir zu Hause?“
Sag es ihr nicht!, erinnerte ich mich.
„Ach, es ist einfach alles auf einmal. Noah verhält sich komisch, seit er heute morgen von seiner Reise wiedergekommen ist, morgen fliegen wir schon nach Amerika, ich habe Streit mit Emma, ich habe schlecht geschlafen... und dann diese riesige Überraschung mit Toms Heiratsantrag, da ist...“

„Was? Heiratsantrag? Oh mein Gott, na endlich. Ich habe mich schon gefragt, wie lange das noch dauern soll“, kreischte sie. „Erzähl mir jedes Detail und wehe, du lässt irgendwas weg.“

Selbst schuld, Luna! Die Nächste, die ach-so-begeistert ist, dachte ich, aber ich zwang mich zu einem Lächeln und erzählte ihr fast alles.

Anschließend erzählte sie mir wirklich jedes Detail von ihrer Reise nach Frankreich zusammen mit ihrem Vater. Sie erklärte mir sogar, was es zu Essen gab. Ob es ihr geschmeckt hatte oder nicht. Wann sie abends ins Bett gegangen war und wann sie am darauffolgenden Morgen aufstand. Ja sogar von ihrem Weckerton erzählte sie mir. Dementsprechend war es Zeit, wieder nach Hause zu gehen, als sie ihre Erzählung gerade beendet hatte.

„Es war schön, dich mal wiedergesehen zu haben“, sagte ich, als wir uns zur Verabschiedung umarmten.

Das war es wirklich gewesen. Sie hatte es geschafft, mich für zwei Stunden abzulenken und zum Lachen zu bringen. Dafür liebte ich sie.

Als wir in entgegengesetzte Richtungen liefen, drehte ich mich ein letztes Mal um und sah ihr nach. Zu diesem Zeitpunkt war mir noch nicht klar, dass es das letzte Mal für eine unglaublich lange Zeit sein sollte.

„Warst du nochmal bei Tom und hast ihn gefragt, ob er heute Abend Zeit hat?“, fragte Mutter, als ich zurück nach Hause kam.

Ich log sie an und sagte: „Ja, aber er sagt, er habe heute sehr viel zu tun. Er hofft aber, dass er beim nächsten Treffen mit der Hochzeitsplanerin dabei sein kann und ich soll euch schöne Grüße ausrichten.“

„Schade. Nun ja, wie dem auch sei. Gehe doch bitte hoch ins Bad. Emma, frisch dein Aussehen nochmal auf und dann hast du Tanzstunde. Die Klavierlehrerin hat abgesagt. Die Arme hat eine Lungenentzündung."
Ich nickte, lief die Treppe nach oben und ließ Mutter allein unten stehen.
Ich riss die Badezimmertür auf. Emma hatte schon einen Stuhl in der Mitte des Zimmers für mich bereitgestellt.
„Setz dich", bat sie.
Ich gehorchte und sie fing an, meine Frisur neu zu richten.
„Wie war das Frühstück?", fragte sie.
„Toll. Obwohl, na ja. Ich glaube, irgendwas ist mit Noah."
„Er ist bestimmt nur müde von der Reise", vermutete Emma.
„Nein, das ist es nicht. Als Vater nach seiner Reise gefragt hat, war er ganz komisch. Irgendwas muss passiert sein."
„Das bildest du dir bestimmt nur ein. Es wird schon alles gut sein. Sonst wärst du doch die erste, die es erfahren würde. Hast du noch mal mit Tom geredet?"
„Nein, er ist gar nicht lange geblieben. Ich glaube, er ist wütend auf mich", vermutete ich.
„Warum sollte er wütend sein?"
„Ich habe ihn heute Morgen abgewiesen."
„Dieser Mann hat ein sehr großes Ego, er wird es schon verkraften."

Als nächstes folgte eine Stunde, in der mir eingebläut wurde, wie ich mich auf einer Hochzeit als Braut zu verhalten hatte und wie ich tanzen sollte. Noah war für Tom eingesprungen und schwang mich durch den ganzen Saal. Doch dabei wirkte er noch immer seltsam.

„Rücken gerade!“, schrie mich meine Lehrerin an. Sie war alt, um die sechzig Jahre und hatte einen leichten Buckel. Ihre grauen Haare hatte sie zu einem Dutt gebunden. Emma saß am Rand des Saales. Ich hatte sie gebeten, mitzukommen.
„Kinn hoch!“, schrie mich die Stimme wieder an.
„Brust raus, Schultern zurück.“ Ich atmete tief durch, um zu verhindern, dass ich zurückschrie.
Dann übte sie mit mir Laufen in hohen Absätzen und langen Kleidern. Ich konnte zwar auf Absätzen laufen, aber normalerweise mit kürzeren und unkomplizierteren Kleidern.
Die Stunde zog sich wie ein Kaugummi.

Lange zögerte ich bevor ich zum Telefon griff. Nach der Tanzstunde hatte ich Noah zuerst gefragt, was mit ihm los sei. Als er mich abblockte, erzählte ich ihm, was ich wirklich von meiner Verlobung hielt. Er schien nicht ernsthaft überrascht zu sein.
„Ich weiß, es ist unfair, aber beim Heiraten kommt es leider nicht nur auf Liebe an. Das Land würde wohl profitieren, wenn er dir beim Regieren hilft”, hatte er gesagt.
„Und wer sagt, dass nicht du regierst?“
„Das überlasse ich lieber dir, Schwesterherz!“ Das war ja mal was ganz Neues. Als ich gerade fragen wollte, wann er seine Meinung bezüglich seiner Zukunft geändert hatte, sagte er: „Heirate ihn doch nicht als *deinen* Freund sondern als *einen* Freund. Du liebst ihn vielleicht nicht mehr, aber du magst ihn doch trotzdem noch, habe ich recht?“ Und ja, er hatte wirklich recht. Ich kannte Tom viel zu lange, um ihn nicht zu mögen.

Also tippte ich nun seine Nummer in das Telefon und drückte auf Wählen. Nach zweimal Tuten meldete sich Toms Stimme auf der anderen Seite.
„Luna?“
„Tom, tut mir leid wegen heute“, schoss es sofort aus mir heraus.
„Was war denn los?“
„Wenn ich das mal selbst wüsste“, sagte ich und lachte unsicher.
„Ist schon vergessen.“ Erleichtert atmete ich auf.
„Die Hochzeitplanerin will in 30 Minuten kommen. Hast du noch Lust, vorbeizukommen?“
„Klar. Ich bin in zehn Minuten bei dir!“

SECHS

Levin

„Wir haben die Medizin!“, rief Ally als sie und Levin von ihrer Tagesreise zurückkamen. Ally hielt in beiden Händen jeweils eine kleine Glasflasche.
Nelly kam aus ihrem Häuschen gerannt und stürmte in Allys Arme.
„Ihr kommt gerade rechtzeitig. Langsam wird es nämlich kritisch mit Annabells Zustand“. Levin sah sofort, dass sie geweint hatte.
Nelly ließ Ally wieder los und schaute Levin an.
„Danke“, sagte sie. Kein weiteres Wort, keine Umarmung.
Du wirst niemals die Richtige finden, solange du die Falsche nicht loslässt.
Er liebte sie nicht mehr, aber doch ließ ihn die damalige Bindung der beiden nicht so einfach los.
Ally ging zusammen mit Nelly nach oben. Levin hörte sie reden, aber verstand nicht, worüber. Also lehnte er sich an einen der Baumstämme. Auch er wollte wissen, wie es um Annabell stand.
Es kam ihm vor, als vergingen Stunden bis Ally wieder herauskam und zu ihm sagte, dass es Annabell schon wieder etwas besser ging.

„Hallo Mama! Hallo Papa! Glaubt ihr, dass ich irgendwann die Richtige finden werde?“ Levin lachte. „Wie ich schon rede. Wie ein verzweifelter Teenager.“ Er strich über die Blumen, die er gerade frisch gepflückt hatte.

„Es ist nur so: Ich wünsche mir Tag für Tag eine Person, die mich über alles liebt. Und dabei meine ich nicht die Art von Liebe, die Ally und mich verbindet oder euch und mich. Ach, ihr wisst schon, was ich meine." Er wischte das Thema mit einer Handbewegung weg.
Gedankenverloren fing er an, das Gras in seiner unmittelbaren Nähe aus der Erde zu reißen. Solange, bis ein Geräusch in den Büschen seine Aufmerksamkeit weckte. Es war ein Ast, der zerbrochen worden war. Aber wer hatte dafür gesorgt, dass er zerbrach? Levin stand auf und ging in die Richtung, aus der das Geräusch gekommen war. Schnell erkannte er, wer dort in den Büschen stand. Diesen Menschen würde er immer wieder erkennen. Das hatte er zwei Jahren Beziehung zu verdanken.
„Nelly?", rief er. Die Person versuchte zu flüchten, doch Levin war schneller und hielt sie fest. Es handelte sich tatsächlich um Nelly.
„Verdammt, was machst du hier?", schrie er. Er spürte, wie eine unglaubliche Wut Überhand nahm. Das hier war sein Ort – schon seit dieser Wald Rebellen als Zuhause diente.
„Du wirst die Richtige finden. Ganz sicher", sagte sie nur. Das machte Levin nur noch wütender.
„Belauscht hast du mich also auch noch? Du denkst wohl auch, du darfst alles!"
„Nein, das denke ich nicht." Nelly blieb völlig ruhig. Als wäre nichts geschehen.
„Verschwinde, Nelly. Ich hasse dich!", zischte Levin mit zusammengebissenen Zähnen.
„Das tust du nicht", Nelly ließ sich durch nichts aus der Ruhe bringen.

„Oh doch, und wie. Und jetzt verschwinde. Du weißt genau, dass das mein Platz ist!“

„Wenn du meinst. Ich wollte eigentlich nur mit dir reden.“

„Ich aber nicht mit dir!“, schrie Levin. Er hasste es, laut zu werden. Doch durch ihre Anwesenheit auf der Lichtung und durch das Belauschen seiner Worte, hatte Nelly das Schlimmste getan, was sie in Levins Augen hätte tun können.

Nelly starrte ihm in die Augen und er starrte zurück. Früher hätte er sich in diesen blaugrauen Augen verloren, hätte jedes Vergehen entschuldigt. Aber die Zeiten änderten sich.

Und wieder kämpfte sich dieser Satz aus seinem Unterbewusstsein an die Oberfläche: *Du wirst niemals die Richtige finden, solange du die Falsche nicht loslässt.*

SIEBEN

Luna

Am nächsten Morgen wachte ich wieder neben Tom auf. Diesmal störte es mich kaum. Ebenfalls anders als am gestrigen Morgen: Alles musste schneller gehen.
Emma weckte Tom und mich. Sie müsse sofort anfangen, mich fertig zu machen, damit Vater und ich den Flieger schafften. Ich fühlte mich noch wie im Tiefschlaf als Emma mich ins Bad zog, ich mich auf den Stuhl setzte und sie anfing, meine Haare ordentlich durchzukämmen und anschließend zu einem Zopf zu flechten.
Zum Schluss trug sie etwas Schminke auf. Das sorgte dafür, dass ich wenigstens so aussah, als wäre ich wach.
Ausnahmsweise hatte ich kein Kleid an. Für den Flug durfte ich Hose und Bluse anziehen.
Tom begleitete mich nach unten. Er selbst war noch im Schlafanzug, aber das störte heute auch keinen.
„Guten Morgen, mein Schatz!“, begrüßte Mutter mich. „Wenn du und Tom mit dem Frühstück fertig seid, dann komm doch bitte kurz mit mir ins Wohnzimmer. Dein Vater und ich müssen mit dir reden.“ Ich nickte, nahm aber immer noch nicht alles um mich herum wahr. Es war viel zu früh.

„Was denkst du, worüber sie mit dir reden wollen?“, fragte mich Tom während des Frühstückes.
„Wer?“
„Na deine Eltern.“
„Sie wollen mit mir reden?“, fragte ich verwirrt.
„Hat dir deine Mutter doch gerade eben gesagt!“

„Oh, das habe ich gar nicht mitbekommen."
Tom lachte.

„Es geht um deinen Bruder", begann Vater.
„Was ist denn mit Noah?" Ich verstand nicht, worauf dieses Gespräch hinauslaufen sollte.
„Er ist gestern Nacht verschwunden", erklärte Vater vorsichtig.
„Wie, verschwunden? Ist er in seinem großen Bett verloren gegangen, oder was?"
„Nein. Ein Suchtrupp wurde schon losgeschickt. Wir haben keine Ahnung, wo er sein könnte."
Langsam verging mir die Lust auf Scherze. Doch die beiden meinten es ernst. Mutter weinte sogar. Noah, mein *Bruder*, war verschwunden? Aber wo sollte er denn hin sein?
„Damit hätte sich Amerika wohl erledigt." Ich wollte gerade aufstehen, um mich in meinem Zimmer einzuschließen, als Vater sagte: „Amerika hat sich erledigt? Wie kommst du denn darauf? Die Reise findet statt. In zehn Minuten geht es los. Solange kannst du dich noch vernünftig von deiner Mutter verabschieden."
Damit stand Vater auf und ging. Entgeistert sah ich ihm nach bevor ich Mutter anschaute.
„Die Reise findet trotzdem statt? Euer Sohn ist da draußen. Keiner weiß, was mit ihm ist, und ob er überhaupt lebt und wir fliegen trotzdem?"
„Es tut mir so leid, mein Schatz!" Sie schlang ihre Arme um mich und zog mich zu sich. Sie weinte und es grenzte an ein Wunder, dass ich es nicht auch tat. Noah sollte einfach weg sein?

Der Flug war keinesfalls angenehm. Immer wenn ich versuchte, mit Vater über Noahs Verschwinden zu reden, blockte er ab. So verbrachten wir die Stunden schweigend. Es gab auch keine anderen Fluggäste, mit denen ich mich hätte beschäftigen können. Wir flogen in einem kleinen Privatjet, denn wir waren die Einzigen, die heute nach Amerika wollten. Heutzutage gab es kaum noch große Passagierflugzeuge, so wie ich sie aus meinen frühesten Kindheitserinnerungen kannte.
Als wir landeten, regnete es in Strömen. Ein Taxi hielt ziemlich nahe am Landeplatz. Trotzdem wurden wir bis auf die Knochen nass.
Mit dem Taxi fuhren wir nochmal fast zwei Stunden, bevor wir am Hotel ankamen.
Gerne hätte ich die Häuser während der Autofahrt an mir vorbei fliegen sehen, doch der Regen verhinderte, dass dieses Vorhaben tatsächlich in die Tat umgesetzt werden konnte.
Zuhause in Deutschland sah ich eigentlich nie andere Häuser, als die in meinem Dorf. Wir lebten mit vielen anderen Politikern nah an der Grenze Deutschlands. Das restliche Land hatte ich nur als kleines Kind gesehen, bevor die Katastrophe eingesetzt hatte.
„Auf welchen Namen haben sie denn gebucht?", fragte der junge Mann hinter dem Tresen.
„Adams", beantwortete Vater die Frage.
„Gut. Ihre Koffer werden wir ihnen gleich nach oben bringen. Hier ihre Zimmerschlüssel." Der Mann reichte uns zwei Schlüssel. Einen mit einem blauen und einen mit einem weißen Bändchen. Vater nahm ihm die Schlüssel ab und ging ohne ein weiteres Wort zu den Fahrstühlen.

„Kommst du?“, fragte er, als er aus dem Augenwinkel sah, dass ich noch immer gedankenverloren an Ort und Stelle stand. Ich ging hinter ihm her.

Ich saß in meinem Hotelzimmer und starrte auf mein Handy. Mutter hatte versprochen, anzurufen, sobald sie etwas Neues von Noah hörte. Bisher hatte ich kaum etwas von Amerika mitbekommen.
Lange saß ich dort, ohne dass sie anrief. Doch dann, um 22:37 Uhr klingelte mein Handy. Ich atmete einmal tief durch, bevor ich den grünen Hörer drückte. Meine Hände zitterten unkontrolliert.
„Und?“, meldete ich. Doch das einzige, was ich vom anderen Ende hörte war Schluchzen.
„Mama? Was ist mit Noah? Ist er tot?“ Und wieder fingen die Tränen an, zu fließen.
Weiterhin nur Schluchzen.
„Mama! Sag, dass er lebt!“, bettelte ich.
„Ich weiß es nicht, Schatz“, Schluchzen. „Er wurde dabei gesehen, wie er in den Wald flüchtete.“ Pause. „Keiner kann mir sagen, ob er noch lebt. Aber selbst wenn: Der Wald ist so groß, dass es fast an ein Wunder grenzt, wenn wir ihn wiederfänden.“.
Wie ferngesteuert beendete ich den Anruf, lief zu Vaters Zimmer und hämmerte wie wild gegen die Tür.
„Was ist denn hier los?“ Mit diesen Worten öffnete er mir.
„Wir müssen zurück nach Deutschland!“
„Wieso? Wir sind doch gerade erst angekommen!“
„Noah wurde entdeckt, als er in den Wald flüchtete. Wir müssen zurück!“

„Und was sollen wir dann dort? Wenn Noah sich wirklich entschieden hat, zu den dreckigen Rebellen zu gehören“, er spuckte die Wörter förmlich, „dann kann ich daran auch nichts ändern. Egal, wo ich bin.“

Und damit knallte er mir die Tür vor der Nase zu. Entgeistert starrte ich noch einen Moment das dunkle Holz vor meiner Nase an, bevor ich zurück in mein Zimmer ging, alle Sachen, die ich bereits ausgepackt hatte, zurück in den Koffer tat und das Hotel verließ.

Einen Flug zu buchen stellte sich als relativ schwierig dar. Doch ich hatte Glück und das Flugzeug von unserem Flug heute Morgen war noch da. Der Pilot flog mich also zurück nach Deutschland. Er landete sogar auf einem großen Feld vor unserem Dorf.

„Vielen Dank“, nuschelte ich, bevor ich meinen Koffer schnappte und in strömendem Regen zurück nach Hause lief. Wenigstens sah man so nicht, wie ununterbrochen Tränen über meine Wangen liefen.

Das Licht in unserem Haus war fast ausschließlich ausgeschaltet. Doch nach energischem Klopfen machte mir Emma nach wenigen Sekunden auf.

„Luna? Was machst du denn hier?“, fragte sie erschrocken.

„Unwichtig. Wo ist Mutter?“

„Im Esszimmer, glaube ich.“

Sie glaubte richtig. Mutter saß allein an einem Ende der Tafel. Ihr Essen stand unberührt auf dem Teller.

„Luna? Wieso bist du nicht in Amerika?“

„Hast du schon was Neues von Noah gehört?“, überging ich ihre Frage.

Mutter schüttelte nur den Kopf, während ihre Tränen auf den Boden tropften.
„Ich werde ihn schon wiederfinden." Ich küsste Mutter auf die Stirn und rannte aus dem Raum.
„Aber, Luna!" Ich hielt nicht an, sondern rannte wieder zurück zur Haustür.
„Wo willst du jetzt hin?", fragte Emma.
„Zu Tom. Er muss mir einfach bei der Suche helfen."
„Aber Luna, wenn Noah über die Grenze ist, dann..."
„Ich will davon nichts hören, Emma. Kümmere dich um Mutter", unterbrach ich sie.
Sie hatte keine Chance, mich aufzuhalten, denn ich rannte schon draußen im Regen die Straße hinauf. Sonst hielt mir immer jemand den Regenschirm. Aber um über so etwas nachzudenken, gab es keine Zeit. Desto mehr Zeit verstrich, um so schwieriger würde es sein, Noah wiederzufinden.
Toms Haus war fast so groß wie unseres. Aber es war nicht annähernd so schön. Es war gelb, kein schönes Gelb, und das Dach war rot.
Ich klingelte Sturm, bevor mir eines von Toms Dienstmädchen öffnete.
„Luna? Was machst du hier mitten in der Nacht?"
Hörten diese Fragen denn niemals auf. Ich drängelte mich an ihr vorbei, rannte die Treppe nach oben und riss Toms Zimmertür auf.
Anscheinend hatte er nicht mit mir gerechnet, denn neben ihm lag ein Mädchen. Nur in Unterwäsche. Beide schliefen. Ihre Klamotten lagen verstreut am Boden.
Erneut Tränen. Es war wohl nicht meine Woche.

„Du dreckiges Schwein“, flüsterte ich. Ich war kurz davor, ihn aufzuwecken, um ihm anschließend eine Szene zu machen. Doch ich hatte keine Zeit.
Das Dienstmädchen stand nun hinter mir.
„Ich glaube, Sie sollten nicht hier sein!“, sagte sie.
„Das glaube ich auch. Wenn du ihn morgen siehst, kannst du ihm dann etwas von mir ausrichten?“ So sehr ich es auch versuchte, die Tränen flossen weiter. Ich war zwar nicht mehr verliebt in ihn, aber das hier war ein Schlag ins Gesicht.
„Was denn?“
„Sag ihm, dass ich ihn hasse und dass er sich nie wieder blicken lassen soll!“ Damit drückte ich ihr noch unseren Verlobungsring in die Hand. „Und den hier kannst du ihm auch wiedergeben! Dann kann er den dieser Schlampe schenken.“ Sie wollte noch etwas sagen, doch ich rannte die Treppe schon wieder runter und raus aus dem Haus.
Ich wusste nicht, wo ich jetzt hin sollte. Ich hatte keine Ahnung, wo dieser Wald lag. Würde ich jemanden fragen, dann würde ich sicherlich großen Ärger bekommen.
Doch ich rannte trotzdem weiter. Es fing immer stärker an zu stürmen, was ich aber kaum mitbekam. Ich war in Gedanken ganz bei Noah. Ich wusste nicht viel über den Wald und die darin lebenden Rebellen. Vater sagte nur immer, die Rebellen seien böse. Also warum war Noah dort hingegangen? Wurde er etwa gezwungen?
Ich rutschte in einer Pfütze aus und landete in dreckigem Wasser. Doch ich blieb liegen. Im wahrsten Sinne des Wortes am Boden zerstört.

ACHT

Levin

„Was sollte das denn vorhin?“, fuhr Ally mich an.
„Was habe ich diesmal getan?“
„Das weißt du genau! Nelly wollte doch nur mit dir reden.“
Das war es also. Levin hätte ja gleich damit rechnen können, dass das Ganze so ausgehen würde.
„Sie war auf meiner Lichtung“, protestierte er. Seinetwegen könnte jeder sauer auf ihn sein, aber nicht Ally.
„Deswegen musst du sie doch nicht gleich so anfahren!“
„Du verstehst auch gar nichts, oder?“ Levin versuchte, ruhig zu bleiben.
„Was soll ich denn nicht verstehen?“, fragte sie spitz.
„Das ist die Lichtung, auf der meine Eltern begraben liegen. Jeder weiß, dass ich wenigstens dort allein sein will. Und das war auch schon so, seit wir beide das alles hier errichtet haben!“
„Das gibt dir kein Recht, Nelly zu verletzen. Sie ist eine von uns.“
„Vielleicht eine von dir. Aber zu mir gehört sie schon lange nicht mehr. Sie soll mir ruhig fern bleiben.“
„Verdammt, wir leben hier zusammen. Krieg dich ein!“
Eine Träne rollte über Allys Wange. Levin kniff die Augen zusammen.
„Das wollte ich nicht“, flüsterte er.
„Dann schalte deinen Kopf ein, bevor du etwas sagst.“
„Entschuldigung!“
„Wirst du dich auch bei Nelly entschuldigen?“

Stille.
„Nein. Ich wüsste nicht, wofür."
Ally schüttelte den Kopf.
„Du bist ein hoffnungsloser Fall."
„Wenn das so ist", Levin öffnete seine Augen wieder, „dann sollte ich wohl lieber gehen."
Ally widersprach nicht.
„Gut, ich hab verstanden!" Levin drehte um und ging wieder in Richtung Fluss.

Die Sonne spiegelte sich auf dem Wasser wider und blendete Levin, so dass er die kleinen Fische diesmal nicht sehen konnte.
Seine Hand glitt zum Boden, um eine Handvoll Steine aufzuheben. Damit setzte er sich auf einen großen Stein nah am Wasser und begann, die Steine übers Wasser flippen zu lassen.
Die ersten Steine gingen sofort unter. Der siebte Stein sprang drei Mal, bevor er auf den Grund sank.
Der allerletzte Stein in Levins Hand schaffte es sogar neun Mal.
Danach beobachtete er, wie ein Seeadler auf die Wasseroberfläche zuflog und mit einem großen Fisch im Schnabel wieder aufstieg. Levin sah ihm so lange nach, bis er nur noch ein schwarzer Punkt am Himmel war. Ein pochendes Herz weniger.
„Hilfe!", bettelte eine leise Stimme.
Levin schaute auf. Es war von links gekommen.
„Hilfe!"
Eindeutig eine männliche Stimme.
„Hallo? Wer ist da?", rief Levin und lief in die Richtung, aus der er die Stimme vermutete.

„Bitte hilf mir!“ Die Stimme klang sehr schwach.
Levin näherte sich ihr langsam. Jederzeit bereit, zu kämpfen, falls es sich um eine Falle handeln sollte. Doch es war keine Falle. Halb in den Büschen, halb im Wasser des Flusses lag ein junger Mann, und ein braunes Augenpaar schaute ihn verängstigt an.
Levin beugte sich zu ihm runter und betrachtete ihn eingehend. Seine Klamotten schienen einst sehr teuer gewesen zu sein. Doch jetzt waren sie verdreckt und vollgesaugt mit Wasser und Blut. Auch das Gesicht des jungen Mannes war verdreckt. Trotzdem sah er nicht so aus wie die gewöhnlichen Flüchtlinge. Levin hatte schon oft welche gefunden, da das Lager nicht weit entfernt von der Grenze war. Manche waren bereits tot gewesen und jede Rettung kam zu spät.
„Wie heißt du?“, fragte Levin.
Der Mann brauchte einen Moment, bevor er die Kraft aufwenden konnte um zu antworten: „Noah.“
„Du siehst übel aus, Noah“, schnaufte Levin. Als ob Noah das nicht selbst wüsste.
„Und ich fühle mich noch zehnmal schlimmer als ich wahrscheinlich aussehe“, flüsterte Noah.
Das glaubte ihm Levin sofort. Er blutete am Kopf. Außerdem hatte er zwei schwere Schusswunden am Bauch und am linken Bein und hatte etliche kleinere Verletzungen an den Armen und Beinen.
„Wie alt bist du?“, fragte Levin, während er seine Jacke auszog und diese um den zitternden Körper von Noah wickelte.
„Zwanzig“, hustete Noah.
Langsam begann auch Levin zu frieren. Immerhin war es Mitte Februar.

„Ich muss dich hier irgendwie wegbringen. Sonst erfrierst du noch."
Vorsichtig schob Levin die Hände unter Noah. Sofort war seine Hand voller Blut.
„Du scheinst eine üble Wunde am Rücken zu haben", stellte Levin fest. Doch er ließ sich nicht weiter durch das Blut beirren und hob Noah hoch. Dieser stöhnte vor Schmerz.
„Ich… ich wurde ange… angeschossen", stammelte er als Erklärung.
Levin erwiderte nichts. Er wusste genau, von wem: von den Wachposten an der Grenze.
Levin würde nicht behaupten, Noah sei leicht, aber er hatte ein Gewicht, welches man noch tragen konnte.
Immer wieder stöhnte Noah auf, wenn er sich zu viel bewegte.
„Wir sind gleich da", beruhigte Levin ihn dann immer. Eigentlich hatte er vorgehabt, den Tag lang wegzubleiben, doch das hier war ein Notfall, der ihn wohl dazu zwang, über seinen eigenen Schatten zu springen.
Als Levin mit Noah in die Küche kam, saßen Annemarie, Ally und der Bote, der vor kurzem gekommen sein musste, am Tisch.
„Kleiner Notfall", sagte Levin nur. Sofort sprangen Ally und Annemarie auf.
„Um Gottes Willen", hauchte Annemarie, als sie die Wunden sah.
„Levin, bring ihn in eins der leeren Zimmer. Annemarie, koch du schon mal Wasser ab!"
Levin drehte sich wieder um und Ally fischte einige frische Klamotten aus den blauen Säcken, die der Bote anscheinend dieses Mal mitgebracht hatte.

„Wo sind wir?“ Noahs Augen waren geschlossen.
„In unserem Lager.“
Levin ging eine der Treppen hoch. Sie hatten extra mehr Zimmer als unbedingt nötig gebaut, genau für solche Fälle. Mit dem Fuß öffnete Levin die Tür zum Zimmer. So wie jedes Zimmer war es bescheiden eingerichtet; ein selbst gebautes Bett und ein kleiner Schrank waren alles. Ally kam mit den frischen Klamotten hinterher.
„Hol mal Handtücher, sonst verschmutzen wir das Bett“, bat Levin sie. Ally legte die Klamotten auf dem Schrank ab und verließ das Zimmer wieder.
Kurz darauf kam sie mit zwei großen Handtüchern wieder und breitete sie auf dem Bett aus. „Jetzt kannst du ihn hinlegen“, sagte sie. In diesem Moment kam Annemarie mit einer Schüssel sauberem Wasser und Waschlappen wieder.
„Ich bin doch viel zu jung, um schon zu sterben“, hustete Noah.
„Niemand stirbt hier! Wir machen das schon. Levin, geh du dich waschen, du bist voller Blut“, bat Annemarie.

Als Levin frisch gewaschen und mit neuen Klamotten in Noahs vorübergehendes Zimmer kam, saß Ally an seinem Bettrand. Sie redete, um ihn von den Schmerzen abzulenken. Noah lag umgezogen und in mehrere Verbände gehüllt unter einer Bettdecke.
Levin klopfte an den Türrahmen.
„Stör ich?“, fragte er. Ally schüttelte den Kopf. Ihr Streit schien verschoben worden zu sein.
Levin setzte sich auf die andere Bettkante.
„Wie geht es dir?“, fragte er Noah.
„Den Umständen entsprechend, würde ich sagen.“

Ally sah aus, als würde sie überlegen, wie sie ihre nächsten Sätze formulieren sollte.
„Ally, ich sehe doch, dass du was sagen willst. Spuck`s aus“, forderte Levin sie auf.
Ally schaute erst runter zu Noah und dann zu Levin.
„Du musst mir aber erst versprechen, dass du mich alles erzählen lässt und nicht ausrastest. Nicht hier.“ Ihr Blick ging zu Noah.
„Versprochen!“
„Noah hat mir ein wenig über sich erzählt. Und jetzt nicht ausflippen: Er kommt aus einer Politikerfamilie. Und nicht nur aus irgendeiner. Er ist der Sohn des Präsidenten.“
Levin sog scharf die Luft ein. Doch er hatte versprochen, sie ausreden zu lassen. Also blieb er ruhig.
„Er sagte, er hätte bis vor kurzem gar nicht gewusst, wie die normalen Bürger lebten. Sein Vater hatte es ihm nie gezeigt. Erst, als er vor ein paar Wochen seine erste Reise allein gemacht hatte, hat er die Zustände zufälligerweise mitbekommen.“
Alle drei schwiegen.
„Das ist schön für ihn. Und was soll ich jetzt tun?“
„Na ja, er hat auch eine Schwester: Luna. Sie weiß noch noch nichts von den Umständen.“
„Sie würde auch flüchten, wenn sie es wüsste“, hustete Noah.
„Levin, wir müssen sie hierher holen. Oder ihr wenigstens die Chance geben, selbst zu entscheiden“, meinte Ally.
„Das ist doch nicht dein Ernst, oder? Vor ein paar Tagen hast du noch gesagt, ich solle nicht über die Grenze, obwohl es um meine Eltern ging, und jetzt sollen wir unser Leben wegen einer verzogenen Göre aufs Spiel setzen?“

„Du musst ja nicht mitkommen, um sie zu holen", versuchte Ally es.
„Das ist doch lächerlich. Was sollen wir denn machen, falls wir es lebend rüber schaffen? An die Tür des Präsidenten klopfen und sagen: „Guten Tag. Wir sind Rebellen und wollten ihre Tochter fragen, ob sie mit uns kommt?"
„Mein Vater geht nicht persönlich an die Tür", flüsterte Noah. Damit handelte er sich ein Lächeln von Nelly und einen bösen Blick von Levin ein.
„Aber denkst du nicht auch, sie sollte davon erfahren?"
„Ja schon, aber das wird sie früher oder später. Spätestens, wenn sie selbst zur Präsidentin wird." Levin schüttelte den Kopf.
„Es ist mir egal, was du dazu sagst. Ich werde hingehen", stellte Ally klar.
„Wie alt ist das Mädchen?", fragte Levin.
„Fast achtzehn", antwortete Noah.
„Ally, wenn du gehst, werde ich mit dir gehen. Ich werde dich ganz sicher nicht alleine zur Grenze gehen lassen. Und so wie ich dich kenne, gehst du so oder so."
Das brachte Levin aber nicht davon ab, Ally für vollkommen verrückt zu halten und diese Luna schon jetzt zu hassen.
Ally sprang auf und fiel in Levins Arme.
„Danke. Du bist der Beste. Aber bevor wir den anderen davon erzählen und aufbrechen, sollten wir vielleicht einen Plan machen. Wir können schließlich wirklich nicht einfach an die Tür klopfen."
Levin wandte sich an Noah: „Ist deine Schwester oft draußen?"

„Nicht wirklich. Aber bald ist wieder irgend so eine Party, die teilweise auch draußen stattfindet."
„Aber da kommen wir nicht ohne Zeugen an sie ran. Wir werden uns wohl oder übel auf die Lauer legen müssen, um einen guten Moment abzupassen!", sagte Ally.
„Das könnte Tage dauern", widersprach Levin.
„Was anderes wird uns aber nicht übrig bleiben."
Während Levin und Ally weiterhin den genauen Plan besprachen, schlief Noah ein.

NEUN

Luna

„Mama, ich werde Tom nicht heiraten." Ich wartete auf ihre Reaktion, doch Mutter starrte mich nur an. Minuten später fragte sie: „Ist es wegen Noah? Du musst ihn doch nicht in nächster Zeit heiraten."

„Nein, ist es nicht." Luna holte tief Luft, bevor sie den nächsten Satz sagte.

„Tom hat mich betrogen." Wieder sah Mutter mich nur an.

„Wie kommst du denn darauf?"

„Mama", stöhnte ich. Eigentlich hatte ich nicht viel Lust auf die Diskussion von Details gehabt.

„Ich habe es gestern Nacht mit eigenen Augen gesehen."

„Nun gut. Das tut mir leid für dich. Wie geht es dir?"

„Es ist nicht so schlimm. Ich wollte ihn sowieso nie heiraten", gab ich zu.

Geschockt sah mich Mutter an. „Wolltest du nicht?", fragte sie entgeistert.

„Nein. Ich hätte es nur aus Pflichtgefühl getan." Endlich war es raus.

„Wieso hast du nichts gesagt? Wir hätten dich doch niemals dazu gezwungen, ihn zu heiraten. Ich dachte nur, du wärst noch so sehr in ihn verliebt."

„Das dachte ich auch."

Noah? War das da hinten Noah? Die Figur und die Größe passten. Aber warum lag er denn am Boden? Langsam ging ich auf ihn zu.

„Renne, Luna! Renne, so lange du noch kannst!" schrie er. Doch ich ging weiter. Als ich nun auch sein Gesicht vor mir sah, bereute ich, dass ich nicht doch gerannt war. Seine vormals braunen Augen waren nun vollkommen weiß und an den Seiten quoll Blut heraus. Auch aus seinem Mund und seiner Nase floss es. Ich schrie.
„Da siehst du, was du davon hast, dass du nicht auf mich gehört hast." Darauf zückte er ein kleines Taschenmesser. Er griff nach meinem Arm und fuhr mit der Spitze des Messers meine Adern nach. Doch das Blut, das daraus herausquoll, war nicht rot, wie es hätte sein sollen. Es war tiefschwarz.

Schreiend wachte ich auf. Ich lag in meinem Bett. Das Zimmer war stockdunkel. Meine Kleidung war schweißgetränkt und mein Gesicht tränennass.
Schreie von unten weckten meine Aufmerksamkeit. Ich schlich aus meinem Zimmer und blieb geduckt am Treppenrand stehen. Was ich dann sah, konnte ich kaum fassen.
Mein Vater schlug mit höchster Brutalität auf meine Mutter ein. Er musste gerade aus Amerika zurück gekommen sein.
Emma stand daneben und versuchte, Vater zu beruhigen.
„Emma, raus!", schrie Vater. „Du bist gefeuert. Pack deine Sachen und gehe." Entsetzt schaute ich das ganze Spektakel mit an.
Als ich gerade nach unten gehen wollte, um Mutter zu helfen, schaute Emma zu mir hoch, schüttelte den Kopf und formte mit den Lippen die Worte: „Bleib oben."
Doch Vater bekam es mit, schaute zu mir und schrie: „Geh sofort in dein Zimmer, Luna Adams." Und ich gehorchte.

Ich gehorchte aus purer Angst. Später schämte ich mich dafür, dass ich Mutter und Emma nicht geholfen hatte.

Am nächsten Morgen weckte mich ein anderes Dienstmädchen und erinnerte mich an ein Ereignis, welches ich vollkommen verdrängt hatte: Mutters 46. Geburtstag. Und dieser war heute. Mit einer großen Party sollte er gefeiert werden, obwohl der Zeitpunkt äußerst unpassend für eine Feier war.

„Luna, steh auf!“, befahl das Dienstmädchen. Das ging ja gut los. Hauptsache, Emma war noch da. Ich wollte noch einmal mit ihr reden. Und vielleicht ließ Vater sich ja noch umstimmen. Ich wollte nicht auch noch Emma verlieren.

„Wir müssen dich fertig machen!“

„Wann kommen denn die Gäste?“, murrte ich.

„Gegen siebzehn Uhr.“

„Wieso muss ich dann jetzt schon aufstehen?“, fragte ich schlecht gelaunt. Den letzten Teil der Nacht hatte ich auch nicht besser geschlafen, als zuvor.

„Du musst fertig gemacht werden. Außerdem ist es schon zwölf Uhr. Du solltest dich also nicht beschweren.“

Sie machte mir geschlagene eineinhalb Stunden eine Frisur, bevor sie mir erlaubte, unten etwas essen zu gehen. Es gab Brötchen und diverse Aufstriche zur Auswahl. Ich aß ein trockenes Brötchen. Auf mehr hatte ich nach der letzten Nacht keinen Hunger.

Unten traf ich weder meine Eltern, noch Emma. Aber ich hatte auch nicht viel Zeit, um nachzusehen. Das Dienstmädchen schleppte mich, gleich nachdem ich den letzten Bissen geschluckt hatte, wieder zurück nach oben. Weitere zwei Stunden war sie damit beschäftigt, mir meine Schminke aufzutragen und anschließend mein Kleid zurechtzurücken. Die letzte Stunde bis zur Party verbrachte ich damit zu warten, bis mein Nagellack trocknete.

„Luna? Kommst du bitte runter? Die ersten Gäste sind schon da“, informierte mich das Dienstmädchen. Irgendwann hatte sie mir mal ihren Namen gesagt, doch ich hatte ihn schon wieder vergessen.
„Wissen Sie, ob Emma noch hier ist?“, fragte ich sie vorsichtig, während sie kontrollierte, ob mein Nagellack auch wirklich trocken war.
„Nein, ist sie nicht. Sie ist gestern Nacht noch abgereist. Keiner weiß wieso. Es tut mir leid.“ Sie sah mir in die Augen. „Nicht weinen. Das schöne Make-up“, sagte sie als sie die Tränen in meinen Augen sah.
„Nein, natürlich nicht. Ich meine, wieso sollte ich auch?“

Das Fest war in vollem Gange. Ich wusste nicht, mit wie vielen Leuten ich schon getanzt hatte und wie vielen ich schon erklärte hatte, dass Tom und ich kein Paar mehr waren. Dass er mich betrogen hatte, erzählte ich jedoch niemandem. Alle sagten, wie leid ihnen das täte und wie sehr sie sich schon auf unsere Hochzeit gefreut hätten. Und dann fingen die Söhne der Eltern, die es so sehr bedauerten, dass ich nicht mehr in einer Beziehung war, an, sich an mich heranzumachen.
Ich nahm es nicht persönlich. Jeder Anwesende wusste, dass ich, besonders jetzt, da Noah nicht mehr da war, in die Fußstapfen von Vater treten würde. Damit hätte ich dann in Deutschland die Macht und in allen Dingen, die

ganz Europa betrafen, ein großes Mitspracherecht. Und der Mann, der mich heiraten würde, so gesehen auch.
Aber ich überging die kläglichen Flirtversuche und probierte, ein paar normale Gespräche zu führen. Meist ohne Erfolg, da die Jungs nicht lockerließen. Sie alle strebten nach Macht.
Doch sie alle waren mir lieber als der Gast, der in diesem Moment in den Saal kam. Wie konnte Tom es nur wagen, sich hier blicken zu lassen?
Ich entschuldigte mich bei dem blonden Jungen, mit dem ich gerade geredet hatte, und lief auf Tom zu. Man spürte förmlich, wie die Anwesenden die Luft anhielten. Plötzlich lief nur noch die Musik. Gespräche wurden fast komplett eingestellt und alle starrten gespannt auf das Geschehen.
„Was willst du Dreckskerl hier?“, schrie ich ihn an.
„War ich denn nicht eingeladen?“ Sofort roch ich, dass er betrunken war. Tom trank fast nie.
„Ich dachte, es wäre selbstverständlich, dass du nicht willkommen bist. Hat dir dein Personal nichts ausgerichtet?“
„Oh doch, und wie. Ganz schön frech bist du geworden, Weib“, gluckste er.
„Verschwinde!“, zischte ich.
„Aber du liebst mich doch. Wir heiraten bald!“ Er schwankte weiter auf mich zu und legte die Arme um mich.
„Patscher weg!“ Ich kniff die Augen zusammen.
Doch er dachte gar nicht daran, mich loszulassen.
„Bist du schwerhörig?“ Er hörte wieder nicht auf mich. Stattdessen zog er mich zu sich und machte Anstalten, mich zu küssen. Doch ich kam ihm zuvor: Ich holte aus

und steckte meine ganze Kraft in die Ohrfeige, die ich ihm vor all diesen Menschen verpasste.

Er taumelte zurück und hielt sich die rote Wange.

„Du vergisst langsam, dass du nur eine Frau bist. Du hast nichts zu sagen. Außer in der Küche natürlich“, lachte er. „Obwohl, selbst dazu bist du zu unfähig.“

Die Gäste holten hörbar Luft und die Frauen unter ihnen protestierten.

„Verschwinde jetzt!“

„Ja ja. Du wirst schon sehen, was du davon hast.“ Damit drehte er sich um und taumelte nach draußen.

Einige Sekunden vergingen, in denen die Zuschauer und ich noch wie Eisskulpturen still stehenblieben. Dann ging es los: Alle redeten über die gerade erlebte Szene.

Ich hatte das Gefühl, mein Kopf würde platzen. Als ich raus auf die Terrasse rannte, ignorierte ich alle, die nach mir riefen.

Hier draußen war keiner. Eigentlich sollte ein Teil der Feier draußen stattfinden. Doch das fiel im wahrsten Sinne des Wortes ins Wasser.

Es regnete in Strömen. Das zerstörte meine Frisur, mein Kleid und mein Make-up komplett. Doch wen störte das jetzt schon?

Einige Minuten stand ich da und beobachtete die Sterne. Es war fast Vollmond. Ich stand lange da, bis ein Rascheln im Busch vor der Terrasse meine Aufmerksamkeit weckte.

„Ist da jemand?“, rief ich in die Dunkelheit. Innerlich betete ich, dass es kein Wildschwein oder etwas in der Art war. Gab es die in unserer Gegend überhaupt?

Niemand antwortete. Natürlich nicht. Es war bestimmt nur der Wind gewesen. Oder vielleicht kam ja auch Emma zurück? Vielleicht schlich sie sich an, um mit mir

zu reden? Oder es war Noah, der es sich doch noch mal anders überlegt hatte?
Doch wie sich einen Moment später herausstellte, lag ich mit all diesen Vermutungen falsch.
Zwei starke Arme packten mich von hinten und zogen mich mit. Doch es war weder Emma noch Noah, und bevor ich auch nur die Chance hatte zu schreien, drückte derjenige seine Hand auf meinen Mund.

ZEHN

Levin

Ally hatte Luna einen Schal um die Augen gewickelt und mit einem Strick ihre Hände festgebunden. Sie konnte so laut schreien, wie sie wollte, hier auf den Straßen der normalen Bürger interessierte sich niemand dafür. Levin hatte sie über seine Schultern gelegt. Zusammen gingen sie zu einem Haus, in dem Levin und Ally einen Koffer mit einer Matratze gefunden hatten. Die Tür hatten sie so präpariert, dass sie nicht ins Schloss fallen konnte.

Mittlerweile hatte Luna es aufgegeben, zu schreien. Stattdessen stammelte sie nun: „Was wollt ihr von mir?“

„Das werden wir dir schon noch früh genug sagen“, schnauzte Levin sie an.

Luna schwieg. Dann sagte sie: „Mir wird schlecht, wenn du mich weiter so trägst!“

Levin schnaubte und Ally bedeutete ihm, sich zu beruhigen.

„Wir sind gleich da, versprochen“, sagte sie dann zu Luna, als wäre sie eine Freundin und nicht etwa eine Feindin.

„Wo sind wir? Ihr wisst, dass man bald nach mir suchen wird?“, fragte sie. So schlecht konnte ihr ja noch nicht sein.

„Kannst du auch mal den Mund halten?“, schnauzte Levin sie an.

„Ja natürlich, klar. Tut mir leid, dass ich euch dabei gestört habe, wie ihr mich entführt. Wird nicht wieder vorkommen.“

Levin grinste.

„Da bin ich aber beruhigt“, sagte er. Auch Ally lächelte.

„Leg sie einfach auf die Matratze!“, befahl Ally.
Levin gehorchte und legte Luna auf die einzige Matratze in dem kleinen, engen Keller.
„Soll ich ihr die Fesseln abnehmen?“, fragte Levin.
„Mach ruhig. Hier kann sie sowieso kaum flüchten.“
Levin nahm zuerst die Handfesseln ab. Luna kam ihm zuvor und nahm den Schal von den Augen. Zuerst sah sie Ally, dann ging ihr Blick zu Levin. Diesen musterte sie etwas länger.
„Wer seid ihr und was wollt ihr?“, stotterte sie nervös. Ihre Hände zitterten unkontrolliert.
„Das ist eine lange Geschichte“, sagte Ally und begann, ihr alles zu erzählen.
„Und das soll ich euch jetzt einfach glauben?“, fragte sie, als Ally geendet hatte.
„Wir haben uns gedacht, dass diese Frage kommen würde. Noah hat uns daher Informationen gegeben, die wir als ‚normale‘ Rebellen nicht haben können. Er schenkte dir einen Teddy zu einem deiner Geburtstage, der noch immer auf deinem Nachttisch steht, und diesen Tom willst du eigentlich gar nicht heiraten. Woher sollten wir das wissen, wenn wir niemanden aus deiner Familie kennen würden? Wir sind eigentlich nicht böse, wie du vielleicht denkst“, erwiderte Ally. Levin saß schweigend daneben und beobachtete, wie Luna sich immer wieder schnell Tränen wegwischte, in der Hoffnung, dass die beiden anderen nicht sahen, dass sie weinte. Sie war hübsch, aber ihr Stand als Präsidententochter machte das für Levin wieder kaputt.
„Ich kann nicht glauben, dass es den Menschen so schlecht geht.“ Unauffällig schaute sie immer wieder zu Levin.

„Morgen früh werden wir es dir zeigen. Dann kannst du entscheiden, ob du mit uns kommen willst oder wieder zurück zu deinen Eltern möchtest“, erklärte Ally.
„Jetzt solltest du aber erstmal schlafen.“
„Schlafen? In dem Kleid?“, fragte sie.
„Sieht wohl so aus, kleine verwöhnte Prinzessin. Das, oder du schläfst eben nackt.“ Luna musterte Levin böse.
„Levin, hältst du Wache?“, fragte Ally. Levin nickte.

Als Ally bereits eingeschlafen war, fragte Luna leise: „Wie geht es Noah?“
„Schlecht“, antwortete Levin. Luna schluckte. Dann schlief sie ein.

„Luna? Aufwachen!“, forderte Ally und schüttelte Luna sanft. Luna schlug die Augen auf und Levin beobachtete, wie sie krampfhaft versuchte sich zu erinnern, wo sie war. Als es ihr einfiel, setzte sie sich auf.
„Geht es los?“ Aus ihrer Stimme klang Müdigkeit.
„Ja.“ Ally half ihr hoch. Sie war viel zu gutmütig. Lunas Kleid war zerknittert, ihre Schminke verlaufen und ihre Haare standen wild vom Kopf ab.
Selbst so sieht sie hübsch aus, schoss es Levin durch den Kopf. Doch er strich den Gedanken schnell wieder. Zusammen gingen sie die Treppe hoch. Ally vorne, Luna in der Mitte und Levin bildete das Schlusslicht.
Wieder zitterten ihre Hände leicht. Sie hatte Angst vor dem, was sie da draußen erwarten würde. Schließlich musste es so schrecklich sein, dass ihr Bruder und viele andere ihr Leben aufs Spiel setzten, um dem Ganzen zu entkommen.

Sobald Luna sich an das Sonnenlicht gewöhnt hatte, zuckte sie zusammen. Die drei waren mitten im Geschehen.
Am Straßenrand lagen Körper. Körper von Menschen oder auch von Tieren. Einige waren tot, andere nicht mehr weit davon entfernt. Und die Menschenmenge, die über die Straße lief, schaute weg. Etwas anderes konnten sie nicht tun. Sie konnten nur aufpassen, dass sie nicht über einen der Körper stolperten. Statt den großen Villen, die Luna aus ihrem Dorf kennen musste, gab es nur Hochhäuser.
Die Luft war schlecht. Die Stadt war einfach zu voll. Menschen aus unterschiedlichsten Ländern lebten hier auf engstem Raum. Die meisten sahen abgemagert aus. Luna schien keinen Menschen zu entdecken, der auch nur ansatzweise glücklich aussah. Das Bild, das die drei vor sich hatten, war zu schrecklich, um es in Worte zu fassen.
„Und? Wirst du mit uns kommen?“, fragte Levin.
Luna wägte ihre Antwort minutenlang ab. Bis sie unter Tränen antwortete: „Ja, ich werde mit euch kommen. Für Noah.“

EIN NEUES LEBEN BLÜHT AUS DEN RUINEN

Elf

Luna

Knack. Levin sah mich böse an und bedeute mir, still zu sein. Ich war auf einen Ast getreten. Wir saßen zu dritt hinter einem Busch. Ally beobachtete einen der Wachmänner, der auf und ab lief.
Alle 500 Meter stand an der Mauer ein Wachturm. Von dort aus wurde das Gelände beleuchtet, so dass jeder entdeckt wurde, der auch nur eine Sekunde daran dachte zu flüchten. Auch jetzt, mitten in der Nacht.
„Wie sollen wir denn so lebend auf der anderen Seite ankommen?“, fragte ich zweifelnd, was mir einen noch böseren Blick von Levin einhandelte. Ich hielt die Klappe.
Ally zeigte uns drei Finger. Ich wusste genau, was das bedeutete. Sie würde runterzählen und dann mussten wir alle drei zur Mauer rennen.
Zwei Finger. *Bitte Gott, mach, dass wir das alle drei überleben,* betete ich still. Nein, ich bin nicht gläubig. Aber wenn es doch einen Gott gab, vielleicht würde er ja dann genau jetzt meine Gebete anhören.
Ein Finger. Ally und Levin sprangen auf, Levin riss mich mit sich. Ich mochte ihn nicht.
Ich rannte so schnell ich konnte, überrascht, noch keine Kugel in meinem Herzen zu spüren.
„Schneller“, fauchte Levin. Ich konnte gar nicht anders als mein Tempo zu beschleunigen, denn Levin ließ mich nicht los und der hatte ein bewundernswertes Tempo drauf. Ally lief uns voraus.
Die Mauer vor uns wurde immer größer.
Wie soll ich da rüberkommen?

Fuß vor Fuß. Immer und immer schneller. Für Noah. Noch hatte uns niemand entdeckt. Ally war an der Mauer angekommen. Mit Leichtigkeit kletterte sie hinüber.
„Levin, wie soll ich da hochkommen?“, fragte ich ihn panisch.
Er sagte nichts, sondern faltete seine Hände zu einer Räuberleiter. Ich stellte einen Fuß auf seine Hände und zog mich auf die Mauer. Sekunden später war Levin neben mir.
„Wieso springst du nicht?“, zischte er.
Viel zu hoch, schoss es mir durch den Kopf. Das war ein wirklich schlechter Zeitpunkt für Höhenangst.
Eine Sirene sprang an. Ich schaute zu dem Wachturm an unserer rechten Seite. Ein Wachmann sah uns an und schien seine Waffe zu laden.
Ohne Vorwarnung schubste Levin mich von der Mauer und landete dann neben mir. Im Gegensatz zu mir, stand er auf seinen Füßen.
Schmerzen durchfuhren meinen ganzen Körper. Ich stöhnte kläglich.
Levin gab keinen Ton von sich. Als ich keine Anstalten machte, loszurennen, schmiss er mich über seine Schulter und rannte Ally hinterher. Schüsse. Noch mehr Schüsse. Doch keine der Kugeln traf uns, bis wir in den Tiefen des Waldes verschwunden waren.

„Den Rest des Weges läufst du selbst“, knurrte Levin. Er setzte mich neben Ally auf einen Stein. Sie sagten, wir seien jetzt soweit in Sicherheit und sollten eine kurze Pause einlegen.
„Bist du verletzt?“, fragte mich Ally besorgt.

Ich schüttelte den Kopf. Der Schmerz hatte nachgelassen. Wahrscheinlich hatte ich nur ein paar harmlose Prellungen.
Ally sah Levin böse an.
„Was denn? Hätte ich sie nicht geschubst, dann wären wir beide gestorben. Ich hatte auch nicht geplant, sie den ganzen Weg tragen zu müssen."
Er rückte zu mir.
„Soll ich mir mal deinen Rücken angucken?", fragte er. Ich wusste, dass er nur fragte, um Ally milde zu stimmen.
„Wage es nicht, mich noch einmal anzufassen", fauchte ich nur als Erwiderung. Den ganzen Weg von meinem alten Leben bis hierher hatte er mich nur runtergemacht. Wut und Hass loderten in mir auf, wenn ich ihn ansah. Der Gedanke, dass ich bald mit ihm in diesem Wald leben sollte, ließ mich innerlich aufschreien. Ich würde gerne wissen, was Mutter und Vater gerade machten. Sicherlich machten sie sich schon große Sorgen. Würde Vater Mutter wieder schlagen?
„Wir müssen weiter", erklärte Levin tonlos. Er lief auf Ally zu und zog sie an den Händen hoch. Mich ignorierte er wieder so gut es ging. Es war kalt. Der Winter war noch nicht zu Ende und das merkte ich besonders jetzt, da ich immer noch das dünne Kleid vom Fest anhatte. Obwohl man es mittlerweile nur noch als Fetzen bezeichnen konnte. Auf Highheels zu laufen hatte ich bereits nach dem zweiten Tag aufgegeben. Ich lief barfuß und der Schmerz an meinen Füßen erinnerte mich ununterbrochen daran.
„Wie weit ist es jetzt noch?", fragte ich.

„Noch ungefähr zwei Stunden“, antwortete Ally. Sie blieb stehen, zog ihre Turnschuhe aus und reichte sie mir unkommentiert. Fragend zog ich eine Augenbraue hoch.
„Du humpelst“, meinte sie nur und holte dann zu Levin auf. Ich lächelte, zog die Schuhe an und rannte den beiden hinterher. Die Schuhe waren zwar etwas groß, aber es war besser als gar nichts.
„So schlimm ist sie doch gar nicht“, flüsterte Ally. Es war klar, dass es um mich ging. Gespannt hörte ich auf Levins Antwort.
„Ja, ja. Du wirst dich noch umgucken. Bei so einem Elternhaus kann gar nichts Gutes rauskommen.“ Das hatte gesessen. Meine Wut wuchs.

„Geht schon mal vor. Ich komme später nach“, sagte Levin und bog ab. Nachdem ich gefühlte Stunden hinter den beiden hergetrottet war, lief ich jetzt neben Ally.
„Wo geht er hin?“, fragte ich neugierig.
„Zu seinen Eltern.“
Ich fragte nicht weiter nach. Vielleicht lebten seine Eltern ja in einem anderen Lager?
Der Boden wurde weicher und ich wurde von der Spiegelung der Sonne auf dem Wasser geblendet. Wir schwiegen, denn wir wussten beide nicht, worüber wir hätten reden sollen. Im Moment gab es einfach nichts zu sagen.
„Bist du nur wegen deines Bruders mitgekommen?“, brach Ally das Schweigen.
„Ich weiß es nicht.“
„Luna, bitte nimm dir das, was Levin über dich sagt, nicht so zu Herzen.“
„Wieso hasst er mich?“, fragte ich.

„Er hasst dich nicht."
„Oh doch, und wie er das tut!"
„Er kennt dich nur noch nicht richtig."
Ich antwortete nichts mehr. Sie hatte unrecht. Er hasste mich. Und ich ihn.

„Da vorne ist es", Ally zeigte auf eine Reihe von Baumhäusern. Es sah beeindruckend aus.
„Wie viele leben hier?"
„Mit dir und Noah acht Personen."
Ich zählte zwölf Baumhäuser und eine Hütte am Boden. Ein Mädchen, laut Allys Ausruf war es wohl Nelly, kam aus dem Häuschen am Boden gerannt. Sie fielen sich in die Arme.
„Du bist wohlauf! Aber... wo ist Levin... ist er....?"
„Nein, natürlich nicht. Er ist noch bei seinen Eltern."
Nelly sah nun mich an.
„Ich habe schon sehr viel von dir gehört", Nelly lächelte und umarmte mich kurz.
„Ich habe schon ein Zimmer für dich vorbereitet." Sie zeigte auf eine Baumhausgruppe. Zwei große Baumhäuser und ein kleines wurden durch eine Plattform verbunden. Da sollte ich jetzt also leben? Und das, obwohl ich noch vor einigen Tagen in einem riesigen Haus mit gefühlt hunderten Bediensteten gelebt hatte. Ich hoffte, bald aus diesem Albtraum zu erwachen. Ich würde keine Präsidentin werden. War es nicht das, was ich mir immer gewünscht hatte?
„Ally, ruhe du dich doch am Besten ein bisschen aus. Ich kann Luna alles zeigen." Sie nahm mein Handgelenk und zog mich mit hoch auf die Plattform. Man erreichte sie durch eine steile Treppe.

„Hier ist ein kleines Bad. Wir haben zwar fließend Wasser, aber nur eiskalt", sagte sie und zeigte auf das kleine Baumhaus.
„Hier schläfst du." Sie zeigte auf das rechte Häuschen. „Und hier schläft Levin." Ich schluckte.
Ich schlief also direkt neben ihm. Das ging ja gut los.
Nelly öffnete die Tür zu meinem neuen Zimmer. Schweigend sah ich mich darin um. Eine Matratze auf dem Boden und ein augenscheinlich selbstgebautes Regal, neben dem sich ein Kleiderhaufen türmte.
„Dein Bruder hat mir deine Größe verraten. Ich hoffe, die Sachen passen. Das waren die, die wir noch in unserem Kleiderlager hatten." Sie lächelte schon wieder.
„Du solltest dich vielleicht erst mal frischmachen. Dann zeige ich dir alles", ihr Lächeln erstarb, „und wir können zu deinem Bruder gehen."
Zuerst wollte ich widersprechen, doch sie hatte recht. Überall klebte mir Dreck an der Haut und das Kleid war mittlerweile nicht mehr als ein Fetzen.
„Ich warte in der Küche auf dich." Sie wollte schon rausgehen, als sie sich nochmal umdrehte und „die Küche ist das einzige Haus am Boden", ergänzte.
Sie zwinkerte mir zu und verließ das Zimmer.
Ich atmete aus und ließ mich erschöpft auf die Matratze fallen. Jetzt, wo ich von nichts abgelenkt war, stürzte alles auf mich ein.
Ich hatte meine Eltern, meine Freunde; meine komplette Existenz aufgegeben. Vorher hatte ich keine einzige Chance gehabt, mich auch nur von einer dieser Personen zu verabschieden.
Ich würde zwar Noah wiedersehen, aber wer wusste schon, was noch alles auf mich zukommen würde. Nie

wieder würde es große Essen geben, pompöse Feste, ein großes Zimmer oder auch nur eine warme Dusche. Ich hatte keine Ahnung, wie lange ich dasaß und einfach nur weinte. Bis ich merkte, dass es kein passender Augenblick für Schwäche war.
Ich wischte mir die Tränen weg und stand auf. In dem Kleiderhaufen fand ich keine Klamotten, die denen in meinem alten Kleiderschrank ähnelten. So zog ich mir eine graue Stoffhose und ein weites schwarzes T-Shirt heraus.
Damit lief ich heraus, umfasste die Klinke der Badezimmertür und zog die Tür auf. Doch zwei Sekunden später war die Tür auch schon wieder zugezogen worden. Ich wollte gerade wieder in mein Zimmer gehen, als die Badezimmertür wieder aufging.
„Du kannst reingehen", sagte Levin und ging an mir vorbei in sein Zimmer. Er klang noch immer abweisend.
Ich schüttelte den Kopf und betrat das Badezimmer. In der Ecke stand eine kleine Duschkabine, daneben ein Waschbecken und in der entgegengesetzten Ecke eine Toilette. Ich warf die frischen Sachen auf den Boden, daneben landete der Fetzen von Kleid und dann stieg ich in die Dusche.
Als der eiskalte Duschstrahl meine Haut traf, fiel mir wieder ein, dass es nur kaltes Wasser gab und ich zuckte reflexartig zurück.
Also nie wieder warme Duschen, um die Muskeln zu entspannen. Musste ich wohl akzeptieren.
Ich ließ mir also keine Zeit und hatte nach vier Minuten Haare und Körper gewaschen. Dann schlüpfte ich in meine Sachen.

Es fühlte sich viel besser an, als die engen Kleider, die ich gewöhnt war. Meine Haare band ich in einem lockeren Dutt zusammen. Vater und Mutter würden den Kopf über mein Aussehen schütteln.
Den Stofffetzen, der einmal mein Kleid gewesen war, schmiss ich in mein neues Zimmer und ging hinunter.
Ich konnte es kaum noch abwarten, Noah zu sehen. Ohne Jacke war es bitterkalt draußen. Ich hoffte, dass der Frühling bald kommen würde.
Barfuß lief ich über die nassen Blätter zu der kleinen Hütte. Aus dieser drangen mehrere Frauenstimmen.
Die kleine Holztür ließ sich etwas schwer öffnen und jeder war durch das Rütteln gewarnt, dass ich kam.
Die Stimmen verstummten. Drei neugierige Augenpaare schauten mich an. Zwei davon kannte ich bereits: Ally und Nelly.
Die dritte Frau stand auf und kam auf mich zu. Sie umarmte mich herzlich.
„Ich bin Annemarie. Schön, dich kennenzulernen, Luna!“, sagte sie.
Ihre langen blonden Haare waren zu zwei französischen Zöpfen geflochten. Ihre Augen strahlten freundlich und ihre Haut war von Sommersprossen übersäht. Eine Stupsnase saß in der Mitte ihres runden Gesichtes.
Annemarie war etwa so groß wie ich.
Nelly stellte sich neben uns. „Ich bringe dich erst mal zu Noah.“ Mit diesen Worten zog sie mich auch schon wieder aus der Küche heraus.
Gegenüber meines Zimmer, führte eine Treppe nach oben, die wir jetzt hinaufliefen.
„Wie geht es ihm?“, fragte ich leise, kurz bevor wir oben angekommen waren.

Mitleidig sah sie mich an. „Es hat sich schon etwas gebessert“, sagte sie nur. Das klang nicht gut.
Sie schob die Tür auf und gab den Blick ins Zimmer frei. Auf einer Matratze in der Mitte des Raumes lag Noah. Doch er war kaum wiederzuerkennen. Seine Kleidung war von Dreck und Blut verschmiert. Die Augen hatte er geschlossen und sein Atem ging schwer.
„Noah!“, rief ich und rannte an Nelly vorbei zu ihm. Ich umfasste sein Gesicht mit meinen Händen.
„Noah, wach auf“, murmelte ich. „Bitte!“ Eine Träne rollte über meine Wange. Seine Augen öffneten sich einen Spaltbreit. Sein Gesicht glänzte vor Schweiß.
„Luna!“, krächzte er.
Erschöpft streckte er die Arme nach mir aus und ich legte mich neben ihn. Einen Arm legte er schwach um meine Schultern.
„Du bist hier!“, flüsterte er.
„Ich lasse euch jetzt mal allein“, meldete Nelly sich und zog die Tür hinter sich zu. Noah zitterte, obwohl zwei Decken ihn wärmten.
„Was ist mit dir passiert?“, schluchzte ich.
„Sie haben mich erwischt. An der Grenze.“
„Wie geht es dir jetzt?“
Er schien zu versuchen, die Augen noch weiter zu öffnen, doch es misslang ihm.
„Nicht gut.“ Ja, klar. Warum hatte ich auch gefragt. Schließlich lag es auf der Hand.
Ich fasste an seine Stirn. „Du bist glühend heiß. Du musst sehr hohes Fieber haben.“ Ich sprang auf und ging zur Tür.
„Wo willst du denn hin?“, krächzte er verzweifelt.
„Ich gehe dir kalte Tücher machen.“

Dort waren wieder zwei andere Türen. Hinter der einen war ein scheinbar unbewohntes Zimmer und die andere Tür verbarg den Blick auf eine Vorratskammer.
Also rannte ich die Treppe wieder nach unten. In meinem Zimmer ließ ich den Blick schweifen, bis er auf das zerschlissene Kleid fiel. Ich schnappte es mir und ging zum Bad. Diesmal klopfte ich vorher an, doch es reagierte niemand. Also riss ich die Tür auf, tränkte einzelne Stoffstücke des ehemaligen Kleides mit dem eiskalten Wasser aus der Dusche und ging so schnell wie nur möglich zurück zu Noah.
Noah war bereits wieder eingeschlafen. Jedenfalls waren seine Augen wieder geschlossen. Ich zog ihm vorsichtig die Decke weg, umwickelte seine Waden und seine Stirn mit dem nassen Stoff und setzte mich neben ihn.
Die Tränen rannten über mein Gesicht. In so einem Zustand hatte ich ihn noch nie gesehen.
„Das wird wieder", flüsterte ich. „Und dann können wir zurück nach Hause."
„So ist das also? Du bist nur hier, um zu warten bis er wieder gesund ist. Isst uns das Essen weg, um danach in dein Scheißleben zurückzukehren? Hast du nicht verstanden, wie die Menschen unter der Regierung deines Vaters leben? Ich habe dich anscheinend doch nicht falsch eingeschätzt!" Als ich erschrocken zur Tür schaute, sah ich gerade noch, wie Levin das Zimmer verließ, in das er sich anscheinend geschlichen hatte und die Treppen runterpolterte. Ich sprang auf und rannte ihm hinterher.
„Levin, warte!" Ich weinte. Ich fühlte mich hier so schlecht. Ich wollte nicht bleiben. Auf gar keinen Fall.
„Ich kann doch auch nur etwas verändern, wenn ich zurückkehre!", rief ich.

Er drehte sich um. Seine Augen glitzerten vor Wut und Hass. Allein dieser Ausdruck tat weh. Doch das, was er dann sagte, verletzte mich noch mehr.
„Luna Adams, du bist wohl der schlimmste Mensch, den ich je kennengelernt habe. Ich *hasse* dich!“

ZWÖLF

Luna

Erschrocken sah ich ihm nach. Ich hätte ihm hinterherschreien können, dass ich ihn auch hasste. Doch in diesem Moment, als seine Worte mich so sehr verletzten, erkannte ich, dass das eine Lüge gewesen wäre. Verzweifelt setzte ich mich auf eine der Treppenstufen, zog die Knie an und versteckte mein Gesicht und damit die Tränen in meinen Händen.

Ich weinte nicht nur wegen dieser harten Worte. Vielmehr weinte ich um meinen Bruder. Über die Ungewissheit, ob er es überleben würde. Den Hass, den Levin mir entgegenwarf. Darüber, dass ich es ihm nicht verübeln konnte. Er hatte recht. Ich war ein schrecklicher, egoistischer Mensch. Wieso wollte ich wieder zurück? Zurück zu meinem Vater, der zuließ, dass es den Menschen so schlecht ging. Zu dem Vater, der seine Ehefrau schlug, die er eigentlich lieben sollte. Zu dem Vater, der vielleicht später, wäre ich länger geblieben, auch nicht davor zurückgeschreckt hätte, sein eigenes Fleisch und Blut zu schlagen. Ich sollte nicht meine Situation hassen, sondern vielmehr ihn.

„Luna?“ Nelly kam zu mir hochgerannt. Sie schaute mich geschockt an und schloss mich in ihre langen Arme.

„Was ist denn los? Ist es wegen Noah?“

„Auch“, schluchzte ich.

„Wenn du darüber reden möchtest...“, sie zwinkerte mir zu. Dann legte sie ihren Kopf auf meine Schultern und Arm in Arm saßen wir da. Bis uns ein Schrei meines Bruders aus den Gedanken riss.

Ich sprang auf und rannte zu ihm. Er hatte sein Gesicht vor Schmerz verzogen. Tränen hatten sich einen Weg aus seinen Augen gebahnt.
Er versuchte, mich anzusehen, doch konnte die Augen nur zusammenkneifen.
„Ich kann nicht mehr“, murmelte er.
„Doch, du kannst!“, schrie ich ihn an. Ich rannte zu ihm und nahm ihn in den Arm.
„Wo tut es weh?“, fragte ich.
„Mein Bein. Mein Bauch. Überall.“
Ich zwang mich, mir seine Wunden genauer anzusehen. Vorsichtig nahm ich die blutgetränkten Verbände von seinem Bauch und seinem linken Oberschenkel. Erschrocken sog ich die Luft ein.
„Nelly?“, rief ich verzweifelt.
Sie stand hinter mir. „Ich übernehme das. Nimm die Finger weg und beruhige ihn.“
Als ich zu ihm aufsah, zitterte er und er weinte. Die Wunden waren eindeutig schwer entzündet. So etwas hatte ich noch nie gesehen. Zuhause wäre uns so etwas niemals passiert.
Nelly flitzte in die Vorratskammer nebenan und kam mit einer kleinen Tasche wieder.
„Gib mir deine Hand“, flüsterte ich Noah zu. Er gehorchte. Während Nelly die Wunden versorgte, schrie er immer wieder schmerzverzerrt auf und zerquetschte fast meine Hand.
„Fertig“, sagte Nelly und knüllte die alten Verbände zusammen, um sie anschließend in einen kleinen Eimer an der Tür zu schmeißen.
Noah schloss erschöpft die Augen. Wir warteten, bis sein Atem gleichmäßiger wurde.

„Luna? Vielleicht solltest du dich etwas ablenken. Ich könnte dir alles zeigen“, schlug Nelly vor.
„Annemarie wird solange nach ihm sehen“, setzte sie hinzu.
Ich löste den Blick von Noah und nickte dankbar. Sie zog mich hoch und wir gingen aus dem Zimmer.
Schweigend ließen wir das Lager hinter uns.
„Jeden Morgen müssen wir hier Wasser holen. Zum Kochen und zum Trinken.“ Nelly deutete auf den Fluss, den ich schon bei der Ankunft gesehen hatte. Dies war jetzt vielleicht ein paar Stunden her. Es war Nachmittag und langsam wurden meine Muskeln müde.
„Das machen meistens Ally und Annemarie. Ich gehe währenddessen mit Annabell Beeren sammeln.“
„Annabell?“
„Ja. Meine dreijährige Tochter“, erklärte Nelly.
Überrascht sah ich sie an. „Du hast eine Tochter?“
Sie nickte. „Du kannst ja vielleicht morgen früh mal mitkommen.“
„Ja. Aber was macht Levin?“
„Der baut meistens mit Lucas am Lager weiter oder sie `jagen`. Es gibt aber selten Fleisch. Wenn dann Fisch. Das aber auch eher selten.“
Wir schwiegen und blickten auf die Wasseroberfläche.
„Alles wird gut!“, sagte Nelly plötzlich. Fragend sah ich sie an.
„Ich meine, wir werden alles geben, damit Noah wieder auf die Beine kommt und du wirst dich hier einleben. Da bin ich mir sicher“, erklärte sie.
„Ich mir nicht. Ich bin ehrlich: Ich habe keine Ahnung, ob es die richtige Entscheidung war, hierher zu kommen. Ich gehöre hier nicht hin. *Das* bin ich nicht.“

„Das kannst du doch noch gar nicht wissen. Du bist seit ein paar Stunden hier. Und außerdem bist du geblendet durch die Sorge um deinen Bruder." Sie sah mich ernst an.

„Levin hat diese Sorgen nicht. Er scheint aber auch meiner Meinung zu sein. Er hasst mich."

„Hassen ist ein schlimmes Wort."

„Ja, das ist es."

„Er hasst dich nicht."

„Das hat er mir aber heute gesagt", sagte ich.

„Das darfst du dir nicht so zu Herzen nehmen. Er ist manchmal etwas grob."

„Warum?".

„Weil er viel durchgemacht hat. Und er war zu jung. Er hat es bis heute nicht verdaut. Auch, wenn er das nie zugeben würde."

„Erzähl mir davon, bitte", bat ich sie.

„Zuerst ist er mit seinen Eltern geflüchtet. Er hat sie sterben sehen. Als ich auf Ally und ihn traf, waren wir eine Weile zusammen. Ich habe ihn jedoch verlassen, weil ich mich in Lucas verliebt hatte. Bis heute mache ich mir deswegen Vorwürfe. Er hat niemanden außer Ally. Niemanden, dem er vertrauen kann. Hinter seiner harten Schale steckt kein weicher Kern, sondern ein kaputter."

DREIZEHN

Levin

Ein Schreien ließ ihn aus dem Schlaf hochfahren. Er erkannte es. Es war Lunas Schreien. Leise stand er auf, schlich aus seinem Zimmer und weiter zu ihrem. Levin öffnete die Tür. Sie lag in ihrem Bett. Offensichtlich schlief sie. Sie musste einen Albtraum haben. Sie weinte und immer wieder schaffte es ein erstickter Schrei, aus ihrer Kehle zu entfliehen.

„Luna!“, flüsterte er. Sie reagierte nicht.

„Luna!“, schrie er. Doch sie schlief weiter.

Er lief zu ihr und schüttelte sie. „Luna, wach auf!“

Ihre Augen sprangen auf.

Sie ist hübsch.

Nachdem die Furcht aus ihrem Blick gewichen war, schaute sie ihn überrascht an.

„Danke“, krächzte sie. Er nickte und ging zurück in sein Zimmer. Er hielt es in ihrer Nähe nicht aus. Wenn er sie sah, dachte er immer daran, was ihre Familie ihnen allen angetan hatte. Er legte sich zurück in sein Bett, streckte sich aus. Minuten später hatte der Schlaf ihn übermannt.

„Was steht heute so an?“, fragte Levin, als er zu den anderen in die Küche kam. Sein Blick fiel einen Moment lang auf Luna. Dunkle Augenringe zeigten sich unter ihre Augen. Sie saß neben Nelly und schaute ins Nichts.

„Nichts Besonderes. Der Bote müsste aber bald mal wieder kommen“, antwortete Ally.

„Wenn ich zu meinen Eltern gehe, halte ich Ausschau nach ihm“, versprach er.
„Ich gehe mit Luna noch ein paar Beeren holen“, verkündete Nelly. Lunas Kopf schoss in die Höhe.
Sie nickte, versuchte sich an einem Lächeln und nahm sich dann noch eine Nuss.
„Ich werde mich um Noah kümmern“, versprach Annemarie.
„Kann ich nicht lieber hierbleiben und das übernehmen?“, meldete sich Luna zu Wort.
„Nein! Ein wenig Ablenkung tut dir auch mal ganz gut“, Nelly sah sie tadelnd an. Als wäre sie keine erwachsene Frau, sondern ein kleines Kind.
Luna schnaubte widerwillig. „Ich möchte ihn aber sehen, bevor wir losgehen. Also, wenn ihr mich dann entschuldigt.“ Sie warf die Serviette, die sie benutzt hatte, auf ihren noch halbvollen Teller und verließ ohne einen Blick nach hinten die Küche.
„Wow“, hauchte Lucas. Nelly sah ihn mit hochgezogenen Augenbrauen an.
„Was wow?“
„Es ist nur... Ich habe sie mir anderes vorgestellt. Verwöhnter. Verzogener. Unfreundlicher.“ Er schien kurz zu überlegen, bevor er das letzte Adjektiv hinzufügte: „Schwächer.“
„Das ist sie auch“, bemerkte Levin und handelte sich böse Blicke von Annemarie, Ally und Nelly ein.
„Ich gehe dann mal Annabell aufwecken“, Nelly stand auf.
„Nelly?“, fragte Annemarie.
Sie drehte sich noch einmal um.

„Bitte lenke Luna heute so lange wie möglich ab. Ich glaube nämlich nicht… ich glaube nicht, dass Noah sich je wieder erholen wird.“

Levin stand auf. Er sah Ally zu, wie sie sich ebenfalls von dem Steinfelsen erhob und sich neben ihn stellte. Gemeinsam schauten sie auf die Wasseroberfläche. Er liebte sie. Es waren nicht die gleichen Gefühle wie er sie für Nelly gehegt hatte. Es war viel mehr.
„Wie geht es dir?“, fragte sie.
„Gut, wieso?“
„Weil ich dich das viel zu selten frage.“
Levins Mundwinkel hoben sich. „Und wie geht es dir?“
„Ich weiß nicht.“
„Warum nicht?“
„Ich mache mir große Sorgen um Noah. Annemarie hat Recht. Er wird sterben. Und ich mache mir Sorgen, wie es danach mit Luna weitergeht“
„Hast du dir schon mal darüber Gedanken gemacht, dass die beiden selber Schuld sind? Ihr Vater ist Chef der Wachposten. Er hat ihnen befohlen, alle zu töten, die versuchen, einen Fuß in diesen Wald zu setzen“, sagte Levin.
„Aber davon wussten die beiden doch nichts!“
„Da wäre ich mir nicht so sicher.“
„Noah ist geflohen. Und Luna auch, als wir ihr die Umstände gezeigt haben. Sie wollten das alles nie!“
Levin antwortete nichts.
„Ich bin mir sicher, dass sie beide ein großes Herz haben. Du wirst schon noch sehen.“

„Sind die beiden noch immer unterwegs?“, fragte Ally Lucas, als sie mit Levin zurückkam. Sie hatte am See gewartet, während er bei seinen Eltern war.
„Ja. Ich bin überrascht, dass Nelly es schafft, sie so lange wegzuhalten“, antwortete Lucas.
„Und wie geht es Noah?“, fragte Levin.
„Gar nicht gut. Gefühlt verschlechtert sich sein Zustand Minute um Minute. Die meiste Zeit ist er nicht mehr bei Bewusstsein.“
Ally lief eine Träne über die Wange. „Was glaubst du, wie lange er es noch machen wird?“
„Wenn ich ehrlich bin, glaube ich nicht, dass er die nächste Woche noch erleben wird.“
Immer mehr Tränen liefen über ihre Wangen. Sie kannte ihn nicht. Aber egal, wer hier ankam, sie schloss ihn oder sie jedesmal viel zu schnell ins Herz.
Levin legte die Arme um sie. „Wollen wir mal zu ihm gehen?“, flüsterte er ihr ins Ohr. Sie nickte. Zusammen gingen sie die Treppe hoch und öffneten leise die Tür.
Annemarie saß an dem Bettrand und hielt Noahs Hand. Seine Augen waren einen Spaltbreit geöffnet.
Annemarie sah auf. In ihren Augen standen Tränen und sie schüttelte müde den Kopf.
Nelly lief zu ihr, legte einen Arm um sie und versuchte, ihr Trost zu spenden, obwohl es ihr selbst nicht besser ging.
Noah hustete schwach. Sein Atem war flach. Kaum bemerkbar. Seine Kleidung und seine Bettwäsche waren blutgetränkt. Auf seiner Stirn stand Schweiß.
Levin blieb in der Tür stehen. Er wusste nicht, wie lange sie dort gewesen waren, als ein panisches Luftschnappen von Noah Panik verbreitete.

Die beiden Mädchen sprangen auf. Annemarie legte ihre Hände um sein Gesicht.
„Ganz ruhig, Noah. Hol tief Luft“, flüsterte sie erschöpft.
Noah versuchte es. Doch sein Kampf um Sauerstoff schien nicht zu enden.
Immer wieder versuchte Annemarie, ihn dazu zu bringen, ruhig zu atmen. Levin und Ally konnten nichts anderes tun, als das Szenario zu beobachten.
Noahs Augenlider flatterten, bevor sie sich schlossen. Trotzdem schnappte er immer weiter panisch nach Luft.
„Noah, bleib bei uns. Mach die Augen auf. Bitte!“, Annemaries Schreien erstickte zu einem Flüstern.
Doch dann endete Noahs Kampf um Luft. Sein Körper hörte auf, sich zu bewegen. Seine Brust hob sich nicht mehr.
„Nein!“, schrie Ally. Sie legte zwei Finger an seinen Hals, ließ sie wieder sinken und schüttelte den Kopf. Levin und Annemarie wussten genau, was das bedeutete. Die beiden Mädchen fielen sich in die Arme. Sie vergossen Tränen um die Wette. Levin wusste, dass sich besonders Annemarie Vorwürfe machte, sie hätte zu wenig getan.
„Soll ich mitkommen?“, hörte er Nelly draußen fragen.
„Nein, ist schon gut. Ich will allein mit ihm sein.“ Das war Luna.
Mist. Was mach ich denn jetzt? Schoss es Levin durch den Kopf. Er griff nach der Türklinke und zog die Tür auf.
Luna stand nur wenige Zentimeter vor ihm; die Hand ausgestreckt, um die Tür aufzumachen.
„Was machst du denn hier?“, fragte Levin und schob sie weg, um anschließend die Tür hinter sich zu zuziehen.
„Ähm, ich will zu meinem Bruder?“ Luna sah ihn verwirrt an.

„Wir sollten uns unterhalten."

„Kann das nicht bitte warten? Ich will jetzt wirklich zu Noah. Ich habe ihn den ganzen Tag alleine gelassen."

„Nein, es ist wirklich wichtig und ich will es nicht hier zwischen Tür und Angel klären", versuchte es Levin weiter.

„Levin, hör auf mit der Scheiße", fuhr sie ihn an und drängte sich an ihm vorbei. Er umfasste ihren Arm und zog sie zurück.

„Luna, es tut mir wirklich leid. Annemarie hat alles versucht, aber er..."

„Nein. Nein! Sag mir bitte, dass er nicht tot ist!"

„Es tut mir leid, Luna."

VIERZEHN

Luna

Ich ließ mich auf die Knie sinken. Versuchte, mein Gesicht in meinen Händen zu verstecken. Einige meiner Schreie wurden durch die Tränen erstickt. Ich hatte die Person verloren, wegen der ich mein komplettes Leben aufgegeben hatte.
Ich spürte, wie zwei Arme meinen Körper umschlangen. Sah aus einem Schleier von Tränen, dass es Nelly war. Levin musste sie wohl zurückgerufen haben.
„Alles wird gut. Wir schaffen das." Das waren die einzigen Worte, die sie zu mir sagte, bevor wir mindestens eine Stunde Arm in Arm saßen. Es gab auch nichts anderes zu sagen. Nichts hätte die Situation besser machen können.
Später saßen auch Ally und Annemarie mit uns vor dem Zimmer, in dem mein Bruder lag – mein toter Bruder.
Ich hörte, dass sich Levin und Lucas unterhielten, verstand aber kein Wort. Mein Kopf dröhnte.
Einige Minuten später begannen auch die Mädchen, wieder etwas zu sagen. Ich ignorierte jeden Aufmunterungsversuch. Ich sah zwar die anderen an, doch vor meinem inneren Auge spielten sich nur Erinnerungen mit Noah ab.

„Du wirst die Prinzessin nicht in die Hände bekommen. Denn sie ist MEINE Schwester", schrie Noah seinem Freund zu. Die beiden liefen mit je einem Holzschwert in der Hand aufeinander zu und begannen, sich damit zu bekämpfen.

Ich saß auf einem Stein im Garten, hatte ein rosa Prinzessinenkleid an und eine goldene Krone auf dem Kopf.
„Mittag!“, rief unsere damalige Haushälterin.
Noah setzte zum finalen Schlag an und schlug seinen Gegner zu Boden. Dann sprang er in die Luft.
„Geschafft!“, rief er aus. Er rannte zu mir, schlang die Arme um mich und wir kicherten.

Noah, meine Eltern und ich lachten als die Videoaufnahme stoppte.
„Ich kämpfe zwar nicht mehr mit Holzschwertern, das überlasse ich dann lieber Tom. Aber eins hat sich nicht verändert: Du bist und bleibst meine Prinzessin und ich hoffe inständig, dass ich später Seite an Seite mit dieser Prinzessin das Land regieren kann“. Noah umarmte mich und eine Träne lief über meine Wange.
„Ich liebe dich, Noah.“
„Und ich dich, Schwesterherz.“

Ich wischte mir die Tränen von der Wange. Nelly beobachtete mich aufmerksam.
„Woran denkst du?“, fragte sie.
Jeder Versuch, die Erinnerung mit ihr zu teilen, wurde von einem Schluchzen unterbrochen.
Nelly nahm meine Hand. Ally, die zu meiner anderen Seite saß, verschränkte ihre Finger mit den Fingern meiner anderen Hand.

Als es am Himmel allmählich dämmerte, stand ich auf, öffnete vorsichtig die Tür zu Noahs Zimmer und zog sie hinter mir zu. Ich wollte mit ihm allein sein.

Es stach in meinem Herz als ich ihn da liegen sah: blutgetränkte Kleidung, schweißnasse Haut, tot.
Langsam lief ich näher zu ihm heran. Ich schloss meine Hand um seine. Die Haut war kalt. Ich bekam Gänsehaut.
„Hey“, flüsterte ich. Ich versuchte, die Tränen nur für einen einzigen Moment zu unterdrücken. Doch es gelang mir nicht, so dass sie weiter flossen während ich sagte: „Ich liebe dich. Warum du? Ich habe hier doch niemanden außer dir. Aber weißt du was? Ich werde nicht zurückgehen! Ich bleibe hier, denn genau so hättest du es gewollt. Ich hoffe, es ist dort, wo auch immer du jetzt sein magst, besser als hier.“
Durch die Tür, die aufschwang, wurde ich unterbrochen.
„Was willst du, Levin?“, keifte ich ihn an.
„Es tut mir leid, aber wir sollten ihn beerdigen bevor es stockdunkel ist. Lucas und ich haben alles vorbereitet. Nimm dir ruhig noch ein wenig Zeit und... sag einfach Bescheid, wenn du soweit bist.“
Auf ein Nicken von mir verließ er leise den Raum.
Bereit sein? Für das, was als nächstes kommen würde, würde ich niemals bereit sein. Doch ich wollte es hinter mich bringen.
„Ich liebe dich!“, erklärte ich und küsste seine kalte Stirn. „Es tut mir alles so leid. Es hätte mich treffen sollen. Nicht dich. Du bist... warst ein guter Mensch. Bei mir bin ich mir noch nicht ganz sicher. Pass auf dich auf. Irgendwann werden wir uns wiedersehen.“ Ich ließ seine Hand los und stand auf. Einige Minuten stand ich an der Tür und schaute ihn an, bevor ich sie öffnete.
Lucas, Levin, Ally und Annemarie saßen auf der Treppe.
„Wo ist Nelly?“, fragte ich.

„Sie bringt kurz Annabell ins Bett. Sie kommt gleich wieder", antwortete Lucas.
„Bereit?", fragte Ally.
„Nein", antwortete ich wahrheitsgemäß. Sie stand auf und nahm mich in den Arm. „Ich habe ihn geliebt", schluchzte ich.
„Du tust es immer noch", stellte Ally fest.
„Er ist tot", erinnerte ich sie.
„Sein Körper ist es. Sein Geist nicht. Der lebt jetzt irgendwo anders. Welche Menschenseele weiß schon, wo? Aber ist das wichtig?"
„Du hast recht", sagte ich. Ich verbarg mein Gesicht an ihrer Schulter und registrierte nur am Rande, wie Levin und Lucas in Noahs Zimmer gingen. Zuerst wollte ich protestieren. Doch Levin hatte Recht. Bald würde es dunkel werden.
„Lass uns schon mal vorgehen", sagte Nelly. Sie stand am Fuß der Treppe. Ich lief zu ihr herunter. Sie wollte meine Hand nehmen, doch ich entzog mich dieser Geste. Ally lief vor uns, zeigte uns den Weg. Annemarie und Ally neben mir.
Einige Minuten vom Lager entfernt blieben wir stehen. Wir standen vor einem ausgehobenen Erdloch. Die Erde daraus lag daneben. In dem Haufen steckte ein Spaten.
Der Gedanke, dass wir Noah hier vergraben würden, tat unbeschreiblich weh.
Schweigend warteten wir auf Levin und Lucas.
Sie trugen Noah gemeinsam in seinem Laken.
Sie blieben kurz vor dem Loch stehen. Keiner sagte etwas, während die beiden ihn in das Loch hinunterließen. Ich merkte, dass das alles zu schnell ging. Gerade erst war ich hier angekommen; voller Hoffnung, hier ein Leben mit

Noah führen zu können oder gemeinsam mit ihm nach Hause zurückzukehren. Und jetzt beerdigte ich ihn.
„Sollen wir?“, Levin deutete auf den Spaten und sah mich fragend an. Ich nickte erschöpft.
Also begann er, Erde über Noah zu schütten. Bis das Loch völlig zu war, schienen Stunden zu vergehen und es war mittlerweile stockdunkel.
„Willst du nochmal allein hier bleiben?“, fragte Nelly vorsichtig. Ich schüttelte den Kopf.
„Nein. Ich will einfach nur weg von hier.“

Das eiskalte Wasser rieselte auf meine Schultern. Ich schloss die Augen. Genoss es, etwas zu tun zu haben. Die Kälte vertrieb zwar meine Erschöpfung, doch das dumpfe Gefühl der Trauer blieb.
Nur die Tränen blieben aus. Ich hatte das Gefühl, dass es keine mehr zum Verschütten gab.
Meine Hand drehte den Wasserhahn zu. Ich strich die nassen Haare aus meinem Gesicht, stieg aus der Dusche und band mir ein Handtuch um.
Das Bad war mit Licht erfüllt. Viel zu hell. Ich wollte mich in die Dunkelheit einhüllen. Also schenkte ich meinem Spiegelbild keinen einzigen Blick, bevor ich das Bad verließ und direkt in mein Zimmer lief.
Nachdem ich mir etwas Lockeres angezogen hatte, umwickelte ich meinen Körper mit meiner Bettdecke und versuchte krampfhaft einzuschlafen, um der Trauer wenigstens für einige Stunden zu entfliehen.
Zuerst gelang es mir nicht. Egal, wie viele Stunden vergingen, die Realität blieb.
Dann ümannte mich der Schlaf doch endlich.

Ich saß in einer Bahn. Diese gab es vor dem Ausbruch der Krankheit massenhaft.
Ich war ganz allein in der Bahn. Es war dunkel draußen. Für die meisten zu spät, um noch unterwegs zu sein. Ich saß auf dem hintersten Platz. Beobachtete die Lichter der Laternen. Die Bahn fuhr rasend schnell. Immer schneller und schneller. Ich lachte hysterisch. Die Schnelligkeit verlieh mir einen Adrenalinkick. Ich war absolut glücklich. Das Glücksgefühl musste sich plötzlich mit keinem anderen Gefühl mein Herz teilen.
Nichts anderes als dieses Gefühl der absoluten Freiheit nahm ich wahr. Ein warmes Gefühl füllte meinen Bauch von innen hinaus.
Doch plötzlich raste ein Auto hinter der Bahn her. Es war schwarz, selbst die Fenster, so dass ich nicht erkennen konnte, wer darin saß. Das Auto beschleunigte. Es war noch viel schneller als die Bahn. Mein Lachen verwandelte sich zu einem Schreien als ich sah, dass das Auto immer näher kam und der Fahrer gar nicht daran zu denken schien, langsamer zu werden.
Es war nur noch wenige Zentimeter von der Bahn entfernt.
Als es schließlich gegen die Bahn fuhr, die Wand neben mir zerfetzte und dann mit der Bahn anhielt, schrie ich.
Ein Mann in Schwarz ließ das Autofenster nach unten fahren. Ich erkannte ihn. Es war mein Vater. Neben ihm, auf dem Beifahrersitz, lag Noah. Er war nicht am Leben, das erkannte ich sofort.
Mein Vater lachte böse.
„Ihn umzubringen war nicht schwer. Und jetzt bist du dran!“ Mit diesen Worten stieg er aus dem Auto und ging um den Wagen herum auf mich zu.

Er hatte keine Waffe oder ähnliches. Wie sich jetzt herausstellte, brauchte er die auch gar nicht.
Er drückte den Knopf neben der Bahntür. Diese schob sich daraufhin auf. Angsterfüllt wartete ich darauf, was als nächstes geschehen würde. Ich hatte das Gefühl, nichts anderes tun zu können.
Er packte mich am Arm, zog mich hoch und schubste mich dann aus der Bahn. Doch dort war kein Asphalt, der mich auffangen konnte. Es war nur pure Schwärze, in die hineinfiel. Ich flog und flog. Es schien gar nicht mehr aufzuhören.
Ich schrie und wartete darauf, dass der Boden mich von meinem Leid erlösen würde.

„Luna! Luna! Wach auf!“ Eine starke Hand rüttelte mich wach. Ich riss die Augen auf und hörte meinem eigenen Schrei dabei zu wie er langsam erlosch.
Ich hatte meine Tränen anscheinend doch nicht verbraucht. Ungebändigt liefen sie jetzt wieder über meine Wangen.
Zwei Arme schlossen mich in eine beruhigende Wärme ein.
„Hey, es ist alles gut. Nur ein schlechter Traum!“ Jetzt erkannte ich die Stimme allmählich. Unter anderen Umständen hätte ich nicht zugelassen, dass Levin mich weiter festhielt. Er hatte mir nämlich eindeutig zu verstehen gegeben, was er von mir hielt. Um so verwirrter war ich, dass gerade er jetzt neben mir saß. Letzte Nacht hatte er mich auch schon geweckt. Aber danach war er sofort wieder verschwunden.
„Willst du darüber reden?“, flüsterte er.

Ich schüttelte den Kopf. Er akzeptierte es schweigend. Einige Minuten saßen wir da. Mein Herzschlag kehrte allmählich zu seiner normalen Geschwindigkeit zurück und mein Atem passte sich dem an. Jetzt spürte ich wie müde ich noch immer war. Es konnte noch nicht viel Zeit vergangen sein, seitdem ich eingeschlafen war.
Ich gab Levin zu verstehen, dass er mich wieder loslassen konnte.
„Alles wieder gut?“, fragte er, als er sich aufgestellt hatte.
„Nichts ist gut.“
„Ich weiß. Ich meine, kann ich wieder gehen oder brauchst du mich noch?“
„Geh ruhig.“ Er nickte.
„Schlaf gut, Luna.“
„Du auch.“ Ich glaubte nicht, dass er das noch gehört hatte.

Als ich wieder aufwachte, war es hell draußen. Trotzdem dachte ich gar nicht daran, heute irgendwie aus dem Zimmer zu gehen. Ich zog die Decke über meinen Kopf und verharrte in dieser Position. Genoss diese Dunkelheit, von der ich mich jedoch trennen musste, als ich keine Luft mehr bekam.
Also nahm ich mir einige der Klamotten und hängte sie über die kleinen Fenster, bis es wieder dunkel im Zimmer war.
In meinem Kopf begann das Lied „Fight Song“ zu spielen. Das Lied war viele Jahre alt. Meine Mutter hatte es in ihrer Jugend gehört und später Noah, welcher es mir gezeigt hatte. Es wurde sofort zu unserem Lieblingslied und von da an lief es auf und ab. Und es wurde nie langweilig.

Ich hatte das Gefühl, verrückt zu werden. Denn obwohl mein Bruder gestern gestorben war, sang oder eher schrie ich herum und tanzte dazu wild durch das Zimmer. Die Klamotten, die noch nicht über dem Fenster hingen, schmiss ich im Zimmer umher. Die Matratze schob ich mit den Füßen umher. Ich schmiss das kleine Holzregal um, tanzte über die Möbel.

Und plötzlich hatte ich für einen winzig kleinen Moment das Gefühl von Glück. Als das Lied in meinem Kopf endete, endete auch das Gefühl der Freiheit und die Trauer kam zurück.

Es klopfte an der Tür. „Luna, ist alles in Ordnung?“, fragte die verschlafene Stimme, die ich in der Nacht schon einmal gehört hatte.

„Ja. Lass mich in Ruhe!“, schrie ich zurück. Ich wusste nicht, was in mir vorging, doch ich begann, das Regal vor die Tür zu schieben, damit niemand hereinkommen konnte.

Dann legte ich mich zurück ins Bett. Ich hoffte auf das berauschende Gefühl von Schlaf. Doch es kam nicht. Ich fühlte mich viel zu wach. Also blieb ich einfach liegen. Ich hatte zu nichts Lust. Noch nicht einmal dazu zu weinen. Ich lag einfach still da.

Dann spürte ich das Gefühl, mich bewegen zu müssen. Ich sprang wieder auf. Begann, jedes einzelne Kleidungsstück, das auf dem Boden lag, zu falten. Dann legte ich sie in das Regal, welches noch immer vor meiner Zimmertür stand. Als ich fertig war, wusste ich nichts mehr mit mir anzufangen. Ich schob ein bisschen von dem Stoff am Fenster beiseite. Es musste bereits Mittag sein. Dann verdunkelte ich das Zimmer wieder. Ich verspürte weder

Hunger noch Durst. Obwohl ich zuletzt gestern Mittag nur ein paar Beeren mit Nelly gegessen hatte.
Einige Minuten saß ich dort. Doch das Gefühl von Nichtstun ertrug ich nicht. So räumte ich das Regal noch einmal aus und legte alle Sachen erneut zusammen. Diesmal sortierte ich sie sogar nach Farben. Alle schwarzen Sachen kamen ganz weit nach hinten. Ich wollte jetzt kein Schwarz tragen, so wie die meisten Trauernden.
Schließlich musste das, was ich trug, ja nicht gerade zu alle anschreien: „Hey, mir geht es richtig kacke."
Stattdessen holte ich die zwei Farben heraus, die am buntesten von allen waren. Eine gelbe Jeans und ein neongrünes Top. Besonders in Kombination sah es schrecklich aus. Aber das war mir egal.
Es klopfte wieder. „Ich hab ein bisschen was zu essen für dich", rief Nelly.
„Kein Bedarf", rief ich zurück.
„Du musst doch mal etwas essen!", bat Nelly.
„Geh weg!", schrie ich wütend.
Ich hörte, wie sie etwas vor meiner Tür abstellte. Dann entfernten sich ihre Schritte. Ich begann, wieder im Kopf „Fight Song" abzuspielen. Meine Füße trugen mich wie automatisch durch den Raum. Als das Lied vorbei war, fiel ich zurück auf die Matratze. Langsam beschlich mich ein schlechtes Gewissen. Ich verhielt mich nicht den Umständen entsprechend. Ich müsste jetzt an Noahs Grab stehen und weinen. Stattdessen tanzte ich durch den Raum. Ich war eine miserable Schwester. Ich war alles andere als gut im Trauern.
„Tut mir leid, Noah", flüsterte ich. Doch trotz dieser Gedanken blieb ich weiterhin in meinem Zimmer. Ohne eine weitere Träne. Ich tanzte durch den Raum, dann legte

ich alle Sachen neu zusammen, dann tanzte ich wieder durch den Raum und legte wieder die Sachen zusammen. Zwei niemals endende Tätigkeiten.

Als ich das nächste mal die Kleidung am Fenster verschob, um zu gucken, wie spät es ungefähr war, herrschte pure Dunkelheit draußen. Der Tag war schneller vergangen als gedacht.
Ich zog das Regal zur Seite, öffnete die Tür und zog das Tablett vor der Tür in mein Zimmer.
Von einer auf die andere Sekunde plagte mich ein unglaubliches Hungergefühl.
Auf dem Tablett stand ein Glas mit Wasser, daneben ein Teller mit Nüssen, Beeren und einer Scheibe Brot. Der Bote, von dem Nelly mir schon erzählt hatte, musste angekommen sein und neues Essen mitgebracht haben.
Das Brot verschlang ich binnen Sekunden. Es war durch die Stunden, die es draußen gelegen hatte, trocken geworden. Doch das registrierte ich nur am Rande.
Ich genoss es, die Nussschalen mit den Händen zu brechen. Es fühlte sich gut an, etwas mit den Händen tun zu können. Jede einzelne Beere ließ ich solange wie möglich im Mund. Ich fühlte mich, als hätte ich langsam keine Kontrolle mehr über mich. Als ob ich das, was ich tat, nur noch beobachten könnte.
Als ich mich mit einem kurzen Blick versichert hatte, dass niemand draußen war und mich sehen konnte, schlich ich ins Bad. Ich hatte keine Lust auf Gespräche oder mitleidige Blicke.
Auf das Gefühl, dass mir das kalte Wasser gab, hatte ich mich schon den ganzen Tag gefreut. Ich zögerte die Rückkehr in mein Zimmer so lange wie möglich hinaus.

Zum ersten Mal seit gestern Morgen betrachtete ich mich wieder im Spiegel. Meine Haut war unglaublich blass. In meinem Gesicht war keine Röte zu finden, obwohl mir trotz der kalten Dusche unglaublich warm war.
Dunkle Ringe zeichneten sich unter meinen Augen ab. Noahs Tod hatte nicht nur innerlich Spuren hinterlassen. Ich flechtete meine Haare zurück und zog mir wieder die lockeren Sachen von der letzten Nacht an.
Wieder darauf bedacht, nicht gesehen zu werden, schlich ich zurück in mein Zimmer. Obwohl ich mich nicht müde fühlte, schlief ich, wenige Sekunden nachdem ich mich hingelegt hatte, ein.

Ich wachte wieder auf. Mein Rücken schmerzte. Ächzend stand ich auf und ging zur Tür.
Ich umfasste die Türklinge mit der Hand und zog die Tür auf. Schreie drangen zu mir auf. Schreie von Noah. Erschrocken trat ich aus dem Zimmer und sah hinunter. Noah lag am Boden und schrie. Tränen fielen neben ihm auf den Waldboden.
„Noah, was ist los?", schrie ich ihm zu.
Doch er hatte gar keine Chance zu antworten. Levin kam aus dem Zimmer, vor dem ich stand. In der Hand hatte er einen stabil aussehenden Stock. Damit rannte er nach unten zu Noah. Ich wollte ihm hinterherrennen, doch irgendetwas hinderte mich daran. Ich konnte mich kein Stück bewegen.
Also sah ich wieder nach unten. Levin war bei Noah angekommen. Er würde ihm helfen und ihn zu mir bringen. Doch stattdessen fing er an, den Stock immer und immer wieder auf Noahs Kopf schießen zu lassen. Selbst als Noahs Schreien erstickte, schlug er weiter auf ihn ein.

Dann drehte er sich zu mir um, sah auf.
„Und jetzt bist du dran!“, er kam zu mir hoch, reichte mir den Stock und zog mich mit sich. Plötzlich konnte ich mich wieder bewegen. Doch eigentlich wollte ich das gar nicht. Ich kämpfte dagegen an, doch ich lief weiter hinter ihm her. Er zog mich zu einer Gestalt, die ebenfalls am Boden lag. Als ich vor ihr stand, erkannte ich sie: Mutter.
„Du hast gesehen, wie es geht. Jetzt mach es bei ihr!“, befahl Levin.
„Nein!“, schrie ich. Doch meine Taten widersprachen meinen Worten. Wie ferngesteuert fing ich an, den Kopf meiner eigenen Mutter zu zertrümmern.

FÜNFZEHN

Levin

Er schlug erschrocken die Augen auf. Sie schrie wieder. Müde rappelte er sich auf und ging zu ihr hinüber.
Sie rollte hin und her. Mit einem großen Schritt hatte er ihr Bett erreicht und rüttelte sie wach.
„Nein!“, schrie sie.
„Luna. Alles gut! Es war nur ein Traum“, versprach er.
Als Luna ihn erkannte, riss sie ihre Augen angsterfüllt auf. Sie sprang auf und ging so weit wie nur möglich von ihm weg.
„Hau ab!“, schrie sie ihn an.
Beschwichtigend hob er seine Hände. Doch sie schien gar nicht daran zu denken, sich zu beruhigen.
„Wenn was ist, komm einfach zu mir rüber“, sagte er, bevor er sie allein lies. Er wusste nicht, ob es richtig war, sie in so einem Zustand allein zu lassen. Doch wer wusste schon, was sie geträumt hatte?

„Levin? Levin?“ Er öffnete die Augen einen Spaltbreit.
„Luna? Was ist los?“ Er setzte sich auf.
„Ich wollte mich nur wegen letzter Nacht entschuldigen. Tut mir leid“, sagte sie. Und ohne auch nur einen einzigen Moment auf eine Erwiderung seinerseits zu warten, ging sie aus dem Zimmer. Erschöpft ließ er sich zurück ins Kissen fallen. Es war schon hell draußen. Sonst wachte er auf, wenn die Sonne gerade begann, aufzugehen.
Er vertraute Luna immer noch nicht. Doch ihre schwache Seite, die ihm jetzt offenlag, machte sie menschlicher.

Müde streckte er sich und stand auf. Er fischte eine schwarze Hose und ein weißes Shirt aus seinem Regal bevor er zur Küche ging.
Als er in den Raum kam, war er überrascht, Luna auch dort sitzen zu sehen. Er hatte gedacht, sie sei, nachdem sie bei ihm gewesen war, zurück in ihr Zimmer gegangen, um sich wieder einzuschließen. Stattdessen aß sie eine Beere nach der anderen.
Luna trug eine gelbe Hose und ein neongrünes Shirt. Es sah schrecklich aus.
Er setzte sich ihr gegenüber neben Ally.
„Guten Morgen“, sagte er in die Runde. Verschlafenes Murmeln war die Antwort.
Nur Luna sagte gut gelaunt: „Guten Morgen, Levin!“
Überrascht sahen alle sie an, doch wandten sich schnell wieder ihrem Essen zu.
Außer gemächlichem Kauen und dem Klopfen von Lunas Fingern auf dem Tisch war nichts zu hören. Nach dem Tod von Noah vor zwei Tagen waren alle etwas schweigsamer geworden. So schienen alle hier zu trauern. Um einen Jungen, den keiner außer Luna wirklich gekannt hatte. Deswegen schien es Levin auch lächerlich, dass Luna die fröhlichste von allen war. Sie schien ihre Trauer zu verdrängen, statt sie zu verarbeiten. Sogar Annabell hatte die bedrückte Stimmung bemerkt und sich angepasst.
„Was steht heute so auf dem Plan?“ Lunas Stimme triefte gerade so vor vor geheuchelter Fröhlichkeit.
„Wenn du willst, können wir gemeinsam zu Noahs... Ich meine nur, dann müsstest du das nicht alleine durchstehen“, schlug Nelly vorsichtig vor.
„Nein, das klingt irgendwie nicht so spaßig. Ich habe eher an so was wie Baden im Fluss gedacht!“

Lucas lachte. „Dir ist aber bewusst, dass wir gerade mal März haben?“
„Na und? Schön erfrischend. Kommt irgendwer mit? Das wird bestimmt lustig!“
„Luna, du solltest lieber...“, begann Ally.
„Ich komme mit!“, unterbrach Levin sie. Er lächelte. Luna schaute ihn zuerst misstrauisch an, bevor sich ihr Blick aufhellte und sie zufrieden nickte.
„Wenigstens einer, der nicht so langweilig ist. Also von mir aus können wir sofort los.“
„Na, worauf warten wir dann noch?“, fragte Levin und handelte sich verwirrte Blicke der anderen ein.
Luna sollte so schnell wie möglich über die Phase hinwegkommen, in der sie sich selbst etwas vormachte, um sich der Realität nicht stellen zu müssen. Umso schneller das geschah, desto schneller konnte sie mit Noahs Tod zurechtkommen. Und auch, wenn er sie noch nicht mochte, so wie Nelly es zum Beispiel tat, würde er ihr trotzdem dabei helfen. Warum? Weil er das Gefühl von Trauer kannte. Es zerfraß einen von innen heraus.
Er folgte Luna nach draußen. Levin machte noch einen kleinen Umweg, um ein paar Handtücher mitzunehmen.
Die ersten paar Meter schwiegen beide, bevor Luna von ihrer Vergangenheit erzählte.
„Ich habe einfach gemerkt, dass ich ihn nicht mehr geliebt habe. Und doch tat es unglaublich weh, als ich ihn beim Fremdgehen erwischt habe. Aber ich habe damit abgeschlossen.“ Gerade war sie zum Thema Exfreund gekommen.
„Hast du nicht. Hättest du damit abgeschlossen, hättest du mir jetzt nichts von ihm erzählt.“
Luna sah ihn böse an.

„Doch, habe ich. Das weiß ich ja wohl am besten." Sie beschleunigte ihr Tempo so, dass Levin Mühe hatte, mit ihr Schritt zu halten.
„Jetzt sei doch nicht so eingeschnappt. Ich habe doch gar nichts gemacht. Können wir nicht wieder zu der Luna von vor zehn Minuten wechseln?"
Sie lachte.

Gerade zog sie ihr T-Shirt über den Kopf. Das hässliche grüne. Da stand sie im kühlen März nur in Unterwäsche.
„Nun mach schon!", stachelte sie ihn an. „Schließlich will ich heute noch ins Wasser!"
Er zog seine Hose und sein T-Shirt aus und legte beides neben ihre Klamotten und die beiden Handtücher.
„Aber nicht so lange", bat er.
„Mal gucken!" Sie schaute nicht nochmal zu ihm zurück, bevor sie anfing, immer tiefer ins eiskalte Wasser zu gehen. Da die Duschen ja auch kalt waren, war es nicht so schlimm wie Levin gedacht hatte. Doch trotzdem hatte er Schwierigkeiten, mit ihr mitzuhalten.
In ihrem behüteten Zuhause von vor einer Woche hatte sie so etwas bestimmt nie getan. Hatte sie schon einmal trauern müssen?
Binnen einer Minute stand sie bis zum Hals im Wasser. Zufrieden lächelte sie.
Dann überwand auch er sich und bückte sich. Erschrocken sog er die Luft ein. Luna jedoch ließ sich rein gar nichts anmerken.
Sie holte tief Luft und tauchte unter. Levin schaute sich um, versuchte sie ohne Erfolg im dunklen Wasser zu entdecken.

Dann umfassten zwei Hände seine Beine und zogen sie weg. Er fiel um. Im letzten Moment konnte er die Luft anhalten. Als er wieder auftauchte, hörte er Luna lachen. „Das war lustig“, erklärte sie. Zwischendurch tauchte sie immer wieder unter, was es Levin schwer machte, neben ihr zu waten. Er zitterte.
Mittlerweile konnten die beiden nicht mehr stehen.
„Luna, wir sollten wieder raus. Für heute reicht das.“
Doch Luna dachte gar nicht daran.
„Nur noch ein bisschen. Es macht gerade so Spaß.“
Sie tauchte wieder unter und zog ihn wieder unter Wasser.
Diesmal ließ er sich auf ihre Spielchen ein.
Beide lachten, wenn sie über Wasser waren. Es waren so schöne Augenblicke mit einer Person, von der Levin sich eigentlich hatte fernhalten wollen.

„Hier, nimm ein Handtuch.“ Er schmiss ihr das größere Handtuch hin. Sie überlegte einen Moment, bevor sie sich doch dafür entschied, sich ins Handtuch zu wickeln.
„Lass uns möglichst schnell zurückgehen“, schlug Levin vor. Luna nickte.
Nebeneinander liefen sie zurück.
„Danke, Levin“, brach sie das Schweigen.
„Wofür?“
„Dafür, dass du, obwohl du der bist, der mich am wenigsten von allen leiden kann, der Einzige warst, der nicht darauf herumhackt hat, ich solle zu Noah gehen und so was.“
„Immer wieder gerne. Ich kenne das Gefühl, das du hast, viel zu gut. Ich weiß, wie schrecklich das ist. Darf ich dich mal was fragen?“, fragte er.
„Alles.“

„Warum zieht die ach so modebewusste Luna Klamotten wie diese an?“ Er zeigte auf den neonfarbenen Kleiderhaufen in ihren Armen.
„Weil das die Farben sind, die Schwarz in keiner Weise ähnlich sind.“ Kommentarlos nahm er diese Antwort entgegen.

Levin genoss die Wärme, die ihm aus seinem Zimmer entgegen kam.
Er trocknete sich ab und zog sich wieder die schwarze Hose und das weiße T-Shirt an. Danach legte er sich erschöpft hin. Und obwohl nicht die Zeit dafür war, schlief er ein.

„Nelly, nicht so schnell!“, rief er außer Puste.
Sie lachte und ließ sich ins grüne Gras fallen. Ihr Körper umrandet von Gänseblümchen.
„Ich liebe den Sommer“, schwärmte sie.
„Ich auch“, versicherte Levin.
„Und ich liebe dich“, sagte sie, setzte sich auf und sah Levin in die Augen.
Misstrauisch sah er sie an. Plötzlich war seine Stimmung gekippt.
„Die richtige Antwort wäre ´Ich dich auch´ gewesen“, sagte Nelly enttäuscht.
Entschuldigend sah er sie an. Doch die Worte wollten nicht über seine Lippen kommen, denn es wäre eine Lüge gewesen. Sie hatte ihn zu sehr verletzt.
Plötzlich verschwamm die Gestalt von Nelly und statt dessen saß Luna vor ihm.
„Kannst du es zu mir sagen?“, fragte sie säuselnd.

Er schüttelte den Kopf. „Ich LIEBE dich nicht. Und Nelly auch nicht."
Verzweifelt stand er auf und lief in die entgegengesetzte Richtung.
„Levin warte!", rief Luna verzweifelt.
Er drehte sich noch einmal zu ihr um. Sie saß da und weinte. Gekleidet in lange schwarze Sachen.
„Du MUSST mich lieben. Schließlich geht es mir nicht gut und du musst mir ein besseres Gefühl geben", erklärte sie. Müde schüttelte er den Kopf und ging weiter. Er wollte den größtmöglichen Abstand zwischen ihn und Luna oder ihn und Nelly bringen.

SECHZEHN

Luna

Ich hatte mich nach dem kleinen Ausflug zurück ins Bett gelegt. Doch es kamen weder Schlaf noch andere Gedanken als Noah und Levin.

Schon wieder konnte ich nicht weinen und fühlte mich deswegen schlecht. Und noch immer verspürte ich nicht die Kraft, mich der Realität zu stellen und zu Noahs Grab zu gehen. Doch das Gefühl von Nichtstun nagte immer weiter an mir. Ich hielt es nicht aus, still herumzuliegen. Also stand ich wieder auf und ging aus dem Zimmer.

Dort wäre ich beinahe mit Levin zusammengestoßen, der sich verschlafen die Augen rieb.

„Du hast geschlafen?“, fragte ich.

Er nickte. „Ein wenig.“

„Und was machen wir als nächstes?“

„Nichts, Luna. In diesem Wald gibt es nicht viel zu tun außer Arbeit.“

„Dann will ich halt arbeiten.“

„Gut. Dann fang endlich damit an, das Grab deines Bruders zu pflegen.“

Erschrocken sah ich ihn an. Wut und Enttäuschung loderten in mir auf. Ich hatte gedacht, wenigstens er würde mich verstehen.

„Arsch“, zischte ich und lief an ihm vorbei die Treppe herunter.

„Luna, so meinte ich das gar nicht!“, rief er mir hinterher. Ich streckte ihm nur den Mittelfinger entgegen.

Ich wusste zuerst nicht, wohin meine Beine mich führten, bis ich angekommen war. Ich stand vor der Tür zu Noahs altem Zimmer.

Wie automatisch griff meine Hand nach der Klinke und schob die Tür auf.

Die Gefühle, die mir in dem Zimmer entgegenkamen wurden mir auf einen Schlag zuviel. Ich spürte, wie meine Knie anfingen zu zittern und dann aufhörten, mich weiter zu tragen. Ich fiel hin. Mir wurde unglaublich schwindlig. Alles um mich herum drehte sich und es war schwer, Luft zu bekommen. Egal wie sehr ich versuchte zu schreien, ich brachte nur ein verzweifeltes Röcheln heraus. Und plötzlich hatte ich das Gefühl, nicht mehr kontrollieren zu können, was ich tat. Es war, als würde ich mich aus einer anderen Sicht sehen. Mich nur beobachten zu können, fühlte sich schrecklich an.

Ich sah, wie ich aufstand, versuchte, mich überall festzuhalten und wie ich doch immer wieder hinfiel.

Luft bekam ich erst wieder, als ich es geschafft hatte, aus dem Raum zu kommen. Vor der Tür lies ich mich fallen und weinte endlich wieder.

Langsam kam ich aus der Beobachterrolle wieder in meinen Körper. Doch ich wusste, dass ich nicht wegen Noah weinte, sondern wegen dem unerträglichen Zustand, in dem ich mich gerade minutenlang befunden hatte.

Ich war froh, dass mich hier oben niemand sah. Ab und zu hörte ich die Stimmen von Nelly und Annemarie, doch mich schien niemand zu hören. Obwohl mein lautes Schluchzen den ganzen Wald hätte zusammenscheuchen können.

Nach mehreren Minuten kam doch jemand zu mir: Nelly.

Ich versuchte, sie anzulächeln; ihr zu zeigen, dass alles okay war und sie mich jetzt wieder allein lassen konnte,. Doch ich wusste, wie lächerlich das aussehen musste. Ich lag am Boden, total verheult, und lächelte unecht. Schauspiel war nie mein Talent gewesen.
„Hey Luna. Alles gut“, versuchte sie mich zu beruhigen.
„Verdammt! Wann versteht ihr das denn endlich? Nichts ist gut!“, schrie ich sie an. Im Nachhinein bereute ich es, wie ich mit ihr geredet hatte, denn es war völlig übertrieben. Sie konnte nichts dafür wie ich mich fühlte.

Als ich das nächste Mal meine Augen aufschlug, lag ich auf der Matratze in meinem Zimmer. Die Sonne strahlte mir ins Gesicht. Wütend schnaubte ich und begann, wieder meine Klamotten über den Fenstern aufzuhängen.
„Was zur Hölle machst du da?“, fragte eine Stimme hinter mir und ließ mich aufschrecken.
„Wieso bist du hier, Levin?“, stellte ich die Gegenfrage.
„Ich wollte nach dir sehen. Lucas und ich haben dich oben vor Noahs Zimmer gefunden und ich habe dich hergebracht.“
„Das hättest du nicht tun müssen.“ Aus verengten Augen sah ich ihn an.
„Wieso nicht?“
„Weil ich deine Hilfe nicht brauche.“
Er schien einen Moment verletzt zu sein. Doch dann hatte er sich wieder gefangen.
„Das sieht nachts aber ganz anders aus“, seine Stimme war leiser geworden.
„Niemand zwingt dich, nachts zu mir zu kommen. Hast du vergessen? Ich mag dich nicht und du mich nicht. Du solltest also lieber gehen.“

Ohne auf eine Antwort zu warten, fuhr ich fort, das Zimmer abzudunkeln.
„Da hatte ich heute beim Baden aber ein ganz anderes Gefühl“, erwiderte er, bevor er das Zimmer wieder verließ.
Ich wollte ihm gerade etwas hinterherwerfen, doch es traf nur die bereits geschlossene Tür.
Und da kam das erlösende Gefühl, auf das ich in den letzten Tagen gewartet hatte: Ich weinte.
Ich ließ mich auf die Matratze fallen, zog die Bettdecke über mich und weinte. Und das ohne einen konkreten Grund.

„Nelly? Nelly, bitte mach mal die Tür auf!“ Ich klopfte ununterbrochen an Nellys Zimmertür.
Die Tür wurde geöffnet und gab den Blick in das Zimmer frei. Annabell lag im Bett. Sie kicherte. Ein Kuscheltier in beiden Händen. Nelly lächelte auch.
„Was ist los?“, fragte sie.
„Ich wollte mich nur… nur entschuldigen. Ich meine, ich hätte dich da vorhin nicht so anfahren dürfen.“
„Ach, das ist doch schon längst vergessen, Luna. Ich kann das verstehen. Mach dir keinen Kopf.“
Ich lächelte sie dankbar an, wollte mich gerade zum Gehen wenden als Nelly sagte: „Kannst du mir einen Gefallen tun?“
„Klar“, antwortete ich.
„Ich wollte Lucas suchen. Kannst du vielleicht solange auf Annabell aufpassen? Ich beeile mich auch.“
„Ähm, ja. Schätze, das sollte ich noch auf die Reihe bekommen.“

Sie gab mir mit einer Geste zu verstehen, dass ich ruhig reinkommen könne.
„Ich bin so schnell zurück, wie es geht“, versprach sie, bevor sie das Zimmer mit einem dankbaren Lächeln verließ.
Neugierig sah Annabell mich an. Sie setzte sich auf und sagte: „Ich bin Annabell.“
„Ich weiß“, lachte ich. „Ich bin Luna.“
„Ich weiß“, antwortete sie. Frech grinste sie mich an.
„Können wir etwas spielen?“, fragte sie.
„Wenn du mir sagst, was.“
„Ich sehe was, was du nicht siehst.“
„Gut, du darfst anfangen“, sagte ich.
„Na gut. Ich sehe was, was du nicht siehst und das ist grün.“
Ich sah mich im Raum um und entdeckte drei grüne Dinge.
„Dein Kuscheltier?“ Ich zeigte auf einen kleinen Frosch aus Stoff auf ihrem Kopfkissen. Sie schüttelte den Kopf.
„Dein T-Shirt?“ Sie schüttelte den Kopf.
„Der Rucksack?“ Ich zeigte auf einen kleinen grünen Rucksack neben der Tür.
„Nein“, kicherte sie. Wieder sah ich mich im Raum um. Doch etwas Grünes konnte ich nicht entdecken.
„Ich weiß es nicht. Löse mal auf!“, forderte ich sie auf.
„Deine Augen, natürlich!“

„Wer ist er?“, flüsterte ich Nelly zu, als wir in die Küche kamen, und zeigte auf einen Mann, den ich bisher noch nie gesehen hatte.
„Der Bote“, antwortete sie.

„Guten Abend, die Damen“, begrüßte dieser uns, als er uns sah.
Er stand auf und kam auf mich zu. Er griff nach meiner Hand und schüttelte sie.
„Von Ihnen habe ich auch schon sehr viel gehört, Fräulein...“ „Luna. Nennen Sie mich doch bitte Luna!“, bat ich. Er lächelte.
„Dann nenn mich doch Paul, Luna“, erwiderte er. Ich gab ein Lächeln zurück und wir setzten uns an den Tisch. Mein Blick wanderte zu Levin, der mir wieder gegenübersaß. Er umklammerte ein Glas und schaute, augenscheinlich wütend, in die Luft.
Ich trat ihn unterm Tisch. Er sah mich an. Ich zog eine Augenbraue hoch und formte mit den Lippen: „Was ist los?“
Seine Augen verengten sich und er sah wieder weg. Wahrscheinlich war er wütend wegen vorhin.
„Paul hat frisches Brot und Aufstrich mitgebracht!“, verkündete Annemarie und stellte einen Korb mit Brotscheiben in die Mitte des Tisches.
„Woher bekommst du das eigentlich?“, fragte ich ihn.
„Ich bin wie Robin Hood. Ich stehle von den Reichen und bringe es den Ärmeren.“
Alle sahen mich gespannt an. Ich kam aus reichem Elternhaus. Das wusste jeder hier am Tisch außer der selbsternannte „Robin Hood“.
Ich wusste nicht, was die anderen für eine Reaktion von mir erwartet hatten, denn sie sahen mich alle überrascht an, als ich sagte: „Das finde ich gut!“

Das kalte Wasser ließ mich meine Gedanken wieder vergessen. Ein kleines Schlupfloch an jedem Tag, in dem ich Noah, Levin, meine Eltern – mein bisherigen Leben vergaß. Früher hatte ich Kälte und Dunkelheit gehasst. Seit einigen Tagen liebte ich beides.
Es klopfte. Der Glanz war vorbei. Ich war aus meinem Rausch gezogen worden.
„Ja?", meine Stimme zitterte.
„Tut mir leid, ich wollte nur gucken, ob jemand drin ist", rief Levin zurück.
„Ich bin gleich fertig!" Doch das hörte er nicht mehr. Er war schon wieder gegangen – anscheinend immer noch wütend.
Dabei hatte ich nur die Wahrheit gesagt. Er hatte mir doch deutlich gezeigt, dass er mich nicht mochte.
Ich stieg schnell aus der Dusche und band mir ein Handtuch um den Körper, um mich im Zimmer anzuziehen.
Ich öffnete die Tür und erschrak, als Levin vor mir stand. Sein Blick wanderte zu der Hand, die das Handtuch fest umklammert hielt. Er lächelte, schob sich an mir vorbei und schloss die Tür des Bades.
Bevor mich noch mehr Leute halbnackt sehen könnten, ging ich in mein Zimmer. Dort war es noch immer dunkel. Ohne etwas zu sehen, zog ich mir mein übliches Schlafoutfit an, legte mich ins Bett und versuchte einzuschlafen. Als der Schlaf nicht kam, begann ich, Schäfchen zu zählen. Nach vierhunderteinundzwanzig Schäfchen gab ich es auf.
Ich begann, wie am ersten Tag meine Klamotten neu zu sortieren. Als auch das nicht funktionierte, zog ich mir Jacke und Schuhe an und verließ mein Zimmer wieder. Ich wusste nicht wohin, aber ich ging einfach los.

Es war fast dunkel, doch meine Augen gewöhnten sich schnell daran.
Ich versuchte, mir jeden Baum, jeden Stein und jeden Ast auf dem Boden zu merken, die etwas anders als der Rest aussahen, um später auch zurückzufinden.
Ich wollte nämlich möglichst nicht wie Hänsel und Gretel enden.
Trotz der Jacke war mir bitterkalt. Es war irgendwann zwischen Anfang bis Mitte März, doch wenn die Sonne nicht schien, fühlte es sich an wie Dezember.
Der Mond war mir trotzdem viel lieber.
Als ich am Wasser ankam, legte ich mich ans Ufer und schaute zu den Sternen. Ich begann sie zu zählen, doch verzählte mich spätestens beim 50. Stern immer wieder. Also schloss ich die Augen, sog gierig Kälte und Dunkelheit in mich hinein und genoss ausnahmsweise mal das Alleinsein.
„Luna? Was machst du denn hier draußen?“
Meine Augen schlugen auf. Als ich bemerkte, dass ich gehofft hatte, es sei Levin, wurde ich rot. Ich war froh, dass Lucas das dank der Dunkelheit nicht sehen konnte.
„Ich konnte nicht schlafen“, antwortete ich.
„Und was bringt es, sich dann mitten in den Wald zu legen?“
„Ich weiß nicht.“
Er sah mich an und schüttelte verzweifelt den Kopf.
„Luna, weißt du, was ich glaube?“, fragte er.
„Nein, ich kann ja nicht in deinen Kopf gucken.“
Er ignorierte diese provozierende Antwort.
„Dass du dich langsam deiner Trauer stellen solltest. Sonst wirst du daran kaputtgehen“, sagte er.

Ich setzte mich auf. Lucas reichte mir seine Hand, um mir zu helfen, aufzustehen. Ich ignorierte sie, stütze mich mit den Händen auf den Waldboden und rappelte mich auf. Den Dreck an meinen Händen versuchte ich so gut wie möglich an meiner Hose abzuklopfen.
„Du weißt gar nichts“, sagte ich zu Lucas und wendete mich zum Gehen. Lucas ließ es zu. Doch ich hörte, wie er in einer Entfernung hinter mir herlief. Wahrscheinlich, damit ich mich nicht verlief.
Als er sah, dass ich in mein Zimmer verschwand, kam er mir nicht weiter hinterher.
„Wo warst du denn?“ Ich zuckte zusammen.
„Levin?“, fragte ich verwirrt. Ich sah nichts außer seine Umrisse. „Was machst du denn in meinem Zimmer?“ Kurz überlegte ich, ob ich vielleicht ins falsche Zimmer gegangen war.
„Keine Gegenfrage. Wo warst du?“
„Das geht dich laut meines Wissensstands überhaupt nichts an.“
„Ich habe auf dich gewartet.“
„Das habe ich mir fast gedacht. Also, was willst du?“, fragte ich und hoffte, dass man die Nervosität in meiner Stimme nicht hörte. Levin saß mitten in der Nacht in meinem Zimmer und das, obwohl ich keinen Albtraum gehabt hatte.
„Hast du vorhin die Wahrheit gesagt? Ich meine, dass du mich nicht magst?“
Ich lachte. „Deswegen bist du hier? Levin, es ist mitten in der Nacht und ich würde gerne ins Bett gehen.“
„Dann geh doch ins Bett. Im Liegen kannst du schließlich auch mit mir reden.“

„Wenn ich jetzt aber gar nicht mit dir reden will?“, schnaubte ich wütend. Warum ich wütend war, wusste ich selbst nicht. Schließlich hatte mir Levin gerade indirekt gesagt, es sei ihm nicht egal, was ich von ihm hielt.
„Du bist echt ein Sturkopf“, stellte er trocken fest.
„Also, da du anscheinend nicht reden willst, geh ich wohl lieber mal wieder. Aber Luna, lüge dich nicht selbst an. Du weißt genau, dass es mir nicht egal ist, was du von mir hältst. Und ich bin mir ziemlich sicher, andersrum ist es genauso.“

SIEBZEHN

Levin

Als Levin am nächsten Morgen aufwachte, dachte er zuerst, die Sonne hätte ihn geweckt. Doch dann sah er Luna an seinem Bettrand stehen.
„Was ist los?“, fragte er schlaftrunken.
„Ich… wollte dich fragen, ob du mit mir zu Noahs Grab kommen kannst? Und zwar jetzt. Bevor ich es mir anders überlegen kann.“
Erstaunt sah er sie einen Moment lang an.
„Klar, natürlich. Ich muss mich nur schnell anziehen“, sagte er nach einer kurzen Pause.
Sie schien ehrlich erleichtert zu sein.
Er zog sich eine Jogginghose und ein locker sitzendes Shirt an. „Also, lass uns gehen.“ Seine Haare waren noch völlig zerzaust. Doch Luna hatte Recht: Sie sollten gehen, bevor sie es sich anders überlegen könnte.
„Woher der Sinneswandel?“, fragte er als die beiden das Zimmer hinter sich gelassen hatten.
„Ich hatte heute Nacht einen Albtraum, nachdem mir so einiges klar geworden ist.“
„Ein Albtraum? Ich war nicht bei dir! Es tut mir leid, ich bin nicht wach geworden!“ Schuldbewusst sah er sie an.
„Nicht schlimm. Ich hab es ja überlebt.“
Sie lächelte ihn an. Doch er sah, dass es aufgesetzt war. Verständlich. Sie versuchte, sich gerade dem Tod ihres Bruders zu stellen.
„Ich weiß nicht mehr, wo das Grab ist. In der Nacht ging alles so schnell“, erklärte sie.
„Kein Problem. Ich weiß wo es langgeht.“

„Dort hinter dem Baum ist es“, sagte Levin. Sie waren noch etwa zwanzig Meter von ihrem Ziel entfernt.
Er nahm Lunas Hand und verschränkte seine Finger mit ihren.
Sie zuckte kurz erschrocken zusammen, bevor sie die Geste dankbar annahm.
Als das Grab zu ihren Füßen lag, klammerte sie sich so doll an seine Finger, dass er dachte, seine Knochen würden brechen.
Sie fiel auf die Knie, verbarg ihr Gesicht in den Händen.
Levin hockte sich neben sie. Auf dem Grab lagen mehrere Blumen, die Annemarie wahrscheinlich gepflückt und dorthin gelegt hatte.
Plötzlich fing der zarte Körper von Luna, heftig zu zittern an und sie schnappte panisch nach Luft.
„Luna, beruhige dich. Alles wird gut!“
Er legte seine Arme um ihre Taille und zog sie zu sich ran.
Doch auch nachdem mehrere Minuten verstrichen waren, hatte sie sich kein bisschen beruhigt.
„Wir sollten lieber gehen“, sagte er.
Er hob sie hoch und trug sie weg. Umso weiter sie sich von dem Grab entfernten, desto ruhiger wurde sie.
„Mir… mir ist ganz schwarz vor Augen“, murmelte sie.
„Atme einfach tief ein und aus. Wir sind gleich zurück am Camp“; antwortete er.

Levin legte Luna auf ihre Matratze und deckte sie zu. Noch immer war sie am Zittern und Weinen.
„Ich habe es nicht geschafft“, schluchzte sie.
„Das ist nicht schlimm. Das nächste Mal wird es besser sein“, versprach er.

„Levin? Kannst du noch ein bisschen hierbleiben?“, fragte sie hoffnungsvoll und er lächelte.
„Klar.“ Er setzte sich zu ihr auf die Matratze.
„Erzähl mir was von dir!“, bat sie.
„Es gibt nichts Spannendes zu erzählen.“
Sie lächelte ihn an und sagte mit brüchiger Stimme: „Das glaube ich dir nicht.“
„Was soll ich dir denn von mir erzählen?“ Sie überlegte eine Weile, bevor sie „von dir und Nelly“ antwortete.
Kurz sah Levin sie etwas überrascht an.
„Was sollte ich dir darüber erzählen? Oder besser gesagt: Was hat sie dir schon von uns erzählt?“ Prüfend sah er sie an.
„Nicht viel. Nur, dass ihr mal zusammen wart sie dann aber wegen Lucas Schluss gemacht hat.“
„Und was erhoffst du dir jetzt, was ich dir erzählen könnte?“
„Wie sie so war...Wie eure Beziehung war...Was ihr hier im Wald gemacht habt. Du musst mir das natürlich alles nicht erzählen. Es war dumm von mir, das Thema überhaupt anzusprechen“, sagte sie nachdenklich. Ihre Tränen begannen langsam zu trocknen.
„War es nicht. Wieso interessiert dich das?“
„Ich weiß es nicht“, gab sie zu.
„Na gut. Wir… Wir haben hier im Wald nicht viel gemacht. Es gibt hier schließlich kaum was zu tun. Wir sind oft spazieren gegangen. Das mochten wir beide.“ Er schaute in die Ferne während er erzählte. „Wir haben zusammen mit Ally viel an diesem Lager gebaut. Im Sommer sind wir oft zusammen schwimmen gegangen. Das ist eigentlich die einzige zur Verfügung stehenden

Freizeitaktivität in diesem Wald. Sie war meine erste große Liebe."
„Und deshalb wird sie dir immer wichtig sein", vermutete Luna.
„Nein."
„Nein?"
„Wird sie nicht", sagte er.
„Aber du hast doch selbst gesagt, dass sie deine erste große Liebe war. Ist das nicht immer etwas besonderes?"
„Scheiß auf die erste große Liebe. Die letzte große Liebe, darauf kommt es an."

„Levin?", fragte Luna. Die beiden lagen nebeneinander auf ihrer Matratze.
„Ja?", fragte er.
„Wird die Trauer irgendwann aufhören?"
Kurz schwiegen beide, bevor Levin antwortete: „Die Trauer hört niemals auf. Sie wird ein Teil deines Lebens. Sie verändert sich und du veränderst dich mit ihr."
Nachdenklich löste Luna den Blick von ihm und schaute stattdessen an die Decke. Er beobachtete, wie die Tränen anfingen, an ihren Wangen herunterzulaufen.
„Wieso muss ich so schwach sein?", schluchzte sie. Er drehte sich auf den Bauch, nahm ihr Gesicht in beide Hände und sah ihr tief in die Augen. Sein Gesicht war so nah an ihrem, dass man einen Moment hätte denken können, er würde sie gleich küssen.
„Du weinst nicht, weil du schwach bist", flüsterte er.
„Warum dann?"
„Weil du zu lange zu stark warst."
„Levin, warum bist du so nett zu mir? Meine Familie ist an allem schrecklichen in deinem Leben schuld."

„Weil du eine zweite Chance verdient hast. Eine Chance, deine Fehler einzusehen und es besser zu machen."
Er legte den Arm um sie und zog sie zu sich. Mit seiner freien Hand wischte er ihre Tränen weg.
„Weißt du? Die Wahrheit ist: Du musst da durch. Du hast aber die Wahl, ob du das lächelnd oder weinend tust. Und egal, für was von beidem du dich entscheiden solltest: Wir werden dir helfen. *Ich* werde dir helfen", flüsterte er.
Luna legte ihren Kopf auf seine Brust.
„Danke", hauchte sie.

Er wusste später nicht mehr, wie lange sie so in ihrem Zimmer lagen. Doch als die beiden das Zimmer verließen, hatte die Sonne schon ihren höchsten Punkt erreicht.
„Wie wäre es mit einer Runde schwimmen nach dem Essen?", schlug er vor.
„Nach dem Essen schwimmt man aber nicht", scherzte Luna.
„Man nicht. Wir schon", antwortete Levin.
„Na gut. Also haben wir nach dem Essen eine Verabredung."
Er lachte. „Sieht wohl so aus."
Gemeinsam gingen sie die Treppe nach unten zur Küche. Die anderen schienen schon gegessen zu haben, denn niemand anderes war da.
„Worauf hätte Madame denn Appetit?", fragte er und warf einen Blick in die kleine Vorratskammer.
„Viel Auswahl gibt es ja nicht. Ist noch Brot übrig?"
„Ja."
„Dann eine Scheibe davon und ein paar Beeren, falls sich das einrichten lässt", bat Luna.

„Das lässt es sich."
Levin stellte eine kleine Schüssel blauer Beeren und einen Teller mit zwei Brotscheiben auf den Tisch bevor er sich gegenüber von ihr niederließ.
Er beobachtete, wie sie sich eine Beere nach der anderen in den Mund schob.
„Wieso starrst du mich an?", fragte sie, ohne aufzuschauen.
„Ich weiß nicht."
Jetzt sah sie auf.
„Du sagst mir aber schon, wenn ich irgendeinden Fleck im Gesicht habe, oder?" Er lachte, während sie sich panisch den imaginären Fleck von der Stirn wischte.
Dann sah sie auf die letzte Beere in der Schüssel. Sie hatten beide noch Hunger, doch im Wald musste man mit dem Essen sparsam sein.
„Iss du", sagte er.
„Nein, mach du ruhig."
„Nein,wirklich du kannst sie haben", versprach er.
Energisch schüttelte sie den Kopf. „Ich will aber, dass du sie isst.
Stöhnend stand er auf, holte ein Messer aus einem Schubfach und schnitt die ohnehin schon kleine Beere in noch kleinere Hälften. Eine davon schob er ihr hin. Und nahm seine in den Mund.
„Zufrieden?", fragte er.
Sie lachte und sagte: „Nein, eigentlich hätte ich deine Hälfte auch gern gegessen."
Er lächelte.

„Kann es sein, dass es noch kälter ist als beim letzten Mal?", fragte er.
Sein Körper bebte, heimgesucht von Kälte.

Sie wiederum war schon mindestens zehn Meter voraus und tauchte gerade ihre Schultern in das eiskalte Wasser. „Nun hab dich nicht so“, rief sie. Ein Haargummi bewahrte ihre Haare vor der Nässe, doch einzelne Strähnen sprangen schon wieder heraus.
„Wie ich das liebe“, sagte sie und drehte sich zu ihm um. Belustigt sah sie ihn an. Das Wasser ging ihm gerade mal bis zur Mitte seiner Oberschenkel.
„Nein, es ist nicht kälter als das letzte Mal“, versicherte sie ihm. Sie schnappte sich seine Hand und zog ihn weiter ins Wasser.
Sie sah nach vorne, also nutzte Levin seine Chance, umgriff ihre Hüften und zog sie mit sich unter Wasser. Die Kälte schmerzte schon fast.
Als sie wieder auftauchten, funkelte Luna ihn böse an.
„Ich wollte eigentlich, dass meine Haare diesmal trocken bleiben“, jammerte sie.
„Wenn wir fertig sind, puste ich sie dir trocken.“
„Na, das will ich sehen!“ Sie schubste ihn um. Viel Kraft brauchte sie nicht, da er nicht damit gerechnet hatte. Er fiel wieder ins kühle Nass. Diesmal ohne sie.
Sie tauchte ihre Schultern wieder ins Wasser. Die Luft und das eiskalte Wasser in Kombination waren auch ihr zu kalt.
Er tauchte wieder auf. Ein breites Lächeln hatte sein Gesicht überzogen. Es spiegelte sich auch auf Lunas.
„Du hast da einen Fleck“, sagte er.
„Ja ja, da falle ich nicht drauf rein.“
„Wirklich!“
„Wo?“, fragte sie etwas verunsichert.

„Da!“, rief er, während eine große Ladung Wasser in ihrem Gesicht landete.
Als sie sich das Wasser aus ihren Augen gewischt hatte und wieder sehen konnte, verengte sie ihre Augen und zischte: „Du Schwein!“
Und damit war die Schlacht eröffnet. Sie sprang mit aller Kraft ab, stützte sich mit den Händen auf seine Schultern und versuchte, ihn mit ihren Füßen an seinem Bauch umzuschubsen.
Doch diesmal hatte er mit einem Angriff gerechnet und blieb trotz all ihrer Bemühungen stehen.
Als sie einen Moment lockerließ, griff er sie unter den Armen und warf sie ins Wasser.
Als Luna wieder auftauchte, hustete sie.
„Alles gut?“, fragte Levin.
Sie lachte und hustete gleichzeitig.
„Ja, alles klar. Es macht sich nur nicht so gut, unter Wasser zu lachen.“
Beide grinsten um die Wette.
In diesem Moment zeigten sie sich gegenseitig, wie schön das Leben sein konnte.

ACHTZEHN

Luna

Spät am Abend lagen wir wieder nebeneinander im Bett. Wir schwiegen, um dem Regen zu lauschen. Bei jedem Donnergrollen zuckte ich zusammen. Bei jedem Blitz sah ich ein Lächeln auf Levins Gesicht.

„Ich hasse Gewitter", sagte ich.

„Ich liebe es!", antwortete Levin.

Wie konnte man so etwas Mächtiges, so etwas Gefährliches lieben?

Ich setzte mich auf.

„Levin? Erzähl mir etwas von deinen Eltern", bat ich. Einen Moment betrachtete er mich überrascht, bevor er ohne eine Widerrede anfing zu erzählen: „Ich weiß nicht mehr viel. Doch das, was sich am meisten in mein Gehirn gebrannt hat, ist einerseits wie gerechtigkeitsliebend beide waren und… wie unglaublich stark ihre Liebe zueinander war. Die beiden waren wie eine Seele, nur in zwei Körpern. Und das, obwohl sie sich so sehr ähnelten. Ich würde es keine Stunde mit meinem Abbild aushalten."

„Denkst du, wir ähneln uns?", fragte ich.

„Nein", sagte Levin und sah mich an.

„Ich glaube auch nicht", stimmte ich ihm zu.

„Ich musste dir schon oft von mir und meiner Familie erzählen. Jetzt bist du an der Reihe."

Ich sah ihm in die Augen und versuchte, die Tränen zu unterdrücken, als ich an meine Familie, an meine Freunde, an mein altes Leben auf der anderen Seite dachte.

„Jetzt, wo ich einen Vergleich habe, weiß ich, wie gefangen ich in meinem alten Leben war. Jeden Tag war jede Minute für irgendein Meeting verplant. Das einzige, was zählte: Ich musste funktionieren. Ich habe nicht gelebt. Nur überlebt. Ich hatte ein beschränktes Weltbild. Schließlich war ich immer Vaters Meinung. Viele andere Möglichkeiten bleiben nicht, wenn du nur unter Leuten bist, die wie er sind."

„Denkst du, du hast dich in der kurzen Zeit, in der du schon hier bist, verändert?", fragte er.

„Schon möglich."

Ich konnte ihm nur in die Augen sehen, wenn es blitzte. Diese Momente nutzte ich, um in seinen Augen nach etwas wie Hass oder Abscheu zu suchen – ohne Erfolg. In seinen Augen lag Wärme. Da war noch etwas, aber ich konnte es nicht deuten.

„Hattest du einen Freund?", fragte er neugierig.

„Einen Verlobten."

„Dann erzähl mir von ihm!"

„Er hieß Tom. Als du und Ally mich geholt habt, war es noch nicht mal einen Monat her, dass er mir einen Antrag gemacht hat. Erst in diesem Moment habe ich gemerkt, dass ich ihn gar nicht mehr liebte."

„Und trotzdem hast du ja gesagt", stellte er fest.

„Ja. Und ich weiß selbst nicht wieso. Mutter sah so glücklich aus – sie weinte sogar. Und in Vaters Gesicht hatte man lesen können, er würde keine andere Antwort gelten lassen. Und niemals hätte ich es Tom antun können, vor den Menschen, die an diesem Abend alle versammelt waren, sein Herz zu brechen. Im Nachhinein bereue ich, dass ich es nicht doch gemacht habe."

„Wieso?"

„Einige Tage später, als ich eigentlich in Amerika sein sollte, habe ich ihn mit einer anderen erwischt. Ich

glaube er hat mir diesen Antrag gemacht, weil es von ihm erwartet wurde. Später hatten wir noch eine heftige Auseinandersetzung vor vielen Gästen meines Vaters."
„So ein Arsch", zischte Levin. „Du hast es nicht verdient, dass man dich so behandelt. Das hat kein Mädchen."
Wir sahen einander in die Augen. Ein Lächeln umspielte seine Lippen. Er kam langsam näher zu mir.
Krach.
Ich zuckte zusammen. „Was war das?", fragte ich panisch. Dann ein Schreien.
„Das ist Annemarie!", rief Levin, sprang auf und rannte aus dem Zimmer. Ich ihm hinterher.
Als ein weiterer Blitz das Lager erhellte, sahen wir Holzteile am Boden verstreut. Große, kleine. Einige waren zersplittert, in der Mitte gebrochen. Und in diesem Haufen lag Annemarie. Ein Bein unter einem großen Holzstück.
Levin war schon fast unten, als ich ihm hinterherrannte. Aus einem anderen Baumhaus kam Lucas gerannt.
Levin kletterte über die Holzbalken zu Annemarie. Manchmal wäre er fast ausgerutscht. So gut wie möglich ging ich ihm hinterher, als ich ein weiteres Wimmern hörte.
Es kam von rechts und ich ging dem Geräusch nach. In einer Lücke sah ich eine Hand hervorschauen. Der Rest des Körpers schien unter dem Holz vergraben zu sein.
„Oh Gott", flüsterte ich. Als ich langsam Holzstück für Holzstück zur Seite warf, blendete ich den Regen, der mich durchnässte, die Blitze und den Donner so gut wie möglich aus. Ich bemerkte kaum, wie Ally mir zur Hilfe kam und mit mir den Körper ausgrub.
Das Wimmern hatte mittlerweile aufgehört.

Bitte, lass, wer auch immer das ist, noch am Leben sein.
Dann erkannte ich ihn. Es war der Bote. Ich hatte gar nicht mitbekommen, dass er hier übernachtet hatte.
Er hatte die Augen zu. Gemeinsam mit Ally zog ich ihn raus.
„Was ist passiert?“, fragte ich Ally.
„Ich weiß es auch nicht genau. Irgendwie müssen die zwei Baumhäuser abgestürzt sein.“
„Kann ich irgendwie helfen?“, fragte Nelly, die am Rand der Unglücksstelle stand.
„Leg ein Handtuch über das Bett in meinem Zimmer. Wir bringen ihn erst mal dahin“, bat Ally. Nelly nickte und verschwand.
„Wir müssen ihn erstmal ins Trockene bringen und dann sehen wir weiter“, sagte Ally. Ich wusste nicht genau, ob sie das zu mir oder eher zu sich selbst sagte.
Sie hob ihn hoch. „Hol du was zu trinken und komm dann zu mir ins Baumhaus.“ Dann ging sie mit ihm fort.
Gut, dass der Schuppen, der unsere Küche darstellte, nicht unter einem der Baumhäuser stand.
„Luna, warte mal kurz!“ Ich drehte mich um und sah Levin vor mir stehen. Klitschnass.
„Ich wollte dich fragen, ob es dir was ausmacht, wenn wir Annemarie in mein Zimmer legen und ich bei dir schlafe.“
Als er das sagte, spürte ich das erste Mal dieses komische Gefühl in meinem Bauch. Ich haute mir darauf. Gerade war der Moment sehr unpassend.
„Ähm… Ja natürlich!“, antwortete ich.
„Danke.“ Er war vollkommen außer Puste. Einen Moment noch sah er mich an, bevor er sich umdrehte und ging.

Völlig durcheinander ging ich zur Küche.
Du empfindest nichts für ihn. Bitte hör auf damit. Hör auf, trotzdem etwas zu fühlen. Du kennst ihn doch gar nicht!
Ich goss ein wenig von dem Wasser von gestern in ein Glas und machte mich auf den Weg zu Nellys Zimmer.
Der Bote lag auf ihrem Bett. Nelly und Ally standen daneben, während Ally versuchte, ihn aufzuwecken. Ich stellte das Wasser auf seinen Nachttisch und ging rüber zu Nelly. Einen Moment sah Nelly mich aus tieftraurigen Augen an, bevor sie mich in den Arm nahm. Langsam spürte ich, dass es nicht nur Regentropfen waren, die meine Wange hinunterliefen.
„Die beiden werden wieder", versprach Nelly.
„Ich weiß", flüsterte ich. Obwohl ich mir da nicht so sicher war. Zumindest nicht beim Boten.
Seit ich hier war, wurde ich so oft mit Tod, Trauer, Sorgen, Verletzungen und Leid konfrontiert.
Vorher hatte ich nur einmal um meine Uroma getrauert als ich vierzehn war. Und ich dachte schon, das wäre ein schwieriges Leben. Jetzt wusste ich es besser.
Wir lösten uns aus der Umarmung, als der Bote nach Luft schnappte und seine Augen einen Spaltbreit öffnete. Erleichtert atmeten wir alle aus.
„Was ist passiert?", fragte er.
„Das erklären wir dir später. Trink erst mal was und ruhe dich aus", antwortete Ally und reichte ihm das Glas, das ich geholt hatte. Gierig nahm er ein paar Schlucke, bevor er es Ally zurückgab und die Augen wieder schloss. Einige Minuten später hörten wir seinen lauten, gleichmäßigen Atem. Er schlief. Seine Haut hatte sich an einigen Stellen blau gefärbt und Kratzer zeichneten sie.

Doch er hatte Glück im Unglück. Er hätte auch tot sein können.
Erschöpft setzten wir uns auf den Boden. Als wir uns gegenseitig ansahen, lachten wir alle drei. Obwohl das nicht unpassender hätte sein können.
Einige Minuten später begannen wir, uns zu unterhalten. Über so belanglose Themen, dass ich sie am nächsten Tag schon wieder vergessen hatte. Trotz des Ereignisses gerade war die Stimmung einigermaßen ausgelassen. Unsere Gespräche wurden von einem Schnarchen begleitet.
„Was läuft eigentlich zwischen dir und Levin?“, fragte Ally dann plötzlich.
Erschrocken sah ich sie an.
„Wie kommst du darauf, dass da etwas läuft? Da ist nichts!“, antwortete ich entgeistert.
„Das glaube ich dir nicht. Vor einigen Tagen sagte er noch, er hasst dich und jetzt seid ihr fast pausenlos zusammen. Er schläft nachts sogar bei dir. Da kannst du mir nicht erzählen, da laufe nichts.“ Ich wusste nicht, was ich darauf antworten sollte. Wenn sie es so sagte, hatte sie Recht: vieles deutete darauf hin, dass Levin und ich zusammen waren. Doch bei diesem Gedanken musste ich selbst lachen.
Er würde niemals mit dir zusammensein wollen.
„Ich habe Albträume. Deswegen kommt er nachts oft zu mir“, versuchte ich zu erklären.
„Ach, und tagsüber auch?“, fragte Ally misstrauisch. Nelly verfolgte das Gespräch schweigend.
„Nein, aber… Wieso interessiert dich das überhaupt? Bist du eifersüchtig oder was?“

„Natürlich nicht. Ich würde niemals solche Gefühle für ihn hegen, wie du sie wahrscheinlich hast. Er ist wie ein Bruder für mich“, zischte sie.
Verscherze es dir nicht mit ihr, rief ich mir ins Gedächtnis. „Tut mir leid. Das hatte ich vergessen. Aber da läuft wirklich nichts. Er ist halt einfach für mich da. Ich fasse das selbst noch nicht ganz. Ich bin ihm dankbar. Das, was er für mich tut, ist keinesfalls selbstverständlich, wenn man die Umstände betrachtet.“
Ihr Blick entspannte sich wieder etwas. „Mir tut es auch leid. Eigentlich geht mich das alles nichts an. Aber… darf ich trotzdem fragen, was du für ihn empfindest?“
Ich überlegte bevor ich antwortete: „Ich weiß es doch selbst nicht.“

„Ach hier seid ihr!“ Levin kam in das Zimmer. Als sein Blick zum Boden wanderte, stand Besorgnis in seinen Augen.
„Wie geht es ihm?“, fragte er.
„Er war vorhin kurz wach. Konnte sich aber nicht mehr erinnern, was passiert ist. Danach ist er wieder eingeschlafen. Aber er scheint Glück gehabt zu haben. Und Annemarie?“, fragte Ally.
„Der geht es auch den Umständen entsprechend gut. Wir vermuten, dass ihr Bein gebrochen ist. Sonst hat sie nur ein paar Prellungen und Kratzer. Wir sollten uns morgen aufmachen und den Arzt holen. Er sollte sich die beiden mal anschauen“, sagte Levin.
Nelly und Ally nickten.
„Es ist spät. Wir sollten uns ausruhen“, sagte er und reichte mir seine Hand, um mir aufzuhelfen. Ich ergriff sie und er zog mich hoch. Einen Moment stand ich nur

wenige Zentimeter von ihm entfernt. Er lächelte mich an, bevor er meine Hand freigab. Und da war wieder das Gefühl im Bauch.
Misstrauisch sah Ally uns zu.
„Lass uns gehen", flüsterte er mir ins Ohr. Ich nickte und versuchte, unauffällig meine Arme zu reiben, um die Gänsehaut, die er mir bereitet hatte, loszuwerden.
„Gute Nacht", sagte er in Nellys und Allys Richtung. Bevor ich ihm nach draußen folgte, umarmte ich noch einmal Nelly.
„Schlaf gut", flüsterte ich.
Im Rausgehen rief ich Ally noch ein „Gute Nacht" zu. Dann schloss ich zu Levin auf.
„Begleitest du mich morgen, wenn ich den Arzt hole?", fragte Levin, kurz bevor wir an meinem Zimmer angekommen waren.
Von der Seite beobachtete ich sein Gesicht. Seine Gesichtszüge waren weicher als sonst.
„Gerne", antwortete ich.
„Super. Ist bestimmt eine gute Ablenkung." Er lächelte. Wir wussten beide, wovon es es ablenken sollte. *Noah*.
Aus Levins Zimmer hörte ich leises Gemurmel.
Doch wir ignorierten es und gingen in mein Zimmer.
„Lucas ist bei Annemarie", erklärte Levin, als er die Tür hinter uns geschlossen hatte.
Wir legten uns nebeneinander ins Bett. Ich war zu müde, um mich noch großartig zu unterhalten. Kurz bevor ich einschlief, spürte ich, wie Levins Arm sich um meine Schulter legte.

NEUNZEHN

Levin

Am nächsten Morgen wurde er durch die Sonne geweckt. Luna hatte ausnahmsweise vergessen, die Fenster abzuhängen und damit den Raum in völlige Dunkelheit zu hüllen.
Lunas Augen waren noch geschlossen. Sie hatte ihren Kopf auf seine Brust gelegt. Ihm blieb keine Möglichkeit, aufzustehen. Er strich ihr eine Strähne aus dem Gesicht und beobachtete, wie ihre Augenlider anfingen zu flattern. Einen Moment später hob sie ihren Kopf leicht an und sah sich um. Als sie bemerkte, was, oder eher gesagt wen, sie gerade als Kopfkissen benutzt hatte, setzte sie sich schnell auf und schaute peinlich berührt auf den Boden. Levin unterdrückte ein amüsiertes Lachen.
Wütend schaute sie ihn an.
„Gut geschlafen, Mondkind?“, fragte er.
Sie sah überrascht auf. „Mondkind?“, fragte sie verwirrt.
Er nickte.
„Wie kommst du auf den Namen?“, fragte sie.
„Ich bitte dich. Du weißt doch wohl, was dein eigener Name bedeutet.“
Ihr schien ein Licht aufzugehen und sie lächelte.
„Was bedeutet dein Name?“, fragte sie.
„Er hat mehrere Bedeutungen. Aber die, die mir am besten gefällt ist „Der, der das Leben liebt“, sagte er.
„Das finde ich auch schön. Aber daraus lässt sich kein Spitzname formen“, gab Luna zu bedenken.
„Das tut mir leid“, antwortete er.

Sie strich sich den Schlaf aus den Augen und ließ sich wieder ins Kissen fallen.
„Hunger?“, fragte Levin.
„Ja, aber zu faul, um aufzustehen.“
Sein Grinsen konnte sie nicht sehen, als er aufstand und sich neben die Matratze stellte.
„Was hast du vor?“, fragte sie misstrauisch.
Er antwortete nicht. Stattdessen umfasste er ihre Hüften und hob sie hoch. Dann verließ er mit ihr auf der Schulter das Zimmer.
Sie protestierte lautstark und schlug ihm auf den Rücken.
„Lass mich sofort runter, Levin“, schrie sie ihn an.
„Nö. Aber an deiner Stelle würde ich jetzt stillhalten. Sonst lasse ich dich noch aus Versehen fallen. Noch eine Verletzte können wir uns nicht leisten.“
Es war verrückt, wie die Stimmung sich andauernd änderte. In einem Moment war sie tottraurig wegen ihres Bruders, im nächsten Moment glücklich und ausgelassen.
Es schien noch niemand anderes wach zu sein. Doch das würde sich wahrscheinlich ändern, wenn Luna weiterhin so schrie.
„Levin, bitte! Mir wird sonst noch ganz schlecht!“, jammerte sie gerade.
„Dann passe aber bitte auf, dass du mein schönes T-Shirt nicht dreckig machst“, bat er, um sie zu provozieren.
„Wir müssen uns beeilen, wenn wir noch den Arzt holen wollen!“, fiel Levin ein. Er setzte sie am Ende der Treppe ab, um sein Tempo zu beschleunigen.
Als er die Küche erreicht hatte, stand sie immer noch da und sah ihm nach.
„Jetzt komm, Mondkind!“

Als sie ihren neuen Spitznamen hörte, lächelte sie und kam zu ihm gerannt. Den nassen Tau schien sie auszublenden. Als sie in die Küche gingen, sagte sie: „Wusstest du, dass ich noch nie zuvor einen Spitznamen hatte?“
„Nein, wusste ich nicht“, antwortete er.
Als sie sich an ihren Platz gesetzt hatte und zusah, wie Levin mit zwei Tellern aus der Vorratskammer kam, fragte sie: „Wie weit ist es denn bis zu diesem Arzt?“
„Wir werden bis Sonnenuntergang unterwegs sein. Wahrscheinlich schlafen wir dann eine Nacht da und kommen morgen, hoffentlich mit dem Arzt, zurück.“
„So weit? Ich hasse es, lange zu laufen“, merkte sie an.
„Das kriegen wir schon hin“, sagte er aufmunternd.
„Ich weiß“, erwiderte sie.

Die ersten Stunden, in denen sie gingen, schwiegen sie beide. Zwischen Levins Augen hatte sich eine kleine Falte gebildet. Sie ließ ihn ernster aussehen als er war. Eigentlich fühlte er sich seit Tagen als würde er fliegen. Schlimme Ereignisse, die passierten, schien er auszublenden. Am liebsten würde er sich Vorwürfe machen, dass er sich keine Sorgen um Annemarie machte. Doch im Moment waren seine Gedanken immer bei dem einen Mädchen. Dem Mädchen, das gerade neben ihm herlief und leise die Anzahl ihrer bereits gegangenen Schritte murmelte.
„Was machst du da?“, fragte er Luna.
Sie sah ihn, als hätte er sie aus dem Schlaf gerissen.
„Ich zähle meine Schritte“, antwortete sie, als wäre das selbstverständlich und die Gründe würden sich von selbst erklären.
„Warum?“

„Weil es mir zu still ist. Wenn ich mich nicht irgendwie ablenke, muss ich an Noah denken. Und das kann ich gerade in keinster Weise gebrauchen."
„Dann lenke dich ab, indem du mir eine Geschichte erzählst."
„Na gut, was willst du hören?", fragte sie.
„Deine Stimme."
Sie lächelte.
„Ich weiß nicht, was ich dir erzählen könnte... Früher hatte ich mir immer gewünscht, im Wald zu leben. Da gab es die Aufteilung der beiden Seiten noch nicht und alle lebten normal. Ich hatte Tinkerbell gesehen. Eine sehr alte Verfilmung aus dem Jahr 2008, glaube ich. Dort haben sie aus Eicheln getrunken, weil sie so klein waren. Sie haben zwar nicht direkt im Wald gelebt, aber so hatte ich es mir immer vorgestellt. Ich habe mir das Leben sehr entspannt vorgestellt. Ich dachte früher, alles sei besser als das harte Leben einer Zweitklässlerin, welches ich damals führte." Sie lachte. Dieses Lachen ließ Levin etwas in seinem Bauch spüren, das er nicht definieren konnte.
„Und was hältst du heute vom Leben im Wald?", fragte er.
„Wenn du die richtigen Leute dafür bei dir hast, ist es nicht ganz so schlimm wie ich dachte als ich herkam."
„Hast du denn die richtigen Menschen neben dir?"
„Ja. Obwohl einer fehlt." Er wusste, dass sie Noah meinte.
Und da war es wieder. Einer der traurigen Momente. Er griff nach ihrer Hand und sie drückte seine dankbar.
Beide verfielen wieder in Schweigen. Levins ganze Konzentration lag auf der Berührung mit ihrer Hand. Er konnte ein Lächeln nicht unterdrücken.

„Ist es das da vorne?“, fragte Luna hoffnungsvoll und zeigte auf die Häusergruppe, von der man gerade mal die Umrisse erkennen konnte.
„Ja.“
„Endlich. Ich glaube, diese Reise werden mir meine Beine ziemlich übelnehmen.“
Auf dem Rest ihrer kleinen Reise, hatte sie seine Hand nicht mehr losgelassen.
Jetzt aber löste sie den Griff und tanzte übermütig. Ihr Rucksack flog hin und her.
Es hatte zwischendurch geregnet. Mittlerweile nieselte es nur noch. Die Sonne ging gerade unter.
Levin lachte.

Einige Minuten später hatten sie das Lager endlich erreicht. Es war kaum jemand da. Die meisten hatten sich in ihren Häusern vor dem Regen in Sicherheit gebracht.
Levin steuerte auf eines der hinteren Häuser zu. Das Gewitter hatte auch hier einiges angerichtet. Überall lagen abgebrochene Äste herum. Ein Haus hatte ein eingebrochenes Dach.
Er klopfte an einer schäbigen Tür. Luna stand hinter ihm. Ein Mann mittleren Alters öffnete die Tür.
„Levin! Mein Junge. Schön, dich mal wieder zu sehen. Sag mir bitte nicht, es ist etwas Schlimmes passiert!“
Der Mann hatte braune, etwas fettig aussehende Haare, die ihm auf die Schultern fielen.
„James, es freut mich auch. Das Gewitter hat so einige Schäden bei uns verursacht. Zwei unserer Baumhäuser sind abgestürzt. Annemarie und der Bote waren darin.“

„Wie schrecklich. Morgen früh brechen wir auf und ich sehe mir die beiden mal an.“ Dann schien er Luna zu entdecken. „Aber sag: Welch schönes Mädchen hast du denn mitgebracht?“, fragte er.
„James, das ist Luna. Luna, das ist James. Sie ist neu zu uns gestoßen“, erklärte er.
„Kannst du mir noch sagen, welches Datum wir heute haben?“
„Ja, aber kommt doch erst mal rein. Ihr müsst ja nicht im Regen stehen.“
Man erkannte sofort, dass das die Krankenstube war. Überall lagen Kräuter aufgehäuft, Verbände waren so gut wie möglich vom Dreck geschützt hochgelegt und in der Mitte des Raumes standen zwei Liegen. Aus Erfahrung wusste Levin, dass es darauf nicht wirklich gemütlich war.
„Ihr könnt wie immer hier schlafen“, sagte James und wand sich einem kleinen Notizbuch zu.
„Heute ist der 2. April“, berichtete er nach einem kurzen Blick.
Lunas Blick schien überrascht. Und da war noch etwas. Levin konnte es nicht deuten.
„Was ist los?“, fragte er sie.
„Wie es aussieht, bin ich heute achtzehn Jahre alt geworden.“

ZWANZIG

Luna

„Wirklich?“, fragte er entgeistert.
„Ja, wirklich“, erwiderte ich.
„Aber das muss doch gefeiert werden!“, mischte James sich ein. Er kramte in einem seiner Regale und zog eine Glasflasche heraus. Die Farbe des enthaltenen Getränkes konnte ich nicht beschreiben.
„Hab ich selbst gemischt. Mit extra viel Alkohol.“ Er reichte mir die Flasche.
„Ich trinke nicht“, wehrte ich ab.
„Du bist ja langweilig“, kommentierte er. Nachdem auch Levin ablehnte, nahm er selbst einen großen Schluck. *Toller Arzt.*
„Die Sonne geht in ungefähr vier Stunden unter. Also: Was willst du machen? Jetzt, wo du volljährig bist“, fragte Levin.
„Du sagst doch selbst, dass man hier im Wald nichts machen kann. Vielleicht sollten wir uns einfach ausruhen. Vom Laufen hab ich nämlich echt genug.“
„Auf gar keinen Fall! Heute ist ein besonderer Tag. Zur Not trage ich dich wieder.“
„Ich hätte gerne ein Picknick im Wald. Wir haben aber kein Essen. Schade, dann muss das wohl ins Wasser fallen!“
Ich setzte mich auf eines der Betten und verschränkte meine Arme. Früher wurde immer eine große Party an meinem Geburtstag gehalten. Heute war mein erster Geburtstag ohne eine Party. Aber noch viel wichtiger: ohne Noah und meine Eltern.

„Du willst ein Picknick? Das lässt sich machen. Wir werden sicherlich unterwegs ein paar Beeren finden."
Erschöpft sah ich Levin an. Schließlich ergab ich mich. „Na gut. Aber nicht zu lange. Die Sonne geht schließlich schon unter."
Zufrieden lächelte er und kam auf mich zu. Ich ergriff die Hand, die er mir entgegenstreckte und er zog mich hoch. Bevor er mich wieder freigab, flüsterte er in mein Ohr: „Happy Birthday, Mondkind!"

„Hier ist es doch schön!", sagte er. Wir waren mitten im Wald. Zwischen Bäumen, die langsam anfingen zu blühen. Und er hatte Recht: Es sah wirklich schön aus. Besonders in den Abendstunden, als die Sonne ihr letztes warmes Licht auf einige Stellen des Bodens warf. Der Fluss musste hier auch irgendwo in der Nähe sein, denn man hörte, wie das Wasser das Ufer erreichte und wieder zurückschwappte, bis die nächste Welle kam. Ab und zu wurde die Stille durch ein Vogelgezwitscher unterbrochen. Ich glaubte sogar, einen Specht gegen einen Baum klopfen zu hören.
„Der Waldboden ist ganz nass", gab ich zu bedenken.
Er schob ein paar Blätter zur Seite und setzte sich dann auf den Boden. In seinen Händen hielt er, genau wie ich, eine handvoll blauer Beeren.
„Nun hab dich nicht so", neckte er mich. Ich stöhnte und setzte mich neben ihn.
Schweigend begannen wir die Beeren zu essen. Als wir fertig waren, war Levins Mund blau gefärbt. Ich prustete los.
„Was ist denn?", fragte er.

„Du hast da was“, antwortete ich. Er sah zum Heulen lustig aus.
Er wischte sich über den Mund und verteilte damit das Blaue nur noch mehr. Ich lachte wieder und merkte, wie mir die Tränen in den Augen standen. Es war so lächerlich, über so etwas Kindisches zu lachen. Aber in diesem Moment konnte ich einfach nicht anders.
Er hatte es geschafft, die blaue Farbe von seinem Mund auf seine Hände zu übertragen.
„Weg?“, fragte er. Ich nickte.
„Ich mag dein Lachen. Leider habe ich es bisher viel zu selten gehört.“ Frech grinste er mich an.
„Es gab bisher auch nicht viele Anlässe“, sagte ich, wieder etwas ernster. „Levin, du hast Schreckliches miterleben müssen. Hast du da jemals daran gedacht… deinem Leben ein Ende zu setzen?“ Erstaunlich, wie die Stimmung so schnell kippen konnte.
„Ja“, antwortete er.
„Was hat dich davon abgehalten?“
„Ich wollte sehen, was passiert, wenn man nicht aufgibt.“
Einen Moment beobachte ich, wie seine Augen über den Waldboden huschten, mich kurz musterten, um sich dann schnell wieder ein anderes Bild zu suchen.
Nachdem ich einen Moment über diesen Satz nachgedacht hatte, beschloss ich, dass das ein guter Ansporn war.
Ich beobachtete, wie er sich die Haare aus dem Gesicht strich und auf den Boden schaute.
„Tut mir leid, dass ich dir keinen besonderen Geburtstag bereiten kann“, sagte er. Überrascht schaute ich auf. In seinen Augen erkannte ich wirklich soetwas wie Schuldgefühle.

Wahrscheinlich hätte er darauf eine Antwort erwartet und ich wusste auch nicht, was mich dazu brachte, doch ich beugte mich vor, sah ihm nur ein paar Sekunden in die Augen, bevor ich meine Lippen auf seine presste.

Zuerst schien er überfordert. Doch nach Sekunden, die sich wie Minuten zogen, erwiderte er den Kuss. Er umfasste meine Hüfte und zog mich näher zu sich heran. Ich lächelte, bevor ich mich dem Moment wieder hingab. In diesem Moment schien die Welt einen kleinen Augenblick stehen zu bleiben. An den Stellen an meinem Arm, an denen seine Hand meine Haut berührte, breitete sich Gänsehaut aus, während ich seine Haare zurück schob, die ihm in die Stirn gefallen waren. Ich war froh, dass wir saßen, denn es schien, als wären meine Beine nicht mehr länger aus Fleisch und Knochen, sondern eher aus Wackelpudding. Es schien, als würde nichts mehr mein Herz davon abhalten können, aus meiner Brust zu springen. Kein Kuss, den ich mit Tom je erlebt hatte, würde an diesen herankommen.

Das Gefühl in meinem Bauch wurde immer stärker. *Kleine rosa Schmetterlinge, die Loopings drehten.* Doch dann wurde ich aus meinem Gefühlschaos gerissen, als Levin den Kuss beendete. Ich öffnete die Augen und sah, wie er ein wenig von mir wegrückte. Verletzt sah ich ihm dabei zu. *Ruht in Frieden, kleine rosa Schmetterlinge.*

Hatte ich etwas falsch gemacht? Hatte es ihm nicht gefallen? War es ein Fehler gewesen, ihn zu küssen?

Ich sah ihn an und versuchte, mir nicht anmerken zu lassen, wie verletzt ich war.

„Tut mir leid, das hätte ich nicht tun sollen“, stotterte ich und stand auf.

„Luna, bitte bleib sitzen“, bettelte er.

„Ich glaube, ich sollte jetzt wirklich ins Bett gehen. Wir laufen morgen den ganzen Tag und ich bin wirklich müde." Damit drehte ich mich um und ging. Still betete ich, dass es die richtige Richtung war.
Einerseits hoffte ich, er würde mir hinterherlaufen, andererseits wollte ich im Moment nichts mehr als allein zu sein.
Unterwegs trat ich wütend gegen mehrere Baumstämme, nur um jedes Mal den Schmerz im ganzen Bein zu spüren.
Du bist so dumm, flüsterte mein Kopf mir zu.
„Ach, halt doch die Klappe!"
An einem großen Baum ließ ich mich fallen. Ich versteckte mein Gesicht in meinen Händen. Vielleicht hatte ich mit diesem Kuss alles versaut, was sich zwischen uns entwickelt hatte.
War da überhaupt etwas?
Dieses Jahr war wirklich nicht meins. Oder vielleicht war dieses Leben auch einfach nicht meins?
Zuerst hatte sich mein ganzes Weltbild verändert, als ich erfuhr, wie Vater wirklich regierte. Was er zuließ. Dass er sogar über Leichen ging, um an die Spitze zu kommen. Und doch war ich am Boden zerstört, als ich ihn, Mutter und meine Freunde verlassen musste. Ich trauerte sogar ein wenig der Verbindung nach, die ich einst mit Tom hatte. Und der einzige Grund, warum ich hierhergekommen war, hatte mich im Stich gelassen. Einfach *tot.* Dann dachte ich, ich hätte vielleicht eine Person gefunden, die ich wirklich mochte. Die mich vielleicht sogar auffangen könnte. Mit dieser Person hatte ich es mir aber gerade verscherzt. Ich schlug mir mehrmals gegen die Stirn.
Vorher nachdenken. Jetzt bist du selbst schuld, flüsterte mir mein Kopf wieder zu.

Ich beobachtete meine Hand dabei, wie sie von allein anfing, Gras aus dem Boden zu reißen.
„Luna?“, schrie die mir nur zu bekannte Stimme.
Ich hielt die Luft an. Ich wollte mich nicht verraten.
„Luna, komm schon!“ Ich versuchte, aus seiner Stimme herauszuhören, ob er mich wirklich finden wollte oder mich nur aus Pflichtgefühl suchte. Doch schon bald war er so weit entfernt, dass ich ihn kaum noch hörte.
Ich rollte mich auf dem Waldboden zusammen. Jetzt merkte ich, wie sehr ich die tröstende Kälte vermisst hatte.
Du brauchst ihn nicht. Du schaffst alles, was du schaffen willst, auch allein.
Was wollte ich eigentlich schaffen? Für wen oder was führte ich dieses Leben noch?

Ich kam in die Hütte. Es war stockdunkel und ich konnte nur schwache Umrisse erkennen. Ich war mir sicher, dass ich Levin auf einer Liege schlafen sah.
Wo hat James die Flasche hingestellt? Ich tastete mich durch den Raum, bis ich das angenehm kühle Glas berührte. Ich konnte mir zwar nicht sicher sein, dass es der Alkohol war, den James mir angeboten hatte, aber was hatte ich schon zu verlieren?
Meine Hände drehten wie automatisch den Deckel von der Flasche und ich nahm einen vorsichtigen Schluck.
Ja, das war eindeutig selbst gemischter Alkohol. Und zwar ziemlich starker. Ich nahm den nächsten großen Schluck. Das Brennen, das das Getränk hinterließ, genoss ich.
Nach weiteren drei Schlucken bemerkte ich bereits, wie meine Gedanken langsam neblig wurden.
Noch ein Schluck!

Immer weiter trank ich. Bis kein Tropfen mehr in meinen Mund gelangte. Frustriert warf ich die Flasche in die Ecke. Dabei musste ich Gläser getroffen haben, die jetzt laut scheppernd hinunterfielen. Der Lärm tat meinem Kopf eindeutig nicht gut.
„Luna?“, fragte Levins schläfrige Stimme.
„Ach, halt die Klappe!“, zischte ich zurück. Ich hatte das Gefühl, nicht mehr kontrollieren zu können, was ich sagte.
Er stand auf, knipste ein kleines Licht an und kam zu mir. Als er direkt vor mir stand, musste er meinen Alkoholatem riechen. Angewidert verzog er das Gesicht.
„Hast du etwa getrunken?“
„Vielleicht“, lallte ich. Als ich ihn ein wenig von mir wegdrücken wollte, damit er nicht mehr so nah bei mir stand, verlor ich das Gleichgewicht und fiel in eines der Regale.
„Au“, sagte ich nur, während ich mir meinen Kopf rieb.
„Soll ich dir helfen?“ Levin streckte mir eine Hand entgegen.
„Spare deine Energie lieber für was anderes.“ Dann stand ich allein auf.
Er stöhnte. In diesem Moment sah ich ihm das erste Mal seit unserem Kuss in die Augen. Seine Augen waren rot unterlaufen, als hätte er gerade geheult.
Er würde für dich keine einzige Träne vergießen, erinnerte mich mein Kopf.
„Warum hast du geweint?“, fragte ich, unsicher ob er mein betrunkenes Ich verstand.
„Hab ich nicht.“ Die Antwort kam zu schnell und dazu drehte er sein Gesicht von mir weg.
„Lüge mich nicht an!“, antwortete ich.

Doch statt einer Antwort nahm er mein Gesicht in seine Hände und drückte seine Lippen auf meine. So wie ich es vorher getan hatte bevor ich dachte, ich hätte alles verdorben.
Wäre ich nicht betrunken gewesen, hätte ich vielleicht ein Wenig mehr darüber nachgedacht. Doch in diesem Moment konnte ich nicht anders als den Kuss zu erwidern.
Ich verschränkte meine Arme hinter seinem Hals und schaltete meinen Kopf wenigstens für diesen kleinen Moment aus. Diesmal zog sich Levin nicht zurück, bis wir keine Luft mehr bekamen.
Dann zwang er mich, ihn anzugucken, indem er mein Kinn hochschob.
Er zog seine Mundwinkel nach oben. „Tut mir leid wegen vorhin“, flüsterte er.
Dann drehte er sich um und verließ die kleine Hütte.
Wo will er denn jetzt hin?
Einen Moment spielte ich mit dem Gedanken, ihm hinterherzulaufen. Doch stattdessen ließ ich mich auf eine der Liegen fallen und rollte mich zusammen. Die gerade geschehene Szene spielte sich immer wieder in meinem Kopf ab, bevor der Schlaf das Ruder übernahm.

EINUNDZWANZIG

Levin

Ich mag sie. Ich mag sie. Ich mag sie. Ich mag sie. Ich mag sie. Ich mag sie. Ich mag sie. Ich mag sie. Ich mag sie. Ich mag sie.Ich mag sie. Ich mag sie.Ich mag sie. Ich mag sie. Ich mag sie. Ich mag sie. Ich mag sie. Ich mag sie. Ich mag sie. Ich mag sie. Ich mag sie. Ich mag sie. Ich mag sie. Ich mag sie. Ich mag sie. Ich mag sie. Ich mag sie.Ich mag sie. Ich mag sie. Ich mag sie. Ich mag sie. Ich mag sie.Ich mag sie. Ich mag sie. Ich mag sie. Ich mag sie. Ich mag sie. Ich mag sie. Ich mag sie. Ich mag sie.Ich mag sie. Ich mag sie. Ich mag sie. Ich mag sie. Ich mag sie.Ich mag sie. Ich mag sie. Ich mag sie. Ich mag sie. Ich mag sie. Ich mag sie. Ich mag sie. Ich mag sie wirklich.

In Levins Kopf schien sich alles zu drehen, als hätte er gerade die Flasche Alkohol getrunken an Stelle Lunas.

Er wünschte sich, Ally wäre jetzt hier. Sie hätte bestimmt den richtigen Rat für ihn gehabt.

Hätte, hätte Fahrradkette, erinnerte ihn sein Kopf.

Wieso hatte er das gerade getan? Er hatte sich doch noch vor einer Stunde gegen den Kuss gewehrt und dann küsste er sie selbst?

Lächerlich, spottete sein Kopf.

Er lief durch die kleine Reihe von Häusern und dann wieder zurück. Immer hin und her.
Doch trotzdem fiel ihm nicht ein, was er als nächstes tun sollte.
Entweder du machst weiter so wie eben und verschwendest weitere Lebenszeit oder du lässt sie links liegen und zeigst ihr, dass zwischen euch nichts ist.
War denn da wirklich nichts? Er kannte sie jetzt vielleicht zwei Wochen. Und doch war da irgendetwas, das er nicht erklären konnte. Um Gottes Willen, es war keine Liebe (daher war der Kuss doch nicht so passend, wie es seinem kleinen Herzen in diesem Moment vorgekommen war), aber doch war es anders als seine Beziehung zu Annemarie oder Nelly.
Vielleicht, weil du sie in ihren wahrscheinlich schwersten Momenten erlebt hast?
Irgendetwas von ihr war an ihm hängen geblieben, das er nicht mehr hatte abwaschen können. Irgendwie hatte sie es geschafft, etwas in ihm zu rühren, wie es noch keiner geschafft hatte. Es war nichts besonderes, aber es war alles, was er im Moment in seinem kleinen Leben haben wollte.
Doch solange er auch herumlief, an seinem inneren Kampf änderte das nichts.
Vielleicht sollte er egoistisch sein, Zeit mit ihr verbringen und es genießen. Vielleicht aber auch nicht. Vielleicht sollte er auch den Selbstlosen spielen. Es für sie tun. Denn sie hatte vor wenigen Wochen ihr Leben aufgegeben und einen wichtigen Menschen verloren. Auch wenn sie sich dem jetzt noch nicht stellen wollte. Da war wohl das letzte, was sie jetzt gebrauchen könnte, ein Hin und Her mit ihm.

Dir wird jetzt auch nicht der rettende Einfall kommen, wenn du hier hin und her läufst. Du solltest lieber schlafen, um die Rückreise zu überstehen.
Er beschloss, dass sein Kopf ausnahmsweise mal recht hatte und ging so leise wie möglich zurück in die Hütte. Er hoffte so sehr, dass sie schon schlief oder ihn wenigstens nicht bemerkte. Denn er hätte auf keine der Fragen, die sie ihm stellen würde eine Antwort.
„Levin?“, beendete Luna seinen Hoffnungsschimmer.
„Ja?“ Keiner von beiden konnte den anderen sehen. Doch er vermutete, dass sie auf der Liege weiter hinten im Raum lag, und tastete sich zu der vorderen vor.
„Wenn wir morgen zurückkommen, dann erzähl bitte niemandem, dass ich Geburtstag hatte.“ Ihre Stimme klang noch immer etwas undeutlich, doch die vorherigen Geschehnisse, schienen sie schon wieder nüchterner gemacht zu haben.
Das war alles. Er war fast schon erleichtert. „Wie du willst“, antwortete er.
„Danke.“ Sie schwieg einen Moment, bevor sie „Schlaf schön“ ergänzte.
„Du auch... Mondkind.“

Am nächsten Morgen wurde Levin durch James geweckt. Er stand in der Mitte des Raumes und rief: „Wer hat denn den ganzen Alkohol ausgetrunken?“
Als Luna die Augen öffnete, verriet sie sich allein schon dadurch, dass sie ihren Kopf hielt, der jetzt wahrscheinlich dröhnte.
James sah Levin böse an.
„Du hättest mich doch wenigstens fragen können!“, sagte er.

„Levin war das nicht. Ich habe die Flasche leer getrunken“, gab Luna schuldbewusst zu.
Überrascht wandte James sich an Luna.
„Oh“, sagte er. „Und hast du auch die ganzen Gläser aus dem Regal geschmissen?“ Er zeigte auf die Stelle, an der Luna gestern ihre Flasche hingeschmissen hatte. Sie sah ihn nur weiter schuldbewusst an.
„Na ja, das kann ja passieren. Wenn du aber das nächste Mal hier bist, wäre ich dir sehr dankbar, wenn du meine Sachen ganzlassen würdest!“ Sie nickte und James schien erstmal zufrieden.
„Wenn ihr Hunger habt, solltet ihr jetzt etwas essen. Wir müssen so schnell wie möglich los“, erklärte er.
„Machen wir“, versicherte Levin ihm und stand auf. Die Liege war hart und das spürte er nun im Rücken.
Luna tat es ihm gleich, stand auf und streckte sich.
„Mein Kopf explodiert gleich, glaub ich“, murmelte sie.
„Bitte nicht. Dann muss ich dich auch noch von den Wänden kratzen“, kommentierte James.
Levin bedeutete Luna, sie solle ihm folgen. Sie verstand, und die beiden verließen die kleine Hütte.
„Wo gehen wir hin?“ Etwas in ihrem Tonfall war anders.
„Wir holen uns was zu Essen“, antwortete Levin.
Am Ende der Hausreihen hatten sie ein paar Stöcke an einem Baum aufgestellt und darunter lag ihr kleiner Vorrat an Essen. Geschützt vor dem Regen.
Levin griff einmal rein und holte eine Schüssel Nüsse heraus.
„Mehr wird es heute wohl nicht geben“, bedauerte er. „Lass uns uns dort auf die Bank setzen“, schlug er vor und ging schweigend darauf zu. Das Holz der Bank war nass, doch darauf achtete keiner der beiden.

Sie aßen schweigend. Es war keine angenehme Stille so wie sonst. Sie lastete schwer auf beiden.
„Ich habe keinen Hunger mehr", verkündete Luna, als sie noch nicht mal die Hälfte gegessen hatte.
„Sicher? Ich weiß nicht, ob wir bis heute Abend dazu kommen, etwas zu essen", gab Levin zu bedenken.
„Sicher", antwortete Luna und stand auf.
„Willst du darüber reden?", fragte Levin.
„Über was?"
„Über das, was gestern zwischen uns lief, Mondkind", sagte er, als lege es auf der Hand.
„Da war nichts. Jedenfalls nichts von Bedeutung."
„Nein, nichts von Bedeutung. Wir haben uns ja verdammt nochmal nur zweimal geküsst. Das ist ja nichts weiter."
Levin sprang auf und spürte, wie Wut in ihm hochkochte.
„Richtig. Wir haben uns *nur* zweimal geküsst. Du solltest da nicht so viel reininterpretieren."
„Ich sollte was? Hat dir das gestern überhaupt nichts bedeutet? Wieso hast *du* dann *mich* das erste Mal geküsst?"
„Das frage ich mich auch. Denn nein, es bedeutet mir nichts. Ich habe nämlich größere Probleme!"
Sie log. Das sah er in ihren Augen. Er sah das Glitzern einer Träne in ihrem Augenwinkel. Doch diese war auch genau so schnell, wie sie gekommen war, schon wieder verschwunden.
„Ich habe das Gefühl, an Tagen, an denen mir sowieso schon die Kraft fehlt, verlangen alle so viel von mir. Ich bin nicht so stark, wie du vielleicht denken magst. Levin, ich kann nicht mehr. Ich will mich jetzt nicht mit so etwas wie einem Kuss auseinandersetzen. Ich habe vor ein paar

Tagen meinen *Bruder* verloren." Und da waren ihre Tränen wieder.
Plötzlich tat es ihm unglaublich leid, dass er das Thema überhaupt angesprochen hatte.
„Tut mir leid", sagte er. „Kann ich irgendwas tun?", fragte er. Er wollte ihr wirklich helfen.
Sie sah ihn einen Moment an, bevor sie sich in seine Arm warf. Sie legte ihre Arme um seinen Nacken und ihren Kopf auf seine Schulter. Er drückte sie fest an sich. Konnte nichts anderes machen, als ihrem verzweifelten Schluchzen zu lauschen. Es gab nichts, was er hätte sagen können, um ihren Schmerz zu lindern.
Mit einer Hand fuhr er über ihren Rücken. Sein Kinn legte er auf ihren Kopf.
„Wir schaffen das schon", versprach er.
„Ich weiß", sagte sie.

ZWEIUNDZWANZIG

Luna

„Wir müssen los!“ James trat aus dem Haus auf uns zu. Ich löste mich aus Levins Umarmung, sah in James’ Gesicht und nickte. Meine Beine fühlten sich jetzt schon so an, als würden sie keinen weiteren Schritt mehr aushalten und doch lag noch ein ganzer Tag Fußmarsch vor mir. Und außerdem ging es mir unglaublich schlecht, was wohl auf den Alkohol von gestern zurückzuführen war.

Ich hoffte, meine Tränen waren nicht zu sehen.

„Du kommst mir irgendwie bekannt vor“, sagte James, als wir unterwegs waren.

„Ach, wirklich? Also ich bin mir sicher, dass ich dich zum ersten Mal sehe“, antwortete ich.

„Du siehst irgendjemandem ähnlich, den ich schon mal gesehen habe.“

Meine Mutter, schoss es mir durch den Kopf. Doch ich sagte nichts. Ich wollte nicht die Tochter des Präsidenten sein. Ich wollte einfach Luna sein.

„Ich komm nicht drauf, aber ist ja auch egal“, beendete James das Thema.

„Wie läuft es denn momentan so bei euch?“, fragte Levin James.

„Ach, soweit ganz gut. Das Gewitter hat ein wenig Schaden angerichtet. Aber der ist wohl vergleichbar mit eurem.“

Levin nickte.

Die nächsten Minuten verbrachten wir alle in unseren eigenen Gedanken versunken. Zu gerne hätte ich gewusst, woran Levin dachte. Ich beobachtete ihn, während er ein ernstes Gesicht aufgesetzt hatte und geradeaus schaute.

Wenn er nicht darauf achtete, bildete sich zwischen seinen Augen immer eine kleine Falte.
Er sah mich an. Sein ernster Blick löste sich und wurde durch ein Lächeln ersetzt. So war er noch viel schöner.
Ich lächelte zurück.
Ich wusste nicht was, aber irgendwas war da zwischen ihm und mir. Ich konnte es nicht beschreiben. Ich glaubte nicht, dass es Liebe war. Jedenfalls noch nicht zu diesem Zeitpunkt. Doch als er mich geküsst hatte, war die Welt für einen kleinen Moment weniger schlimm gewesen.

Als wir unser Lager endlich erreichten, spürte ich meine Beine mehr als je zuvor. Ich hätte mich sofort auf dem Waldboden zusammenrollen können, um zu schlafen. Doch der Hunger trieb mich zuerst in die Küche, während Levin James zeigte, wo Annemarie und der Bote lagen.
„Luna!“ Nelly schien ernsthaft erfreut, mich wiederzusehen und mir ging es nicht anders.
Sie schloss mich in ihre dünnen Arme.
„Du hast bestimmt Hunger!“ Sie verschwand einen Moment in der kleinen Vorratskammer.
„Das ist eine unserer letzten Scheiben Brot. Nicht mehr so lecker wie am ersten Tag, aber vielleicht eine Abwechslung zu den Beeren“, sagte sie mir und reichte mir den Teller. Ich hätte vor einem Monat nie gedacht, dass ich mich je so sehr über eine trockene Scheibe Brot freuen könnte.
„Danke“, nuschelte ich, während ich den ersten Bissen schon im Mund hatte. Meine Mutter hätte über solche Manieren nur tadelnd den Kopf geschüttelt. Hier interessierte es niemanden.

Plötzlich spürte ich das Verlangen, Nelly alles zu erzählen, was auf der Reise zwischen Levin und mir passiert war. Ich musste einfach mit irgendjemandem darüber reden. Also sah ich mich um, ob uns auch wirklich keiner zuhörte und begann dann mit: „Nelly, ich muss dir was Wichtiges erzählen!"
Die ganze Zeit hörte sie mir schweigend zu, bis ich mit „Ich weiß nicht, was das zwischen ihm und mir ist", endete.
Kurz überlegte sie, bevor sie antwortete: „Manchmal gibt es einfach eine Verbindung zwischen zwei Menschen, die sich nicht erklären lässt. Er scheint dir gut zu tun. Und das ist das Wichtige. Du hast es verdient, jemand so tollen an deiner Seite zu haben. Egal, ob als Partner, besten Freund oder wie auch immer du es definieren möchtest." Die Vorstellung, Levin als festen Freund zu haben, erweckte die kleinen rosa Schmetterlinge in meinem Bauch wieder zum Leben. Als ich hier ankam, hatte er mir deutlich gemacht, wie wenig er von mir hielt. Und jetzt, vielleicht zwei Wochen später, zeigte er mir das Gegenteil. Ich wusste nicht, zu welchem Zeitpunkt sich das Blatt gewendet hatte. Aber das war auch unwichtig. Ich wusste nicht, wie es mit meiner Trauer gelaufen wäre, wenn er nicht jede Nacht zu mir gekommen wäre oder mich, wann immer möglich, vom Ernst des Lebens abgelenkt hätte. Und ich wünschte mir einfach, dass er es weiter so machte. Das war im Moment das wichtigste. Das, was mich über Wasser hielt und mich vorm Ertrinken bewahrte.
Nelly und ich saßen gemeinsam in der Küche bis es dämmerte und unterhielten uns. Dabei vergaß ich sogar kurzzeitig meine schmerzenden Beine und meine

ausbremsende Müdigkeit. Unser Gespräch wurde erst unterbrochen, als Levin hereinkam.
„Hallo, Nelly!“, begrüßte er sie. Als er mich dann entdeckte, breitete sich ein Lächeln auf seinem Gesicht aus.
„Hallo, Mondkind“, begrüßte er dann auch mich. „Störe ich gerade?“, fragte er, als er sich mit einer Schüssel voll Nüssen neben mich setzte. Ich schüttelte den Kopf.
„James hat sich die beiden angeguckt. Er vermutet, dass Annemarie einen angebrochenen Knochen hat. Und, dass der Bote mit einem verstauchten Fuß und ein paar schwereren Prellungen davongekommen ist. Und wahrscheinlich einer Gehirnerschütterung. James sagt aber, das sei alles nicht so dramatisch und beide werden wieder vollkommen gesund, wenn sie in Ruhe genesen“, berichtete er. Levin sah so erschöpft aus wie ich mich fühlte.
Als er sich die letzte Nuss in den Mund gesteckt hatte, sagte er: „Ich bin so müde. Ich gehe gleich ins Bett. Wir müssen auch morgen anfangen, die Baumhäuser wieder aufzubauen. Das macht sich schließlich nicht von allein. Kommst du mit, Mondkind?“
Ich nickte. Die Erschöpfung ließ sich mittlerweile auch nicht mehr durch Frauengespräche mit Nelly verdrängen.
„Gute Nacht“, sagte ich zu ihr, bevor ich Levin aus der Hütte folgte. Sie lächelte, während sie uns nachsah.
Als mir einfiel, dass Annemarie in Levins Zimmer lag und er darum bei mir schlafen würde, machte mein Herz einen kleinen Sprung.
„Ich geh nochmal schnell duschen!“, sagte ich, als wir in meinem Zimmer angekommen waren. Levin nickte und streckte sich in meinem Bett aus.

Seine neuen Klamotten und seine saubere Haut verrieten, dass er seine Dusche schon hinter sich hatte.

Erst, als ich unter der Dusche stand, merkte ich mal wieder, wie sehr ich die Kälte vermisst hatte. Ich fühlte mich seit *seinem* Tod wie abhängig davon.
Mehrere Minuten ließ ich den Wasserstrahl einfach auf meine Schultern prasseln, bevor ich anfing, den Schmutz von meiner Haut zu waschen und meine Haare aus dem Dutt zu lösen. Den Haargummi von meinen Haaren zu lösen, war schwerer als gedacht. Schweren Herzens musste ich mir einige Haare abreißen, um den Haargummi zu befreien.
Erst, als meine Beine so schienen, als wollten sie nachgeben, stieg ich aus der Dusche.
Wo waren meine Klamotten? Als ich merkte, dass ich sie im Zimmer vergessen hatte, überlegte ich fieberhaft, was ich jetzt tun sollte.
Letztendlich band ich einfach ein Handtuch um meinen Körper und ging zurück ins Zimmer.
Dort saß Levin auf dem Bett und schien auf mich zu warten. Als ich nur mit dem Handtuch bekleidet hereinkam, schaute er mich überrascht an.
„Ich habe meine Klamotten hier vergessen“, erklärte ich und schnappte mir den Haufen frischer Kleidung. Dann drehte ich mich um und ging zurück zum Bad. Doch die Tür war verschlossen und ich hörte jemanden darin weinen. Es hörte sich verdächtig nach Annemarie an. Wie hatte sie es denn alleine geschafft, ins Bad zu kommen?
Ich klopfte an der Tür. „Annemarie, was ist los?“
„Geh weg! Lass mich in Ruhe!“, schrie sie zurück.

Ich beschloss, dieser `Bitte` nachzugehen und ging zurück ins Zimmer.
„Levin, du darfst jetzt mal kurz vor die Tür gehen, damit ich mich umziehen kann. Annemarie hat sich im Bad eingesperrt“, sagte ich, als Levin mich noch erstaunter anschaute, nachdem ich wieder nur mit dem Handtuch ins Zimmer gekommen war.
Er stand auf und ging zur Tür. „Ich werde mal nach ihr sehen“, sagte er und verließ das Zimmer. So schnell wie möglich zog ich mir das T-Shirt und die lockere Hose über, bevor ich mich ins Bett legte und darauf wartete, dass Levin wiederkam.
Doch der Schlaf machte mir einen Strich durch die Rechnung und ließ schnell alles um mich herum verschwimmen.

DREIUNDZWANZIG

Levin

Am nächsten Morgen wachte Levin vor Luna auf. Sie hatte sich neben ihm zusammengerollt. Die Decke, mit der er sie gestern Abend noch zugedeckt hatte, lag auf dem Boden. Er bemerkte, dass sie wieder vergessen hatte, die Fenster abzudecken. Das konnte man in diesem Fall als Fortschritt bezeichnen.

Einige Minuten lang beobachtete er sie. Ab und zu stöhnte sie leise im Schlaf oder bewegte sich abrupt. Bis sie dann aufwachte, als er gerade aufstand.

„Guten Morgen, Mondkind", begrüßte er sie.

Sie nickte nur müde als Erwiderung, bevor sie sich noch einmal umdrehte und die Augen wieder schloss.

Während er die heruntergefallene Decke wieder auf das Bett legte, sagte er: „Ich hole uns mal was zu essen!"

Ihre Antwort war ein „Mhh."

Er verließ das Zimmer mit einem vergnügten Lächeln auf den Lippen. Sie war offensichtlich kein Morgenmensch.

Diesmal fischte er ein wenig Löwenzahn aus der Vorratskammer. Er schnitt ihn klein und mischte ein paar Nüsse dazu, bevor er den provisorischen Salat in zwei Schüsseln aufteilte. Dazu goss er Wasser in zwei Gläser und stellte alles auf ein Brett, um es anschließend hoch zu tragen. Er traf niemand anderen. Aber die Sonne war auch gerade erst aufgegangen.

Als er das Zimmer wieder betrat, hatte sich Luna bereits aufgesetzt.

„Frühstück im Bett? Womit habe ich das denn verdient?“, fragte sie, als er das Tablett vor ihr abstellte und sich neben sie setzte.
„Ich weiß auch nicht“, antwortete er und sah sie endlich einmal richtig an. Ihre grünen Augen waren gezeichnet durch Schmerz, doch gleichzeitig entdecke er in ihnen etwas wie Glück. Darüber saßen dichte Augenbrauen. Ihr leicht ovales Gesicht wurde von dunkelbraunen Haaren umrandet, die ihr im Moment wild vom Kopf abstanden. Man sah, dass sie, seit sie hier war, deutlich abgenommen hatte. So wie alle hier. Besonders die Knochen ihrer Hände, stachen viel mehr heraus, als er es in Erinnerung hatte. Doch das Waldleben stand ihr.
„Lass es dir schmecken“, sagte er. Beide sahen sich einfach einen Moment an und auch auf ihrem Gesicht wollte das Lächeln nicht verschwinden.
„Das schmeckt echt gut!“, murmelte Luna nachdem sie den ersten Bissen genommen hatte. „Hast du gestern nochmal mit Annemarie geredet?“, fragte sie nach einem weiteren Bissen.
„Nein, sie wollte mich nicht reinlassen. Ich habe dann noch eine Weile vor dem Bad gewartet, aber sie kam nicht raus.“
„Was hältst du davon, wenn wir heute nochmal zum Fluss gehen?“, fragte Luna. Den Blick auf ihren Salat gerichtet, in dem sie herumstocherte bevor sie sich wieder eine Gabel in den Mund schob.
„Willst du wieder baden gehen?“
„Nein. Einfach nur ein bisschen raus.“
„Also haben wir eine Verabredung, Miss Adams.“

Der Wind ließ Wellen auf dem Wasser tanzen. Es war noch so früh, dass der Nebel über dem Wasser stand und die Atmosphäre etwas gespensterisch machte.
Hier in der Nähe hatte Levin damals Noah gefunden. Zu dieser Zeit hatte er noch nicht gewusst, was seine Entdeckung alles auslösen würde. Wäre er an diesem Tag einen anderen Weg gegangen, so hätte er Luna niemals kennengelernt. Die Vorstellung schmerzte ihn.
„Lass uns uns dort vorne hinsetzen“, schlug Luna vor. Sie zeigte auf eine etwas ältere Plattform, die nur durch morsche Balken über dem Wasser gehalten wurde.
„Sicher? Ich weiß nicht, ob das uns aushält.“
„Das werden wir ja dann sehen!“ Luna schnappte sich seine Hand und zog ihn mit sich.
„Du zuerst!“, sagte sie, als sie an ihrem Ziel angekommen waren. Man musste sich hochziehen, um auf die Plattform zu gelangen. Früher hatte hier mal eine Leiter gestanden, doch diese war nun nicht mehr aufzufinden.
Er umfasste einen Balken und zog sich nach oben. Es war etwas rutschig vom letzten Regen. Als er sicher oben angkommen war, drehte er sich um, um Luna hoch zu helfen. Doch diese hatte sich schon den zweiten Balken geschnappt und kletterte mit Leichtigkeit neben ihn. Als er ihr überrascht dabei zusah, lächelte sie und sagte: „Ja, ich kann das auch. Obwohl ich ein verwöhntes Mädchen bin.“
„Ich habe auch nie angezweifelt, dass du das kannst!“, erwiderte er.
„Dein Blick eben hat aber etwas anderes gesagt.“
„Lassen wir diese Diskussion lieber. Dafür ist es zu schön hier. Er wendete sich zum Wasser. Mit dem Nebel sah es einfach nur schön aus. Er lief bis zum Ende der Plattform

und ließ dort seine Beine baumeln. Luna tat es ihm gleich. Sie saßen so nah beieinander, dass er ihren Arm an seinem spürte. Und das bescherte ihm eine Gänsehaut.
„Erzähl mir was von deiner Vergangenheit. Was hast du jeden Tag gemacht?“, fragte er sie. Sie schien zuerst etwas erstaunt darüber, dass er gerade über diese Zeit etwas wissen wollte.
„Okay. Es war nicht wirklich spannend. Jeden Morgen wurde ich von Emma, meiner Zofe, geweckt und sie hat mir eine Frisur gemacht und mich passend zu meinem Outfit geschminkt. Meistens habe ich dann gemeinsam mit meiner Familie Frühstück gegessen und dann hatte ich Unterricht. Klavier, Benehmen, Mathematik, Englisch, Tanzen, Geschichte, Politik und Wirtschaft. Oft war ich abends auf Bällen oder wir haben selbst welche veranstaltet. Ab und zu kamen auch Journalisten. Aber ich wurde eher seltener interviewt. Mein Vater war der Mittelpunkt. Das alles scheint schon so weit entfernt, obwohl es gerade erst geendet hat“, erzählte sie.
„Bereust du die Entscheidung, her gekommen zu sein?“
„Nein. Es ist unglaublich wie frei man sich fühlen kann. Das kannte ich vorher gar nicht. Natürlich wird dieses Gefühl durch die Trauer etwas abgebremst. Doch wenn diese gerade mal Pause macht, ist Freiheit ein so berauschendes Gefühl. Gegen nichts würde ich das eintauschen wollen.“
„Du bist echt anders, als ich es anfangs erwartet hatte“, sagte Levin.
„Was hast du denn erwartet?“, fragte sie neugierig.
„Ich dachte, du wärst eine eingebildete und hochnäsige Frau, mit der man nicht vernünftig reden kann. Als ich dich dann das erste Mal gesehen habe, zweifelte ich

etwas an diesem Bild, doch ganz davon ablassen wollte ich auch nicht." Er beobachtete sie, um zu sehen, ob er sie mit seinen Worten vielleicht verletzt hatte. Doch ihr Gesichtsausdruck blieb unverändert.
„So hätte ich bestimmt auch gedacht", gab sie zu.
Sie strich sich über die Hose, während sie nachdachte. Dann platzte es einfach aus ihr heraus: „Mein Vater hat meine Mutter geschlagen und Emma wurde gefeuert und ist wahrscheinlich auf der Straße gelandet. Und ich habe beide im Stich gelassen."
„Das ist… schrecklich. Aber du kannst nichts für die Taten deines Vaters. Was hättest du denn tun sollen?", gab Levin zu bedenken.
„Ich weiß nicht. Jedenfalls etwas anderes, als sie einfach alleine zu lassen."
„Gegen deinen Vater hättest du rein gar nichts tun können. Glaub mir. Schließlich ist er der mächtigste Mann Deutschlands."
„Und ich seine Tochter. Ich sollte in seine Fußstapfen treten. Ich hatte also mehr Macht, als du vielleicht denken magst."
„Das mag ja so sein. Du hattest Macht im Land. Aber auch nur unter der Kontrolle deines Vaters. Er war der Schachspieler und du der König, der nicht sterben durfte. Aber trotzdem konntest du nur das machen, was er wollte."
Sie überlegte etwas länger, bevor sie antwortete: „Vielleicht hast du ja Recht. Trotzdem hätte ich es wenigstens versuchen sollen. Aber lassen wir das Thema."
„Gut. Dann erzähl mir doch mal, was wir heute zum Abendbrot essen? Ich muss heute noch mit Lucas wenigstens den Haufen von Holz wegräumen, damit wir

sobald wie möglich anfangen können, die Baumhäuser wieder aufzubauen. Danach werde ich sicherlich vor Hunger sterben", sagte er.
Luna lachte. „Ich würde dir ja sehr gerne etwas richtig Leckeres kochen, aber so viele Möglichkeiten haben wir hier nicht. Und kochen kann ich leider auch nicht. Aber ich helfe euch gerne beim Aufräumen!"
Sie legte sich zurück und schaute in den Himmel.
„Zweifelst du etwa daran, dass ich das kann? Wie gesagt, ich mag vielleicht ein Mädchen sein, aber das bedeutet noch lange nicht, dass ich nicht genauso schleppen kann wie du."
„Ich habe doch mit keiner einzigen Silbe erwähnt, dass ich an deiner Stärke zweifele", sagte Levin.
„Du hast es aber gedacht."
„Stimmt gar nicht. Und seit wann kannst du denn bitte Gedanken lesen?"
„Vielleicht kann ich das ja schon immer. Du hast noch nie gefragt, ob ich außergewöhnliche Kräfte habe", erwiderte sie.
„Hast du welche?"
„Nein."

„Wo sollen wir die denn hinbringen?", fragte Lucas und stemmte seine Hände in die Hüften. Er, Luna und Ally schauten erwartungsvoll Levin an.
„Was weiß ich. Am besten dort hinten zwischen die Bäume. Dann sind sie erst mal aus dem Weg", er zeigte in den Wald hinein.
„Ok, na dann mal los!", sagte Ally, hob das erste Stück Holz hoch und brachte es zu der gezeigten Stelle. Das meiste war zersplittert oder zumindest in der Mitte

gebrochen. Sie würden niemals heute damit fertig werden. Auch wenn sie mittlerweile zu viert waren.
Levin nahm ein größeres Stück und ging Ally hinterher. Als er sich umdrehte, sah er, wie Lucas gerade auf ein etwas kleineres Teil zeigte, das Luna daraufhin hochhob.
„Mist“, fluchte Ally vor ihm.
„Was ist los?“, fragte Levin besorgt.
„Splitter. Nicht weiter schlimm“, antwortete sie. Erst jetzt merkte er, wie wenig er mit ihr gemacht hatte, seit Luna da war. Als sie gerade an ihm vorbeilaufen wollte, umfasste er ihr Handgelenk und zog sie zurück.
„Was hältst du davon, wenn wir heute Abend mal wieder was gemeinsam machen?“
„Mit oder ohne Luna?“ Diese Frage überraschte ihn etwas.
„Nur wir beide“, antwortete er.
Sie strahlte. „Gerne.“
Levin klopfte an Allys Zimmertür. Sie hatten sich darauf geeinigt, sich einfach mal wieder zu unterhalten. In ihrem Zimmer – ganz ungestört.
Sie öffnete die Tür. „Komm rein.“
Ihr Bett war gemacht und auch sonst war es hier sehr viel ordentlicher als bei Luna. Alle T-Shirts waren fein säuberlich aufeinander gestapelt. Sogar nach Farben hatte sie sie sortiert. Kein Kleiderhaufen, der vor dem Fenster prangte. Aber er hatte sich vorgenommen, wenigstens an diesem Abend nicht an Luna zu denken. Sie war etwas enttäuscht gewesen, als er ihr erzählte, er hätte heute keine Zeit. Doch dann fiel ihr ein, dass sie auch mal wieder ein wenig mit Nelly reden wollte.
Sie setzten sich beide aufs Bett.
„Ich habe dich vermisst“, gab Ally zu.

„Ich war doch immer da."
„Ja, für Luna. Ich weiß, dass sie das brauchte, aber sei mal ganz ehrlich: Ist da noch mehr als Trösten?"
Und so scheiterte der Plan, mal nicht die ganze Zeit an das eine Mädchen zu denken.
Also begann er ihr von den zwei Küssen mit Luna zu erzählen. Er sagte auch, dass Luna ihm mehr bedeutete als er anfangs gedacht hatte.
„Ihr passt gut zusammen", sagte Ally, als er geendet hatte.
„Meinst du?"
„Ja, meine ich. Und sie scheint dir und du ihr gut zu tun."
„Aber ich weiß doch gar nicht, ob ich eine Beziehung mit ihr will."
„Das musst du doch auch noch nicht wissen. Umso mehr Zeit ihr zusammen verbringt, desto sicherer wirst du dir sein, was du willst", versprach Ally. „Ihr seid noch dabei, euch kennenzulernen. Dein Herz wird dir schon noch rechtzeitig sagen, was es braucht. Und dann solltest du darauf hören. Egal, wofür es sich entscheidet."
„Du hast recht."
„Memento mori."
„Was?"
„Bedenke, dass du sterblich bist."

VIERUNDZWANZIG

Luna

„Und plötzlich ist da jemand, der mir zuhört, ohne mich zu unterbrechen. Er hört sich meine Vergangenheit an. Er gibt, ohne eine Gegenleistung zu verlangen. Er hilft, ohne dass ich fragen muss. Heilt alte Wunden, ohne es zu wissen. Er lacht und scherzt mit mir, gibt mir wieder Mut und Hoffnung und zeigt mir immer wieder, dass alles auch ganz anders sein kann. Und er gibt mir einfach nur das Gefühl, dass ich etwas ganz besonderes bin."

„Ach Gott, dich hat es ja richtig erwischt, Luna", sagte Nelly.

„Sieht wohl so aus", gab ich zu. „Ich habe ein schlechtes Gewissen wegen Noah. Eigentlich müsste ich mich jetzt aufs Trauern konzentrieren und nicht auf irgendeine Schwärmerei."

„Vertreib diesen Gedanken sofort wieder aus deinem Kopf! Das ist es, was Noah für dich gewollt hätte: Glück, Zufriedenheit, Liebe. Wäre er hier, würde er dich ohrfeigen, wenn du die ganze Zeit nur trauerst und damit deine Lebenszeit verschwendest. Und uns auch, weil wir es nicht verhindert haben. Verdammt, sei einfach glücklich. Und wenn *er* dich glücklich macht – dann schnappe ihn dir halt."

„Aber was, wenn er gar nicht das gleiche für mich empfindet?", fragte ich zweifelnd.

„Ich glaube, das tut er. Er ist anders seit er mit dir zusammen ist. Und egal wie viel du grübelst, du wirst es nur herausfinden, wenn du ihn fragst!"

„Vielleicht hast du ja Recht. Aber wenn ich ihm gestehe, dass ich vielleicht ein bisschen verknallt in ihn bin, dann könnte ich *alles* versauen. Alles, was zwischen uns ist."
„Das wirst du nicht. Was soll schon passieren, außer dass er sagt, er will dich ´nur´ als Freundin. Ich glaube zwar nicht, dass er das sagt, aber wenn doch, dann zeigst du eben, wie liebenswert du bist. Er wird gar nicht anders können, als sich unsterblich in dich zu verlieben. Fang endlich an zu leben, Luna!"

„Und wie war dein Abend so?" Ich zuckte zusammen, weil ich nicht damit gerechnet hatte, dass Levin schon zurück im Zimmer wäre.
„Schön!", antwortete ich, während ich den dicken Pullover in die Ecke warf.
„Und deiner?", fragte ich.
„Auch", antwortete er. Er war komisch.
„Alles okay?", fragte ich. Ich schmiss beide Schuhe zum Pullover in die Ecke und fing an, in den Bergen von Klamotten nach meinem Schlafanzug zu suchen.
„Ja. Wieso fragst du?"
„Ach, nur so. Du bist nur… etwas anders", erklärte ich.
„Ja, ich hatte gerade ein sehr… aufklärendes Gespräch."
Wir redeten, als würden wir uns kein Stück kennen und uns gerade das erste Mal sehen.
„Ich auch", erwiderte ich.
„Ach wirklich? Worüber denn?", fragte er.
„Frauengespräche", wich ich aus. „Ich gehe duschen."
Ich war froh, als ich die Badezimmertür verschlossen hatte und damit der komischen Situation entkommen war. Worüber hatte er mit Ally gesprochen? Oder verhielt ich mich nur anders?

Schnell zog ich die Klamotten aus, die an mir zu kleben schienen und stellte mich unter die Dusche. Ich liebte den Moment, in dem der kalte Wasserstrahl das erste Mal meine Haut traf und sich dann eine Gänsehaut auf meinem ganzen Körper ausbreitete.
Darauf bedacht, meine Haare nicht nass zu machen, wusch ich den Dreck von meinem Körper.
Schon als ich mich abtrocknete, vermisste ich die Kälte, die alles zu betäuben schien.
Und als ich dann meinen Schlafanzug anhatte, graute es mir davor, zurück ins Zimmer zu gehen. Ich mochte diese komische Stimmung zwischen Levin und mir nicht.
Also ließ ich mir Zeit dabei, meine Zähne zu putzen und meine Sachen zu sammeln, um dann doch das sichere Bad zu verlassen.
Ich öffnete die Tür zu meinem Zimmer und erschrak, als Levin direkt dahinter stand.
„Ich wollte dich nicht erschrecken“, murmelte er, bevor er mich an den Schultern fasste und an die Wand neben der Tür drückte. Das was folgte, flog nur so an mir vorbei.
Er drückte seine Lippen auf meine. Ich merkte, dass ich schon wieder vergessen hatte, was für ein unbeschreiblich schönes Gefühl das war: Das Feuerwerk, das in meinem Inneren stattfand; die Schmetterlinge, die Loopings flogen; mein Kopf, der sich automatisch auf Standby schaltete und mein Herz, das fast aus meiner Brust sprang.
Ich konnte gar nichts anderes tun, als mich in diesem Moment zu verlieren. Mich in *ihm* zu verlieren.
Er stützte seine Hände an der Wand neben meinem Kopf ab, während ich meine Arme um seinen Hals schlang und meine Finger hinter seinem Nacken verschränkte.

Er beendete den Kuss, doch sein Gesicht blieb nur wenige Zentimeter vor meinem. Langsam öffnete ich die Augen.
„Verdammt, in deinen Augen sehe ich alles, was ich im Moment brauche“, flüsterte er, um gleich darauf seine Lippen wieder auf meine sinken zu lassen. Ein kleines Stöhnen drang versehentlich aus meinen Lippen und Levin musste lächeln, was dem Kuss aber noch lange kein Ende setzte.
Die Welt blieb einfach einen Moment lang stehen.

Am nächsten Morgen wachte ich vor Levin auf. Ich war in seinen Armen eingeschlafen und genau dort lag ich noch immer. Selbst wenn ich hätte aufstehen wollen, hätte ich es nicht gekonnt. Zwei Arme hielten mich davon ab. Ich lächelte und drückte mein Gesicht an seine Brust. Sein T-Shirt roch gut. Nach ihm.
Plötzlich fing er an, sich zu bewegen. Er rollte sich nach links und lag danach einfach auf mir. Sein Gewicht lastete auf mir, doch er wachte nicht auf.
„Levin“, zischte ich. Er stöhnte und öffnete schläfrig ein Auge.
„Morgen, Mondkind“, murmelte er. Dann schloss er seine Augen wieder. Langsam schien er mir die Luft abzuschnüren.
„Levin“, zischte ich wieder. Er öffnete diesmal beide Augen.
„Was ist denn los?“
„Ich bekomme kaum noch Luft“, erklärte ich. Erst jetzt schien er zu realisieren, was ich meinte und rollte sich ergeben zur Seite.

„Tut mir leid“, nuschelte er und drehte sich wieder um. Nach nicht mal einer Minute lauschte ich wieder seinem gleichmäßigem Atem.
Ich stand auf und begann wieder einmal, in dem Haufen von Klamotten nach etwas Sauberem zu suchen.
Bei einem roten Top und einer schwarzen Stoffhose. entschied ich, fündig geworden zu sein. Ich machte mir nicht die Mühe, extra ins Bad zu gehen, um mich umzuziehen. Levin schlief ja eh.
Da ich keinen Hunger hatte, setzte ich mich wieder neben Levin ins Bett und beobachtete, wie sich seine Brust gleichmäßig hob, um anschließend wieder zu sinken. Ich sah auf seine Arme und vermisste es jetzt schon, wie er sie um mich geschlungen hatte. Am Unterarm hatte er ein paar kleine Narben. Er hatte mir erzählt, dass sie bei der Arbeit im Wald entstanden seien.
Nach einem Blick aus dem Fenster stellte ich fest, dass die Sonne noch nicht mal aufgegangen war. Aber die Wolken waren schon in ein leicht rötliches Licht getaucht.
Ich musste also heute sehr früh aufgewacht sein, obwohl ich gestern erst spät eingeschlafen war. Meine Gedanken waren einfach zu abgelenkt gewesen.
Ich hielt es nicht länger aus, nichts zu machen, wollte ihn aber nicht jetzt schon wecken. Also zog ich mir einen Pullover, über und verließ das Zimmer.
Als ich vor dem Haufen mit Holz stand, den wir gestern noch nicht weggeräumt hatten, hörte ich ein Rascheln im Busch. Ruckartig drehte ich mich um. Da war niemand. Ich ging vorsichtig zu dem Ort, an dem ich die Herkunftsstelle des Geräusches vermutete. Doch auch nach mehren Blicken hinter jeden Busch und jeden Baum, konnte ich niemanden entdecken.

Also wischte ich den Gedanken wieder weg und machte mich daran, einige der Holzstücke auf den Haufen zu tragen, um sie aus dem Weg zu räumen. Das machte ich so lange, bis sich die Tür von Nellys Zimmer öffnete und sie mich erstaunt ansah.
„Was arbeitest du denn schon so früh hier?"
„Ich weiß nicht. Ich bin früh aufgewacht und wollte irgendwas machen. Da dachte ich, ich könnte mich auch gleich nützlich machen", erklärte ich. Ich wusste selbst nicht ganz, was mit mir los war. Eigentlich war ich ein leidenschaftlicher Morgenmuffel, doch heute Morgen hatte mich der Tatendrang gepackt.
„Mama, ich habe Hunger!" Annabell kam hinter Nelly aus dem Zimmer. Ich hatte sie schon lange nicht gesehen.
„Ich würde dir ja gerne helfen, aber wie du hörst, muss ich hier erst mal ein hungriges Küken versorgen", sagte sie und ich lachte.
„Kein Problem. Ich hör auch gleich auf und esse erst mal was." Langsam spürte ich den Hunger auch.
„Dann lass uns doch gemeinsam frühstücken", schlug Nelly vor und kam mit Annabell hinter sich die Treppe runter.
„Das ist eine gute Idee!" Gemeinsam gingen wir in die Küche. Annabell freute sich, als sie die Teller auf den Tisch stellen durfte. Genauer gesagt brachte sie sie bis an den Tisch und ich stellte sie dann darauf. Sie konnte nämlich noch nicht mal über den Tischrand gucken.
Währenddessen holte Nelly uns zwei Äpfel, eine Schüssel Nüsse und eine Schüssel Beeren aus der Vorratskammer. Die Äpfel schnitt sie in kleine Stücke.
„Ich hoffe, dass der Bote uns -sobald er wieder fit ist natürlich- Pflanzkartoffeln mitbringt, die wir sähen können. Wird mal wieder Zeit für ein wenig

Abwechslung“, sagte sie, während sie die drei Schüsseln in die Mitte stellte und ich die Teller verteilte.
„Ja. Das Essen ist das einzige, was ich an der anderen Seite vermisse“, stimmte ich ihr zu.
„Was ist *die andere Seite*?“, fragte Annabell und steckte sich eine Beere in den Mund.
„Die Welt hinter der Grenze, mein Schatz. Aber dort sind die meisten Menschen ganz unglücklich“, erklärte Nelly und strich ihrer Tochter durch das feine Haar.
„Und warum sind sie das?“
„Weil es ihnen nicht gut geht. Sie haben kein Essen, kein Zuhause und so werden sie ganz schnell krank.“
„Krank sein mag ich nicht“, antwortete Annabell.
Nelly grinste. „Ich weiß, mein Schatz, ich weiß.“

„Lass uns hier entlang gehen. Da war ich noch nie!“, sagte ich zu Levin. Wir waren am Fluss entlang gegangen. Da wir diesmal keinen Stopp machten, um uns hinzusetzen, waren wir weiter als sonst gekommen.
„Macht es dir was aus, wenn ich noch zum Grab meiner Eltern gehe? Ich war lange nicht mehr da“, fragte er.
„Nein, natürlich nicht. Ich kann hier auf dich warten“, bot ich an.
„Gerne. Aber du musst nicht. Wenn dir das zu langweilig ist, kannst du auch schon ohne mich gehen. Ich weiß nämlich nicht, wie lange ich brauchen werde.“
„Wenn mir langweilig ist, gehe ich baden.“
„Ohne mich?“, fragte Levin und zog einen Schmollmund.
„Vielleicht!“ Ich grinste ihn provozierend an.
„Verräterin“, zischte er und fing an, mich zu kitzeln. Ich sank auf den Boden. Im Lachen versuchte ich ein „Hör sofort auf damit“ einzuwerfen.

Aber anscheinend hatte mich Levin nicht verstanden denn er hörte erst auf, als ich das Gefühl hatte, gleich vor Lachen zu ersticken.
„Also ich beeile mich“, sagte er. Er lächelte mich an, gab mir einen Kuss auf die Wange, drehte sich um, und ging.
Ich wandte mich also dem Wasser zu.
Heute wehte kaum Wind, also gab es kaum Wellen.
Ich setzte mich in den Sand und beobachtete, wie das Wasser mich manchmal fast erreichte. Bis jemand hinter mir, der nicht Levin war, sagte: „Hallo, schöne Frau!“
Erschrocken drehte ich mich um und sah in ein braunes Augenpaar. Es war ein Mann, ungefähr so alt wie Levin, nur um einiges kleiner. Seine Ohren standen auffällig ab, was durch seine extrem kurzen Haare nur noch mehr ins Auge stach. Ein Grinsen umspielte seine Lippen. Schnell stand ich auf und versuchte unauffällig, ein wenig Abstand zu ihm aufzubauen.
„Hallo. Kann ich Ihnen irgendwie helfen?“, fragte ich misstrauisch.
„Vielleicht. Ich habe Sie seit heute morgen beobachtet. In einem schönen Lager wohnen Sie. Ich bin erst vor einigen Tagen von der anderen Seite gekommen und ich kann mich nur zu gut an Sie erinnern. Die Tochter des Präsidenten hier bei den Rebellen! Denken sie nicht auch, dass ihr Vater das äußerst ungern sehen würde?“
Ich verengte meine Augen. „Das denke ich schon. Aber es ist mir eigentlich vollkommen egal und das sollte es ihnen auch sein. Worüber ich viel mehr nachdenke: Ich finde es sehr gruselig, dass sie mich seit heute morgen beobachtet haben. Muss ich den Sinn dahinter verstehen?“ Ich versuchte, gelassen zu wirken. Doch eigentlich hatte ich Angst. Dieser Typ könnte mir sonst etwas antun. Und

wenn ich schreien würde, würde Levin mich bestimmt nicht hören. Dafür war er schon zu weit weg.
„Entschuldigung. Mir ist natürlich bewusst, dass das schlechte Manieren sind. Ich konnte aber einfach nicht anders. Ich war von Ihrer Schönheit geblendet, Frau Adams", säuselte er. Ich verkniff mir ein Lachen über den schlechtesten Flirtversuch seit langem.
„Was möchten Sie?", fragte ich und konnte nicht verhindern, dass mein Tonfall vor Wut nur so strotzte.
„Ach, ich wollte Sie freundlich um Unterschlupf bitten. Im Gegenzug würde ich natürlich auch bei den Reparaturarbeiten behilflich sein." Er hatte mich wirklich beobachtet.
„Verzeihen Sie, aber diese Entscheidung liegt nicht in meinen Händen."
„Könnten Sie mich dann zu der Person führen, deren Verantwortungsgebiet dies umfasst?"
Immer wieder verkniff ich mir ein Lachen. Es war komisch, mit dem Mann so zu reden, wie ich es mit anderen Politikern getan hatte. Ich fragte mich, ob er auch einst einer von ihnen gewesen war oder warum er so redete.
„Nein. Sie wissen anscheinend ja allein ganz gut, wo es langgeht. Dafür werden Sie mich also nicht brauchen. Ich wäre Ihnen jetzt sehr dankbar, wenn Sie mich alleine lassen würden!" Meine Angst war mittlerweile verflogen. Dieser Mann könnte niemandem (abgesehen von meinen Nerven) etwas anhaben.
„Oh natürlich. Ich bitte um Verzeihung. Ich wollte Ihnen auf keinen Fall Unannehmlichkeiten bereiten. Wir sehen uns hoffentlich noch einmal heute, Frau Adams", sagte er. Dann verschränkte er seine Hände hinter dem Rücken und ging.

Erleichtert atmete ich aus. Ich hatte gar nicht bemerkt, wie ich zwischenzeitlich die Luft angehalten hatte. Innerlich war ich so aufgewühlt, dass selbst das Geräusch der Wellen mich nicht beruhigen konnte.

FÜNFUNDZWANZIG

Levin

Er spürte, wie der Boden unter seinen Füßen weicher wurde, was ein Zeichen dafür war, dass er dem See immer näher kam.
Die Stille um ihn herum wurde durch nichts außer leisem Vogelgezwitscher gestört.
Und als er Luna dann am Wasser stehen sah, spürte er ein komisches Gefühl im Bauch. Nicht unangenehm komisch. Eher das Gegenteil. So langsam glaubte er zu wissen, wofür sich sein Herz früher oder später entscheiden würde. Und dann konnte er nur hoffen, dass Lunas Herz den gleichen Purzelbaum machte, wenn sie ihn sah.
„Hallo, Mondkind. Du hast gewartet!" Sie drehte sich zu ihm um. Doch sie lächelte nicht wie sonst. Stattdessen sah sie besorgt aus.
„Was ist denn los?", frage er.
„Hier war gerade so ein komischer Mann", begann sie und erzählte dann das ganze Treffen nach. Sie endete mit den Worten: „Irgendwas ist komisch an ihm. Er ist kein normaler Flüchtender."
„Woher willst du das wissen?", fragte er.
„Geübter Menscheninstinkt."
„Mach dir mal nicht so einen Kopf. Dass er dich hübsch findet, ist ja wohl mehr als verständlich. Vielleicht ist das seine komische Art, das auszudrücken", überlegte er.
„Das glaubst du ja wohl selbst nicht", sagte sie, drehte sich um und begann den Rückweg.

Er holte zu ihr auf. „Vergiss den Typen einfach. Ally wird sich schon um ihn kümmern“, versprach er. Den Rest des Weges sagte sie nichts mehr. Also schwieg auch er.

Als sie am Lager ankamen, wartete Ally schon auf die beiden.
„Wir haben ein neues Mitglied“, berichtete sie aufgeregt, als sie in Hörweite waren. Levin sah zu Luna, doch ihr Gesichtsausdruck blieb neutral.
„Er heißt Valentin und ist neu hier im Wald. Und ihr habt verpasst, wie wir James und den Boten verabschiedet haben“, berichtete sie.
„Und wo soll Valentin schlafen? Annemaries Zimmer und ein Baumhaus für Gäse sind abgestürzt. Im letzten Gästezimmer schläft sonst immer der Bote, der bestimmt bald wiederkommen wird, und in Levins Zimmer liegt Annemarie. Wir haben doch gar keinen Platz mehr!“ Luna klang beherrscht, doch Levin wusste, dass es sie aufwühlte.
„Wir bauen ja die Häuser gerade wieder auf. Und so lange legen wir einfach die Matratze aus dem abgestürzten Gästezimmer mit in mein Zimmer. Dann kann er da schlafen“, erklärte Ally.
„In deinem Zimmer?“, fragte Levin entgeistert.
„Ja, was sollte dagegen sprechen? Du schläfst doch auch in Lunas Zimmer.“
„Das ist was anderes. Irgendwas an ihm ist komisch. Wir sollten ihm nicht trauen. Und ihn neben dir schlafen zu lassen, ist schon irgendwie ein Vertrauensbeweis.“ Levin hatte seine Stimme gesenkt, denn gerade lief Valentin mit einem Holzstück an ihnen vorbei.

„Krieg dich wieder ein. Seit wann bist du so vorsichtig?“, fragte Ally. Doch zu einer Antwort kam Levin nicht, denn in diesem Moment gesellte Valentin sich zu der Gruppe.
„Schöne Frau, Sie haben mir Ihren Vornamen noch gar nicht verraten“, sagte Valentin und schaute Luna in die Augen.
„Den wissen Sie sicherlich schon“, antworte sie.
„Wie es scheint, liegen Ihnen neue Bekanntschaften nicht so? Aber Sie können mich ruhig Valentin nennen“, sagte er.
„Das ist schön, *Valentin*“, antwortete Luna schnippisch.
„Lass uns gehen“, flüsterte Levin ihr ins Ohr. Sie nickte.
„Wenn ihr uns dann entschuldigt“, verabschiedete Levin sich, umfasste Lunas Hüften und zog sie mit sich ins Zimmer.

„Was will er hier?“, fragte sie, als die Tür hinter ihr zu fiel.
„Ich weiß es nicht“, antwortete Levin wahrheitsgemäß.
Die Sonne hatte ihren höchsten Punkt schon längst erreicht und schien nun unangenehm intensiv in das Zimmer rein. Also machte sich Luna daran, ihre Klamotten wieder über die Fenster zu hängen. Er sah ihr dabei zu. Sie hörte nicht auf, bis im Zimmer vollkommene Dunkelheit herrschte.
„Und was machen wir heute noch so?“, fragte er, nachdem sie sich den Weg zur Matratze ertastet hatte.
„Ich wollte zu Noah“, sagte sie.
„Wirklich?“, fragte Levin überrascht.
„Ja. Wir sollten aber so bald wie möglich los, damit ich es mir nicht anders überlegen kann“, bat sie.
„Na dann lass uns doch sofort losgehen!“

„Ja, aber bitte lass uns versuchen, unauffällig zu verschwinden. Ich habe keine Lust auf eine weitere Auseinandersetzung mit *Valentin*.“ Das letzte Wort spuckte sie geradezu verächtlich.

„Einverstanden“, antwortete Levin. Daraufhin begannen sie, sich beide einen Weg durch die Dunkelheit zu ertasten. Wenn sie zusammenstießen, konnte sich keiner der beiden ein Lachen verkneifen.

Luna war die erste, die die Tür fand und nachdem sie sie geöffnet hatte, strahlte das grelle Sonnenlicht durch das ganze Zimmer.

„So müssen sich also Vampire fühlen!“, sagte Levin und hielt sich die Augen zu.

„Na gut, dass wir keine sind. Also jetzt komm schon“, stichelte Luna.

Gemeinsam schlichen sie die Treppe runter und verschwanden hinter den Bäumen, bevor sie auch nur einer der anderen entdeckt hatte.

Levin beobachtete einfach, wie Luna neben dem Grab saß und mit der Hand über den Stein fuhr. Sie sagte nichts. Die Tränen auf ihrer Wange sagten mehr als tausend Worte.

Eine Weile saßen sie beide einfach nur still da. Auch er sagte nichts, um sie in ihrer Trauer nicht zu stören.

Bei vollkommener Stille ließen sich von weit entfernt Stimmen aus dem Lager hören. Es war zwar nicht möglich, einzelne Worte zu verstehen oder die Stimmen ihren Besitzern zuzuordnen, doch trotzdem waren sie zu hören.

„Lass uns wieder gehen“, unterbrach Luna das Schweigen und drehte sich um. Ihr Gesicht zeigte deutlich, wie

sie sich gerade fühlte. Ihre Augen waren rot und leicht angeschwollen. Ihre Wangen waren ebenfalls gerötet.
Sie standen beide auf und ohne ein Wort zu sagen nahm er sie in den Arm. Sie drückte sich fest an ihn. Ihren Kopf lehnte sie an seine Schulter, während sie leise schluchzte.
Er strich ihr mit der Hand über den Rücken. Es tat weh, sie so zu sehen.

„Luna, wach auf!“ Levin strich ihr sanft über den Arm.
Sie schrie wie am Spieß. Da waren die Albträume wieder.
Sie schlug ihre Augen auf. Ihr Atem ging schnell.
Als sie sich orientiert hatte, ließ sie sich zurück ins Kissen fallen.
„Willst du darüber reden?“, fragte Levin sanft. Sie schüttelte den Kopf.
„Dann schlaf weiter, Mondkind. Es war nur ein Traum“, flüsterte er. Sie gehorchte und schloss die Augen.
Diesmal musste er länger warten, bis ihr Atem wieder gleichmäßig wurde. Erst dann legte auch er sich wieder hin und schlief ein.

SECHSUNDZWANZIG

Luna

Am nächsten Morgen wachte ich wieder vor Levin auf. Und wieder beschloss ich, nur schnell duschen zu gehen, statt sinnlos im Bett herumzuliegen. Als ich gerade die Badezimmertür öffnen wollte, hörte ich Stimmen aus Levins Zimmer in dem momentan Annemarie schlief. Ich hörte, wie sie kicherte, und dann hörte ich *ihn*. Was wollte denn ausgerechnet Valentin von Annemarie? Ich wollte nicht lauschen, also beschloss ich, später mit ihr zu reden.

Diesmal bot mir auch die kalte Dusche keine Ablenkung. Ich dachte an Noah, daran, was Valentin wohl vorhatte und besonders dachte ich an diesen einen Jungen, der mir langsam nicht mehr aus dem Kopf gehen wollte. Kein Tag verging, an dem wir nicht rund um die Uhr zusammen waren. Jeden Tag lebte ich mit der Angst, mein Herz bei ihm zu verlieren.

Und das Schlimmste war, dass ich nicht wusste, ob er das gleiche für mich empfand. Oder war er immer noch nur aus Pflichtgefühl bei mir?

„Kannst du dich mal beeilen? Es gibt auch noch andere Menschen auf dieser Erde!“, schrie Annemarie. Sie verlieh ihrer Forderung mit einem Klopf-Hagel an der Tür Nachdruck.

„Beruhige dich“, sagte Valentins Stimme.

Ich stellte die Dusche ab, und wickelte ein Handtuch um meinen Körper. Ich wollte dem anhaltenden Klopfen entfliehen und nahm mir meine Klamotten mit ins Zimmer.

Annemarie stand vor der Tür. Sie stützte sich an Valentins Schulter. Mir fiel ihr angebrochener Knöchel wieder ein. Den hätte ich beinah vergessen.
„Können wir nach dem Frühstück mal allein reden?“, fragte ich sie. Ich wollte ihr unbedingt sagen, dass ich glaubte, man könne Valentin nicht vertrauen.
„Wieso sollten wir?“, fragte sie zickig.
„Weil ich dir was sagen will!“, antwortete ich.
„Mal gucken, ob ich Zeit habe“, sagte sie, bevor sie mit Valentin im Bad verschwand. Ungläubig sah ich die geschlossene Tür an. Aus dem Inneren drang Annemaries Kichern. Sonst war sie doch ganz anders. Ich hatte sie als einen der liebenswürdigsten Menschen kennengelernt und jetzt war sie so? Lag es an mir? Oder an Valentin?
Ich versuchte, den Gedanken aus meinem Kopf zu streichen und ging zurück in mein Zimmer. Dort saß Levin auf dem Bett. Mit verschlafenem Blick sah er mich an. Seine Haare standen in alle Richtungen ab. Mein Herz machte einen kleinen Sprung, bevor ich merkte, dass ich schon wieder nur mit einem Handtuch um den Körper vor ihm stand. Ich spürte, wie die Röte in mein Gesicht schoss.
„Annemarie ist im Bad. Ich muss mich also wieder hier anziehen. Bitte dreh dich um“, sagte ich. Den Fakt, dass Valentin auch bei Annemarie im Bad war, ließ ich getrost weg.
„Dir auch einen guten Morgen, Mondkind!“, brummte Levin, drehte sich dann aber gehorsam zur Wand.
So schnell wie möglich zog ich mir die Klamotten über. Immer wieder sah ich zu Levin, um zu prüfen ob er sich nicht heimlich umgedreht hatte. Doch er schaute weiterhin gehorsam die Wand an.

„Fertig“, sagte ich und Levin drehte sich wieder um. In diesem Moment klopfte es an der Tür.
„Wer ist das denn?“, fragte Levin.
„Ich weiß nicht. Ich kann nämlich genauso wenig wie du durch Wände blicken“, sagte ich, während ich an die Tür ging und sie öffnete.
„Guten Morgen!“, sagte Nelly.
„Hey!“, begrüßte ich sie.
„Ich hoffe, ich störe nicht?“, fragte sie.
„Nein. Du doch nicht.“
„Gut. Ich wollte nämlich fragen, ob du und Levin gemeinsam mit Lucas, Annabell und mir Frühstück essen wollt?“, fragte sie.
„Ja, klar wollen wir“, antwortete ich glücklich.
„Gut. Ich decke schon mal den Tisch“, sagte sie und wandte sich zum Gehen.
„Ja, wir kommen gleich runter.“ Dann schloss ich die Tür.
„Du hast ja gehört: Gleich müssen wir runter. Aber diese Dunkelheit hier erträgt ja kein normaler Mensch!“, sagte ich und begann, die Klamotten vom Fenster zu reißen. Ich spürte Levins Blick in meinem Rücken.
„Vielleicht solltest du aufhören, mich anzustarren und dich stattdessen anziehen. Ich will Nelly nicht ewig warten lassen!“
Ich hörte, wie Levin aufstand und zu dem kleinen Haufen seiner Klamotten ging. Als ich mich umdrehte, zog er sich gerade um. Schnell schaute ich wieder zum Fenster. Das handelte mir ein amüsiertes Glucksen von ihm ein.
„Du hättest ja Bescheid sagen können, dass du dich jetzt umziehst!“, verteidigte ich mich.

„Du hast doch selbst gesagt, dass ich es jetzt machen soll. Und natürlich habe ich dein Kommando sofort ausgeführt."
„Fertig?" Ich ignorierte seine vorherige Ausführung der Geschehnisse.
„Ja."
„Gut", antwortete ich und drehte mich um. Er stand an der Tür und hielt sie mir auf. Ich ging hindurch.
„Vielen Dank. Ich dachte immer, Gentlemen sind vom Aussterben bedroht", scherzte ich.
„Sind sie ja auch. Aber ich bin einer von den wenigen noch übrigen!"

„Das war wirklich schön", sagte ich, als auch ich meinen letzten Bissen genommen hatte. Levin stimmte mir nickend zu. An das einseitige Essen hier würde ich mich wohl nie gewöhnen. Sehr wohl aber an die Gesellschaft, die ich dabei hatte.
„Was habt ihr heute noch so vor?", fragte Lucas.
„Ach, ein bisschen spazieren gehen vielleicht. Und das restliche Holz muss noch weggeräumt werden", antwortete Levin.
„Also ich hätte Lust auf baden!", sagte ich.
„Bei den Temperaturen?", fragte Nelly erstaunt.
„Ja, das ist ja das Coole daran. Spätestens dann ist man so richtig wach", antwortete ich lachend.
„Das stimmt wohl." Sie lachte auch.
Gemeinsam mit Nelly räumte ich den Tisch ab. Annabell half uns auch ein wenig, während Lucas und Levin darüber diskutierten, wie sie am besten bei den Reparaturen vorgehen sollten.

„Wir können gar nicht anfangen, bevor wir wieder Schrauben und den ganzen Quatsch haben“, bemerkte Levin.
„Nelly und ich planen schon länger, demnächst mal wieder zur anderen Seite zu gehen. Dann können wir Werkzeug mitbringen“, schlug Lucas vor.
„Ihr wollt über die Grenze gehen?“, fragte Levin überrascht.
„Ja, wahrscheinlich. Noch steht nichts sicher fest, aber Annabell braucht neue Sachen und langsam wird das mit dem Essen grenzwertig“, erwiderte Lucas. Levin nickte.
„Wenn ihr es machen solltet… Bitte passt auf euch auf!“, bat ich.

„Annemarie?“ Energisch klopfte ich gegen ihre oder eher gesagt Levins Zimmertür. Es drangen diesmal keine Stimmen aus dem Inneren. Also war sie entweder allein oder zusammen mit Valentin unterwegs.
„Was?“, schrie ihre hohe Stimme zurück.
„Darf ich reinkommen?“, fragte ich.
„Tu, was du nicht lassen kannst!“, kam die Erwiderung.
Ich drückte die Klinke nach unten und trat in das Zimmer.
Ich hätte damit rechnen müssen: Valentin saß an ihrem Bettrand.
„Valentin, würde es Dir etwas ausmachen, wenn ich kurz alleine mit Annemarie rede?“, fragte ich in engelhaftem Ton.
„Natürlich nicht“, säuselte er und stand auf. „Gleich bin ich wieder bei dir, schöne Frau“, sagte er zu Annemarie und ich unterdrückte einen Würgereiz. Annemarie lächelte. Einen Moment lang überlegte ich, ob ich ihr wirklich meine Bedenken mitteilen oder ihr einfach

diesen Moment Glück gönnen sollte. Doch ich musste es wenigstens versuchen. Vielleicht war Valentin ja auch gar nicht so schlimm? Vielleicht war er ein ganz normaler Flüchtender? Vielleicht hatte er einfach einen schwierigen Start und hat sich deswegen so komisch verhalten? Aber selbst, wenn: besser zu viel Vorsicht als gar keine.
„Was willst du?“, fragte Annemarie. Ich schloss die Tür hinter Valentin und stellte mich dann neben die Matratze ‚auf der sie lag. Mein Blick wanderte einen Moment zu dem Regal, in denen Levins T-Shirts lagen, die er nicht mit zu mir genommen hatte.
„Annemarie, ich glaube, irgendwas ist mit Valentin nicht ganz richtig. Gestern bin ich ihm am See begegnet, bevor er hierher kam und er hat sich komisch verhalten. Ich habe ein schlechtes Gefühl bei der Sache.“
„Und das sollte mich interessieren, weil?“, fragte sie.
„Weil du aufpassen solltest, auf wen du dich da einlässt.“
„Luna, dein *komisches Gefühl* interessiert mich nicht. Ich glaube, das zwischen ihm und mir ist wahre Liebe.“ Ich konnte mir ein Auflachen nicht verkneifen.
„Ihr kennt euch noch nicht mal vierundzwanzig Stunden und du sprichst schon von Liebe? Was ist denn los mit dir?“
Beleidigt sah sie mich an. „Langsam habe ich das Gefühl, du gönnst anderen nichts. Selbst mit Levin rummachen und dann der Meinung sein, alle anderen müssen für immer einsam bleiben.“
„Das stimmt doch gar nicht! Erstens mache ich verdammt nochmal nicht mit Levin rum und zweitens wäre ich die letzte, die dir Liebe nicht gönnen würde!“ Ich musste aufpassen, dass ich nicht zu laut wurde.

„Luna, du solltest jetzt einfach gehen und dich um deine eigenen Angelegenheiten kümmern. Ich brauche deine verdammte Hilfe nicht“, sagte sie und setzte ein scheinheiliges Gesicht auf.
„Na gut, wie du willst. Aber sag nicht, ich hätte dich nicht gewarnt!“, fauchte ich und verließ das Zimmer.
Valentin stand davor. „Und, hattest du ein aufschlussreiches Gespräch, schöne Frau?“, flüsterte er mir zu.
„Halt dich lieber von ihr fern. Wenn du ihr auch nur ein Haar krümmst, dann, wirst du das bereuen“, zischte ich, bevor ich mich in meinem Zimmer in Sicherheit brachte.

„Hast du die Handtücher?“, fragte ich.
Levin hob seinen rechten Arm, in dem er zwei weiße Tücher trug. Ich streckte den Daumen in die Luft.
„Du hast an alles gedacht“, bemerkte ich. Wir blieben an der Stelle stehen, an der wir auch die letzten zwei Male baden gegangen waren.
Es war immer noch kaum Wind zu verzeichnen, so dass es kaum eine Welle bis zum Uferrand schaffte. Auf dem Wasser lagen Pollen verstreut. Sie zeigten deutlich, dass wir mitten im Frühling steckten.
Levin zog sein T-Shirt über den Kopf, legte es auf den Boden, daneben seine Hose. Ich tat es ihm gleich. In Unterwäsche bekleidet gingen wir mitten im April ins eiskalte Wasser.
Es tat gut -auch wenn es eine Überwindung war- auch die Schultern ins Wasser zu tauchen. Während ich das tat, stand Levin noch näher am Ufer und das Wasser ging ihm gerade mal bis zu den Knien.
„Scheiße, ist das kalt“, fluchte er. Seine Zähne klapperten aufeinander und sein Körper bebte jetzt schon.

Ich lachte. „Weichei!“, rief ich ihm zu.
„Verdammt, wie kannst du das so leicht aushalten?“, fragte er.
„Die Dusche ist doch auch so kalt!“
„Erstens ist die etwas wärmer, weil das Wasser schon länger in der Leitung ist, und zweitens steht die Dusche nicht im Freien an der frischen Luft!“ Ich konnte ihn kaum noch verstehen, so sehr zitterte er. Ich lachte, was mir einen bösen Blick von ihm einhandelte.
„Nun komm schon. Wir haben nicht ewig Zeit!“
„Haben wir das nicht?“, fragte er.
„Nein, denn wenn die Sonne untergeht, werde ich es sicherlich auch zu kalt finden! Und außerdem habe ich keine Lust mehr, hier herumzuschreien, damit du mich verstehst. Komm einfach zu mir!“, rief ich.
Er kniff die Augen zu, schlang die Arme um seinen Körper und kam weiter ins Wasser. Als das Wasser seine Hüfte erreicht hatte, zischte er.
Ich ging ein Stück zu ihm und nahm seine Hand.
„Jetzt ist es nur noch ein kleines Stück“, versprach ich und zog ihn weiter mit mir. Wir mussten für Levin weiter gehen als ich es gemusst hätte, da er um einiges größer war, so dass ich schon anfing zu schwimmen, während das Wasser fast seine Schultern bedeckte.
Ohne etwas zu sagen, tauchte er unter und zog mich an der Hand mit sich. Die Kälte umhüllte jetzt auch meinen Kopf, was noch einmal mehr weh tat.
Ich versuchte, unsere Hände zu lösen, denn vor dem Untertauchen hatte ich kaum Zeit gehabt, um Luft zu holen, so dass sie jetzt schon wieder knapp wurde.
Doch Levin ließ nicht locker. Stattdessen zog er mich zu sich ran und schloss mich in seinen Arm. Jetzt konnte

ich ihm erst recht nicht mehr entfliehen. Ich trat mit meinem Knie gegen seinen Bauch. Er schien zu lachen, denn immer mehr Luftbläschen stiegen nach oben und so musste er gemeinsam mit mir wieder auftauchen.
„Du Idiot! Ich habe keine Luft mehr bekommen!“, schrie ich ihn an, nachdem ich einmal tief Luft geholt und mir das Wasser aus dem Gesicht gestrichen hatte.
„Ich weiß“, sagte er nur und begann dann, weiter hinaus zu schwimmen. Und ich schwamm ihm einfach hinterher.

Beim Abendbrot saßen wir alle beisammen. Alle außer Annemarie und Valentin. Nelly hatte sie gesucht, aber sie hatte die beiden weder in Annemaries, beziehungsweise Levins Zimmer, noch in der unmittelbaren Nähe des Lagers gefunden. Was komisch war, denn schließlich konnte Annemarie so weit nicht gekommen sein mit einem angebrochenen Knöchel.
Als schon fast alle aufgegessen hatten, schien eine Lösung für das Rätsel zu kommen: Annemarie betrat den Raum. Gestützt auf Valentin.
Ich blickte auf. Annemaries Grinsen schien über ihr ganzes Gesicht zu gehen.
Nelly sprang auf und stellte einen Stuhl für Annemarie bereit. Dankend setzte sie sich. Valentin ließ sich auf dem Stuhl daneben nieder, während Nelly weiteres Geschirr aus den Schränken holte und es vor den beiden auf den Tisch stellte.
„Wir müssen euch noch etwas erzählen!“, sagte Annemarie. Ich wusste nicht recht, ob ich es hören wollte.
„Gute Nachrichten: Valentin und ich sind jetzt offiziell zusammen!“ Sie strahlte wie ein Honigkuchenpferd. Mit so etwas hatte ich schon fast gerechnet. Die

anderen anscheinend nicht. Sie alle starrten das neue Liebespärchen überrascht an und Levin verschluckte sich an einem Bissen Löwenzahnsalat. Ich schlug ihm auf den Rücken, bis er wieder Luft holen konnte.
„Ihr seid was?“, fragte er entgeistert.
„Ein richtiges Paar. Wir *lieben* uns!“

SIEBENUNDZWANZIG

Levin

„Luna?", schrie ich und irrte orientierungslos im Wald umher.
„Luna, wo bist du denn?", schrie ich wieder. Doch niemand antwortete. Hinter jeden Busch und jeden Baum schaute ich. Ich hob sogar ein Blatt vom Waldboden, doch darunter war nur eine Maus mit sieben Beinen. Also legte ich das Blatt wieder auf sie, um sie nicht zu stören. Immer und immer tiefer irrte ich in den Wald, bis ich an einen mir bekannten Ort kam. Es war die Lichtung, auf der meine Eltern beerdigt worden waren. Doch es stand nicht mehr nur ein Kreuz aus zwei Stöcken da, es standen zwei richtige Grabsteine dort. Eingraviert waren jedoch nur ihre Namen.
„Levin", sagte eine mir nur zu bekannte Stimme. Ich drehte mich um und sah in ein strahlend blaues Augenpaar. Die Augen hatte ich also eindeutig von meiner Mutter. Sie sah genauso aus wie ich sie in Erinnerung hatte.
„Mum?", fragte ich verwirrt.
„Ja, mein Sohn. Ich bin es. Ich muss dir etwas wichtiges zeigen", sagte sie und bedeutete mir mit einer Handbewegung, ihr zu folgen. Ich gehorchte. Sie schien kein einziges Mal den Boden mit ihren Füßen zu berühren. Einige Schritte weiter blieb sie stehen. Hier war das Gras hochgewachsen, anders als beim Grab meiner Eltern. Und inmitten der einzelnen Grashalme erkannte ich einen grauen Stein. Ich bückte mich und drückte das Gras zur Seite bis ich erkannte, was darauf stand: „Luna Adams. Gestorben am 23. Mai 2045"

Ich spürte, wie eine Träne meine Wange hinunterrollte.
„Nein, bitte nicht Luna!“
Und dann erhob die Frau, von der ich dachte, ich würde sie nie wieder sehen, das Wort: „Und du hast ihr kein einziges Mal gesagt, dass du sie liebst!“

„Levin!“ Die Stimme holte ihn zurück in die Realität.
Er schlug die Augen auf. Lunas Gesicht schwebte über seinem. In ihren Augen stand Besorgnis.
Anscheinend hatten sie jetzt schon die Rollen getauscht und sie weckte ihn bei einem Albtraum statt anders herum.
„Du lebst!“, murmelte Levin erleichtert und schaute fasziniert in ihr verwirrtes Gesicht.
„Ja, natürlich lebe ich“, antwortete sie. Er ignorierte es und zog sie in seinen Arm.
„Levin, was hast du denn geträumt?“, fragte Luna und legte ihren Kopf notgedrungen auf seine Brust. So schnell schien er sie ja nicht wieder loslassen zu wollen.
„Etwas Schreckliches“, flüsterte er.
„Das habe ich mir schon fast gedacht!“, gab sie ironisch zurück. Dann gähnte sie laut.
„Alles gut?“, fragte sie.
„Jetzt ja.“, sagte er, schloss seine Augen und lauschte anschließend ihrem ruhigen Atem. Bis der Schlaf das Spektakel beendete.

„Ich beeile mich“, versprach er ihr. Er wollte an diesem Morgen noch schnell zu dem Grab seiner Eltern. Er war zwar gestern da gewesen, aber noch immer hatte er ein schlechtes Gewissen, dass er es so lange vernachlässigt hatte.

Luna zog einen Schmollmund. „Das will ich für dich hoffen“, sagte sie, bevor sie ihn aus der Umarmung entließ. Er spürte ihren Blick im Rücken, als er die Treppe nach unten lief und tiefer im Wald verschwand. Es schien mehr Licht durch die Baumkronen zu dringen als sonst. Und langsam breitete sich die Hoffnung in ihm aus, dass der Sommer nicht mehr allzu entfernt war.

Er war vielleicht fünfzehn Minuten gelaufen, bevor er an seinem angestrebten Ziel angekommen war. Die Lichtung stimmte mit der aus seinem Traum überein, nur dass das gewohnte Kreuz aus den zwei Stöcken in der Erde steckte. Er setzte sich daneben und strich über die Blumen, die er am vorigen Tag dort hingelegt hatte. Dass die Erde noch nass war, schien ihn nicht weiter zu stören.
„Ich hatte einen echt komischen Traum, Mum“, sagte er. Egal, wie oft er es schon getan hatte, er kam sich immer noch komisch dabei vor, mit seinen toten Eltern zu reden. „Ich glaube mein Herz hat sich entschieden“, sagte er leise.

„Kommen Annemarie und Valentin auch noch?“, fragte Levin in die Runde. Es schien wie eine Wiederholung vom letzten Abend. Alle saßen gemeinsam beim Essen, nur die beiden fehlten.
„Keine Ahnung. Wir können ja schon mal anfangen. Nelly und Lucas? Ihr wolltet doch etwas erzählen?“, fragte Ally neugierig.
Luna blickte von ihrem Teller auf und schaute Nelly erwartungsvoll an.
Sie ist wunderschön.

„Wir haben beschlossen, auf die andere Seite zu gehen, um einige Besorgungen zu erledigen. Und wir wollen schon morgen aufbrechen“, sagte sie.
Diesmal war es Luna, die sich verschluckte und Levins Hand, die ihr auf den Rücken schlug, bis die Luft wieder in ihre Lunge drang.
„Schon morgen?“, fragte sie entgeistert.
„Ja, schon morgen“, mischte sich nun auch Lucas ein.
„Warum so früh?“, fragte Ally, die von den Plänen noch gar nichts gewusst hatte.
„Wieso sollten wir es aufschieben? Das Wetter ist optimal. Es ist nicht so heiß, dass wir nicht rennen können und nicht so kalt, dass wir nach einer Stunde schon Eiszapfen wären“, erklärte Nelly.
„Ich weiß nicht, ob das so eine gute Idee ist“, sagte Levin.
„Wir wissen es aber. Wir planen das ganze ja schon etwas länger. Es gibt keinen Grund, noch zu warten. Die Gefahr an der Grenze bleibt immer gleich“, antwortete Lucas.
„Macht, was ihr denkt. Abhalten können wir euch davon sowieso nicht“, sagte Ally und wurde von Levin unterbrochen.
„Aber Ally, es ist zu gefährlich.“
„Ja, schon. Aber Lucas hat Recht: Die Gefahr an den Grenzen bleibt immer gleich. Egal, ob sie morgen oder erst in ein paar Wochen hinübergehen“, antwortete Ally.
Levin starrte auf seinen Teller und schwieg.
„Was ist mit Annabell?“, fragte Luna.
Lucas antwortete: „Wir wollten euch bitten, dass ihr euch während unserer Abwesenheit um sie kümmert. Wir wissen, das ist vielleicht ein wenig viel verlangt, aber...“
„Nein, ist es nicht“, unterbrach in Luna.

„Danke“, hauchte Nelly und sah ihr in die Augen. Luna nickte nur. Nelly schien müde. Dunkle Ringe zeichneten sich unter ihren Augen ab.
Ihr Gespräch wurde beendet von zwei lauten Stimmen vor dem kleinen Häuschen, in dem sie saßen. Jedem waren diese Stimmen bekannt: Annemarie und Valentin.
Luna sprang auf, um nachzusehen, was passiert war. Levin glitt an ihrer Seite aus dem Raum und die anderen drei folgten ihnen.
Annemaries Gesicht war verheult. Valentins dagegen von Wut gezeichnet.
Seine Stimme klang genervt, als er sagte: „Nun hab dich mal nicht so.“
„Ich soll mich nicht so haben? Schamlos hast du mich ausgenutzt! Ich dachte, du würdest mich wirklich mögen. Stattdessen hast du mich nur benutzt, um an *sie* heranzukommen.“ Dabei zeigte sie auf Luna, die sie daraufhin verdutzt ansah.
„Sie hat mich sogar noch vor dir gewarnt. Und ich war so dumm und habe ihr nicht geglaubt!“ Wie um diese Aussage zu unterstreichen, schlug Annemarie ihre Hand gegen ihre Stirn.
Valentin löste den Blick von ihr und sah stattdessen Luna an.
„Kann ich mal bitte allein mit dir reden?“, fragte er sie, Luna schnappte für alle hörbar nach Luft.
„Das glaubst du ja wohl selber nicht!“, antwortete sie empört und schenkte Annemarie einen mitleidigen Blick, obwohl sie nicht genau wusste, was überhaupt vorgefallen war.
„Luna, bitte hör es dir an. Du solltest es wissen“, schluchzte Annemarie. Levin sah kurz Verwirrung in

Lunas Augen aufblitzen, bevor sie sich wieder gefangen hatte.
„Na gut“, gab sie sich geschlagen. Sie wollte gerade hinter Valentin hergehen, um sich etwas von der Gruppe zu entfernen, als Levin sie am Arm fasste und ihr ins Ohr flüsterte: „Wenn du mich brauchst, schreie einfach. Ich warte im Zimmer auf dich.“ Dann ließ er sie frei. Dankbar sah sie ihn an, bevor sie zusammen mit Valentin hinter ein paar Bäumen aus seinem Blickfeld verschwand.
Levin wandte sich wieder den anderen zu. Annemarie lag weinend in Nellys Armen und Ally und Lucas standen daneben. Annemaries Fuß war immer noch mit einem weißen Verband umwickelt. Mit diesem Bein trat sie nicht auf.
Während Levin Annemarie zusah, versuchte er, Luna und Valentin zu hören. Wer weiß, wozu der Mann imstande war? Vielleicht würde er Luna verletzen? Sein Herz schmerzte bei diesem Gedanken. Doch er konnte sie nicht hören. Er hielt es nicht mehr aus, nur rumzustehen. Er trat einen Schritt näher zu Annemarie.
„Was ist passiert?“, fragte er. Doch sie schluchzte nur und Nelly schaute ihn böse an, bevor sie ihr wieder über die Haare strich. Levin schnaubte und lief zu *seinem* und Lunas Zimmer.
Während er wartete, machte er das Bett und schaffte es sogar, alle Klamotten von Luna zusammenzulegen und in den Schrank zu sortieren. Stolz betrachtete er sein Werk; die Hände in die Hüfte gestemmt und das Haar unordentlich in sein Gesicht fallend.
Die Tür schwang auf und als Luna augenscheinlich unversehrt im Türrahmen stand, atmete Levin erleichtert auf.

„Was wollte er?“, fragte Levin.
Luna schloss die Tür und setzte sich auf das gemachte Bett. Die neue Ordnung schien sie gar nicht zu registrieren.
„Er...“ Sie schien unentschlossen, was sie sagen sollte. „Er wurde von meinem Vater geschickt. Er muss ein neuer Mitarbeiter sein, denn ich kannte ihn nicht. Mein Vater will, dass ich nach Hause komme. Er hat ihn geschickt, um mich zu suchen. Wenn ich nicht mit Valentin gehe, werde ich ab sofort, solange mein Vater regiert, als Staatsfeind betrachtet. Genau wie alle anderen Rebellen“, sagte sie.
Gedanken rasten durch Levins Kopf.
„Aber du gehst doch nicht mit ihm, oder?“, fragte er unsicher. Er hatte Angst vor der Antwort.
„Ich habe Valentin bereits weggeschickt. In einer Stunde wird er über die Grenze gegangen sein. Und wenn er die Nachricht übermittelt hat, wird Vater mich hassen.“
Ihrer Stimme nach schien sie das nicht weiter zu stören, Mit ihren nächsten Worten bestätigte sie dies: „Ich will nicht mehr zurück. Es ist egal, was Vater davon hält. Ich will einfach nur bei dir sein.“

ACHTUNDZWANZIG

Luna

„Guten Morgen“, sagte Levin mit heiserer Stimme, als er neben mir auf den Waldboden trat. Es war noch früh am Morgen, die Sonne ging gerade erst auf und auf den Gräsern lagen noch Tropfen vom Tau.
Nelly und Lucas standen vor der Hütte. Beide hatten einen schwer aussehenden Rucksack auf dem Rücken. Ihre Hände waren ineinander verschränkt und Nelly lehnte an Lucas. An ihrem Bein hing Annabell und weinte. Ich schenkte ihr einen mitleidigen Blick, den sie natürlich nicht sah.
Ally stand neben den beiden. An ihre Schulter stützte sich Annemarie, ein Bein in der Luft hängend.
„Zeit zu gehen“, sagte Lucas. Annabell schluchzte laut auf.
„Nicht gehen!“, jammerte sie.
Während Lucas Annemarie und Ally in die Arme schloss, hob Nelly Annabell hoch und drückte sie fest an sich.
„Bald sind wir wieder da!“, versprach sie und setzte ihre Tochter wieder auf den Boden. Immer noch weinte sie bitterlich. Nelly zog mich in ihren Arm. „Bitte passe gut auf sie auf“, flüsterte sie mir ins Ohr.“
„Versprochen“, antwortete ich. Es fiel mir schwer, mich wieder aus ihrer Umarmung zu lösen. Ich versuchte, sie mir genau einzuprägen. Wer wusste schon, ob ich sie wiedersah? Ihre lockigen braunen Haare. Davon eine Strähne zu einem Dread gedreht (übrig geblieben aus einem ihrer früheren Experimente). Ihre Augen, die irgendwie sämtliche Augenfarben in sich vereinten. Ihre schlanke, dafür große Statur, die von einem weinroten

Top und einer Pumphose bedeckt war. Sie war einen halben Kopf größer als ich.
Ich unterdrückte eine Träne, bevor ich auch Lucas kurz in den Arm nahm. Er passte zu Nelly und tat ihr unglaublich gut.
„Ich hasse Abschiede“, zischte Nelly unter Tränen.
„Lass uns losgehen“, sagte Lucas und zog sie weg von uns. Ein letztes Mal drehten sie sich noch um und winkten uns. Dann verschwanden sie zwischen den Bäumen.
„Hast du Hunger?“, fragte Levin Annabell, die immer noch am Boden war; und das im wahrsten Sinne des Wortes.
Ich bückte mich, um mit ihr auf Augenhöhe zu sein.
„Mama und Papa sind bald wieder zurück!“, sagte ich und strich ihr durch die feinen Haare. Sie hob ihre kleinen Arme. Ich verstand und hob sie hoch.
„Möchtest du was essen?“, wiederholte ich Levins Frage.
„Nein“, antwortete sie traurig.
„Wie wäre es, wenn wir schwimmen gehen?“, fragte Levin Annabell und trat neben uns.
„Ich war gestern schon duschen!“, rief sie aus.
„Nein, ich will ja auch nicht duschen. Um Gottes Willen wer mag es schon, zu duschen?“, scherzte er.
„Niemand!“, stimmte Annabell zu.
„Ich meine eigentlich im Fluss baden. Kannst du schon schwimmen?“
„Nein.“
„Na dann bringen Luna und ich es dir bei“, sagte Levin.
Ihre Augen vergrößerten sich vor Begeisterung.
„Zeigst du uns, was du anziehen willst?“, fragte ich. Sie nickte heftig, ich ließ sie runter und sie nahm mich

an die Hand, um mich zu ihrem Zimmer zu ziehen. Levin lief uns hinterher.

„Das ist aber kalt!“, schrie Annabell und zog ihren Fuß wieder aus dem Wasser. Levin lachte. Ich sah ihm gerne dabei zu. Wie sein Mund sich öffnete und seine weißen Zähne zum Vorschein kamen. Wie seine Augen nur noch einen Spaltweit offen waren. Und wie er sich danach immer durch die Haare strich.
Ich verscheuchte meine Gedanken an ihn und sah Annabell zu, wie sie immer wieder mutig ihren rechten Fuß ins Wasser tauchte und ihn dann doch wieder zurückzog.
Ich war schon einmal untergetaucht. Ich liebte die Kälte noch immer.
„Nun komm schon“, sagte Levin, der hinter ihr stand. Er legte eine Hand auf ihren kleinen Rücken und sie ließ sich bereitwillig ein wenig vorschieben. Nun stand sie bis zu den Knöcheln im Wasser, die Arme vor der Brust verschränkt und ihre Haut von einer Gänsehaut überzogen. Immer weiter ließ sie sich von Levin ins Wasser schieben.
„Wir bücken uns auf drei“, schlug Levin vor, als ihr das Wasser bis zu den Hüftknochen ging.
„Ich habe Angst“, jammerte sie.
„Brauchst du nicht. Im ersten Moment ist es kalt, aber wenn du dich dann bewegst, wird es wärmer.“
„Versprochen?“
„Versprochen!“ Sie gab sich geschlagen und nickte.
„Eins“, sagte sich. Die beiden drehten sich zu mir um. Levin sah mich an und ein Lächeln breitete sich auf seinem Gesicht aus. Er war wunderschön.

„Zwei“, fuhr ich fort. Annabell hielt die Luft an. Ihre Backen waren jetzt dick mit Luft gefüllt.
„Und drei!“
Levin bückte sich und Annabell tat es ihm nach einigen Sekunden nach. Die Kälte entlockte ihr ein Quieken.
„Geschafft!“, lobte Levin sie und streckte einen Daumen in die Luft. Sie lächelte, doch ihre Unterlippe bebte.
Ich schwamm zu den beiden.
„Also willst du jetzt schwimmen lernen?“, fragte ich. Eifrig nickte sie.
Levin sagte: „Also die Arme musst du so bewegen und die Beine so...“

Erschöpft ließ ich mich neben Levin auf die Matratze fallen. Es hatte sich als anstrengender als gedacht erwiesen, einem Kind Schwimmen beizubringen. Die Armbewegung hatte Annabell verstanden. Die Beine jedoch hingen schlaff nach unten und sie hielt die ganze Zeit die Luft an, in der Angst, auch nur einen Tropfen Wasser in Nase oder Mund zu bekommen.
Jetzt war sie bei Ally, mit der sie zu Abend aß.
„Was glaubst du, wie lange werden Nelly und Lucas unterwegs sein?“, fragte ich Levin.
„Keine Ahnung. Ich habe ja noch nicht mal verstanden, was genau sie vorhaben.“
„Ich hoffe sie kommen beide wieder unverletzt zurück“, murmelte ich.
„Das werden sie“, antwortete Levin zuversichtlich.
„Was hast du gestern Nacht geträumt?“, wechselte ich das Thema. Sein Gesicht drehte sich zu mir und er sah mir in die Augen. Trauer überschattete seinen Blick.

„Ich habe geträumt, du wärst gestorben“, antwortete er wahrheitsgemäß. Ich schluckte.
„Das hat dich so sehr aufgewühlt?“, fragte ich. Mein Herz machte bei dem Gedanken einen Sprung.
„Ja“, einen Moment sah er mich an, setzte sich dann auf und fuhr fort: „Weil ich dir dann etwas Wichtiges nicht mehr hätte sagen können.“
Gespannt sah ich ihn an. „Und zwar?“
Er holte einmal tief Luft, bevor die Trauer in seinen Augen wieder verschwand und durch ein Gefühl ersetzt wurde, das ich nicht ganz deuten konnte.
„Es könnte sein, dass ich mehr für dich empfinde als anfangs geplant.“ Seine Stimme war so leise, dass ich ihn beinahe nicht verstanden hätte. Ich spürte, wie sich in meinem Bauch ein warmes Feuer ausbreitete. Doch den Schmetterlingen schien dieses angenehme Feuer nichts anhaben zu können. Fröhlich flogen sie weitere Loopings. Ich hoffte, sie würden mein Herz davon abhalten, aus meiner Brust zu springen.
Levin sah mich mit einer gewissen Angst in den Augen an. Mir fiel auf, dass ich noch gar nichts geantwortet hatte. Ihm schien das auch nur allzu bewusst zu sein und wie um seinen vorigen Satz zu erklären, sagte er: „Ich habe mich in dich verliebt, Mondkind!“
Das warme Kribbeln füllte nun meinen ganzen Körper und schien mich zu lähmen. Ich starrte ihn einfach an. Es fühlte sich an, als lächele ich übers ganze Gesicht, doch ich wusste nicht, ob das auch wirklich stimmte.
Nach einigen Sekunden, die ihm wahrscheinlich wie Minuten vor kamen, erwiderte ich: „Ich liebe dich.“
Nachdem ich es ausgesprochen hatte, wurde mir klar, dass es wirklich stimmte. Ich wusste nicht, seit wann,

doch ich war eindeutig verliebt in ihn. Vielleicht seit unserem ersten Kuss? Vielleicht seitdem er das erste Mal zu mir gekommen war nachdem ich einen Albtraum hatte? Vielleicht war es aber auch schon auf der Reise hierher passiert? Es war egal, wann. Im Moment wollte ich nichts mehr als seine Lippen auf meinen zu spüren. Wie als könne er Gedanken lesen, beugte er sich zu mir vor und drückte seine Lippen sanft auf meine. Und spätestens jetzt blieb die Welt für uns stehen.

NEUNUNDZWANZIG

Levin

Seine Augen schlugen auf. Im ersten Moment wusste er nicht, wodurch er aufgewacht war. Er spürte nur Luna, seine *Freundin*, in seinen Armen liegen; und ihren ruhigen Atem an seiner Brust. Die Erinnerung an den gestrigen Abend durchschoss seine Gedanken und er lächelte. Doch dann hörte er das Geräusch, das ihn aus seinen Träumen geweckt hatte. Es war ein herzzerreißendes Weinen in das einzelne Schreie gemischt waren.
Vorsichtig stand er auf, darauf bedacht, Luna nicht zu wecken. Er bette ihren Kopf auf das Kopfkissen und deckte sie zu. Sie reagierte gar nicht. Also schlich er sich aus dem Zimmer. Hier draußen war das Weinen noch viel lauter zu hören und von hier konnte er es auch orten. Schnell lief er die Treppe hinunter und dem Geräusch entgegen. Als er nur noch wenige Meter davon entfernt war, erkannte er die Stimme. Es war Nelly. Wo war dann Lucas?
Er erkannte nun ihren Umriss vor sich und beugte sich zu ihr hinunter. Vorsichtig, um sie nicht zu erschrecken, legte er seine Arme um sie.
„Was ist los?“, flüsterte er. Gierig zog er den beruhigenden Geruch des Waldes in sich. Ihr Körper bebte und er stellte sich auf das Schlimmste ein.
Nach einigen Minuten brachte Nelly unter Schluchzen heraus: „Lucas ist tot!“
Ein Stich durchfuhr seinen Körper. Eigentlich hatten die beiden sich von Anfang an nicht sonderlich gut verstanden. Wahrscheinlich verständlich, denn sie hatten auf das

gleiche Mädchen gestanden. Doch trotzdem hatte Levin einige Jahre mit Lucas zusammengelebt. Zu behaupten, sein Tod wäre nicht weiter schlimm für Levin, dann wäre gelogen.
Es war verwunderlich, dass noch niemand anders aufgewacht war. Nellys Weinen erfüllte scheinbar den ganzen Wald. Levin fühlte sich schlecht, weil er nichts machen konnte, außer sie in den Armen zu halten. Er wusste nicht, was er hätte sagen sollen. Es gab nichts, was einen Menschen, der gerade einen solchen Verlust erlebt hatte, trösten könnte.
Nach Momenten, die sich wie Stunden zogen, sagte Nelly: „Ich muss mit Luna reden. Es ist dringend!"
Levin nickte und fragte vorsichtig: „Soll ich mitkommen?"
Er hatte zwar nicht damit gerechnet, aber sie nickte.
„Sie wird dich jetzt brauchen", erklärte Nelly, während sich eine nach der anderen Träne einen Weg über ihre Wange und schließlich auf den Boden suchte.
Levin half ihr aufzustehen und schweigend gingen sie hoch in Lunas Zimmer. Einzig ihr Schluchzen unterbrach die Stille zwischen ihnen.
Vorsichtig öffnete Levin die Tür. Luna saß aufrecht auf der Matratze und sah den beiden erwartungsvoll entgegen. Sie musste doch aufgewacht sein, während er unten war.
„Was ist los?", fragte sie geschockt, als sie Nelly erkannte. Sie sprang auf und legte ihre Arme um Nellys jetzt noch dünner wirkenden Körper.
Zu dritt setzten sie sich auf die Matratze und mit einigen Pausen, bedingt durch die Trauer, die Nellys Körper einnahm, erzählte sie das erste Mal die ganze Geschichte: „Lucas und ich sind nur wenige Stunden

nachdem wir uns von euch verabschiedet haben an der Grenze angekommen. Alles lief gut. Ohne irgendwelche Vorkommnisse kamen wir auf der anderen Seite an. Es war kein einziger Wachposten zu sehen. Komisch war es schon, aber wir machten uns deswegen nicht verrückt. Doch als wir dann bei den ersten Wohnhäusern angekommen waren, bemerkten wir sofort, wie überall Chaos herrschte. Menschen liefen verwirrt über die Straße und in jeder Wohnung schien ein Fernseher oder zumindest ein Radio zu laufen. Als wir dann vor einem Wohnungsfenster stehen blieben, hörten wir, wie ein Nachrichtensprecher den Grund für das Chaos berichtete. Luna, deine Eltern sind bei einem Anschlag ums Leben gekommen."
Einen Moment lang schwiegen alle drei. Levin konnte nicht erkennen, wie Luna die Nachricht aufnahm. Sie gab keinen einzigen Ton von sich.
Dann fuhr Nelly fort: „Wir wussten sofort, dass es nichts bringen würde, uns weiter in der Stadt aufzuhalten. Wir müssten wahrscheinlich mehrere Wochen warten, bis sich die Aufregung wieder gelegt hätte und wir in Ruhe unser Vorhaben umsetzen könnten. Wir beschlossen also, uns auf dem Rückweg zu machen. Nur wenige Meter von der Stadt entfernt trafen wir auf einen Mann. Auf Nachfrage berichtete er uns, dass die Unruhe nicht nur auf den Tod deiner Eltern zurückzuführen war. Da Noah und du weg seid, gibt es keinen, der als nächstes Präsident wird. Doch es habe sich schon in den ersten Stunden herausgestellt, dass es jemanden gab, der für diesen Job geeignet wäre. Aber jeder hat nach seiner ersten Ansprache Angst vor der Zukunft. Ich habe seinen Namen vergessen, doch er hat vor, viele Menschen sterben zu lassen, um das

Platzproblem zu beseitigen. Keiner weiß genau, wie er das anstellen will, doch jeder Einzelne hat Angst, dass es ihn trifft. Und die Einzige, der außer ihm Präsident werden kann, bist du. Du bist seit Noahs Tod das einzige Kind deiner Eltern. Wenn du seinen Posten nicht anfechtest, wird irgendwas Schlimmes passieren. Da sind sich alle sicher."

Wieder schwiegen alle drei einen Moment. Levin versuchte, die Nachricht zu verarbeiten.

„Lucas und mir war klar, dass wir jetzt erst recht so schnell wie möglich nach Hause kommen mussten, um dir Bescheid zu sagen. An der Grenze wurde Lucas dann getroffen. Er war sofort tot", schluchzte Nelly.

Niemand wusste darauf etwas zu sagen. Nelly hatte sich an Luna angelehnt und diese legte einen Arm um Nellys Schulter. Levin hörte nun auch das Schluchzen von Luna. Eigentlich blieb ihr nichts anderes übrig, als den Wald zu verlassen, um ihrer wahren Bestimmung gerecht zu werden. Ihr Leben lang wurde sie für diesen Moment ausgebildet. Für den Moment, in dem sie zahlreiche Menschen regieren würde. Für den Moment, ab dem eine unvorstellbare Verantwortung auf ihren Schultern liegen würde. Sie war perfekt dafür. Und das wussten sie alle. Aber allein der Gedanke, sie gehen zu lassen, schmerzte unbeschreiblich. Levin wollte nicht noch jemanden verlieren. Wenn er sie aber begleiten würde, dann würde er Ally zurücklassen.

Er stand auf und verließ das Zimmer. Sein Kopf schwirrte nur so von Gedanken über die neuen Informationen. Automatisch schienen ihn seine Beine zu Allys Zimmer zu führen.

Wie erwartet schlief sie. Es war schwer, bei der Dunkelheit überhaupt etwas zu erkennen. Er setzte sich zu ihr an die Bettkante, griff nach ihrer Hand und weckte sie sanft. Ihre Augen schossen auf und sahen ihn erschrocken an. Als sie sich an die Dunkelheit gewöhnt hatte und ihn erkannte, setzte sie sich auf.
„Was ist los?“, fragte sie müde, aber gleichzeitig aufmerksam. Er fing an, ihr zu erzählen, dass Luna und er jetzt zusammen waren und was er für sie empfand. Am Schluss endete er mit Nellys Erzählung. Die ganze Zeit über hörte Ally ihm aufmerksam zu. Als er fertig war sagte sie sofort: „Du musst mit ihr gehen!“
„Aber ich kann euch doch nicht einfach hier allein lassen. Ich kann *dich* nicht einfach so allein lassen!“
„Du tust es ja auch nicht *einfach so*. Verdammt, hier geht es nicht nur um Lunas und dein Schicksal, es geht um das Schicksal vieler Menschen. Wie könnte ich dich aufhalten? Allein schafft sie das nicht. Sie hat niemanden mehr außer dich.“ Er dachte über ihre Worte nach und kam zu dem Entschluss, dass sie Recht hatte. Sie hatte absolut recht.
„Ihr müsst so schnell wie möglich los, aber vielleicht solltet ihr noch bis nach Lucas´ Beerdigung warten. Nelly wird Luna brauchen. Wir können gleich morgen eine Trauerfeier machen. Um seine Leiche kümmern wir uns später. Dann könnt ihr morgen Mittag aufbrechen und seid immer noch vor der Dunkelheit auf der anderen Seite“, sagte sie. Er nickte.
„Danke Ally!“, sagte er. Dann umarmte er sie und ging zurück zu Luna und Nelly.
Luna stand auf, als er herein kam.
„Wo warst du?“ Sie weinte nicht mehr.

„Wir werden morgen Mittag aufbrechen“, überging er ihre Frage.
„Wir werden was?“, fragte sie entgeistert. Fragend sah er sie an. „Ich habe nicht vor, irgendwo hin zu gehen“, sagte sie.
„Du machst Witze, oder nicht?“, fragte er sie. Damit hatte er nicht gerechnet.
„Wir können hier nicht einfach alle zurücklassen. Und vielleicht möchte ich ja gar nicht regieren.“
„Du hast doch Nelly gehört. Du bist die Einzige, die verhindern kann, dass dieser scheinbar Verrückte an die Macht kommt.“
Luna schüttelte den Kopf. Nelly erhob sich hinter ihr.
„Luna, du musst gehen. Nur du kannst verhindern, dass es uns allen noch schlechter geht“, stimmte sie Levin zu.
Levin nahm Lunas Hände und zog sie an sich.
„Zusammen schaffen wir das, ok? Wir machen diesen Verrückten fertig!“
„Aber was, wenn ich nicht gut genug bin? Wenn ich komme, wird es einen Wahlkampf geben. Was, wenn ich den nicht gewinne? Wenn ich irgendwas falsch mache?“
„Du wirst gewinnen. Da bin ich mir sicher. Bitte Luna. Wir brauchen dich jetzt. Nicht nur Nelly und ich. Die Welt braucht dich jetzt.“ Sie lehnte sich an ihn.
„Na gut. Morgen Mittag gehen wir los. Ich habe schon eine Idee, was wir als erstes machen, wenn wir da sind.“
Nelly und Levin atmeten erleichtert auf und lächelten sich über Lunas Schulter hinweg an.
Nelly flüsterte: „Es ist für uns an der Zeit aufzuwachen und uns zu erheben.“

ES IST FÜR UNS
AN DER ZEIT
AUFZUWACHEN UND
UNS ZU ERHEBEN

DREISSIG

Luna

„Viel Glück“, murmelte Nelly und gab mich aus ihrer Umarmung frei. Sie trug noch immer ihre schwarzen Sachen von der kleinen Trauerfeier heute Morgen.
Wir hatten uns versammelt und Erinnerungen von Lucas ausgetauscht. Bei den meisten war ich zwar nicht dabei gewesen, aber ich hatte das Gefühl, Lucas jetzt noch ein wenig mehr zu kennen. Wir hatten sein Grab vorbereitet. Es war nicht weit von Noahs und so hatte ich die Chance gehabt, mich auch von ihm zu verabschieden. Ally hatte versprochen, sie würde sich sobald wie möglich darum kümmern, Lucas’ Leiche zu finden und zu beerdigen. Nelly hatte die ganze Zeit geweint. Gefühlt hatte es keinen Moment gegeben, in dem sie nicht in meinem, Allys oder Annemaries Armen gelegen hatte. Doch einmal hatte sie ein wenig gelächelt. Das war, als sie von Annabells Geburt gesprochen hatte.
Annabell lag schon den ganzen Tag in ihrem Zimmer und fragte ständig nach Lucas. Sie war drei und verstand wohl kaum, was passiert war.
Als letztes umarmte ich Annemarie.
„Gute Besserung“, sagte ich und deutete auf ihr Bein. Auch ihre Augen schrien nur so von Trauer.
Es fiel mir schwer zuzulassen, dass Levin mich langsam von der Gruppe wegzog. Er trug einen Rucksack. Wir hatten ein paar Klamotten und wenig vom Essensvorrat eingepackt. Das musste genug sein, bis wir die Stadt erreichen würden.

Als ich die anderen durch die Bäume zwischen uns nicht mehr sehen konnte, wandte ich mich Levin zu. Ich hatte ein schlechtes Gewissen, weil er seine Freunde nur wegen mir verließ. Sein Blick war auf mein Gesicht gerichtet und er beobachtete mich mit einer Neugier im Blick, die einen denken ließ, er sehe mich zum ersten Mal.
„Was ist?“, fragte ich.
„Nichts. Ich bin nur gespannt auf die andere Luna“, gab er zu.
„Auf die andere Luna? Ich werde mich doch nicht verändern.“
„Doch, das wirst du. Und ich mich auch. Die Umstände werden es gar nicht anders zulassen.“

„Du kennst das Prozedere?“, fragte er.
Wir saßen in einem der Büsche und schauten auf die Mauer. „Vielleicht schaffen wir es diesmal, ohne dass ich dich runterschubsen muss“, neckte er. Ich warf ihm einen vernichtenden Blick zu. Er lachte. Ich sah zwar keine Wachen, aber ich war mir sicher, dass das nichts zu bedeuten hatte.
„Auf mein Kommando laufen wir los, ich helfe dir, zuerst auf die Mauer zu kommen und kletter dann selbst hoch. Sobald du oben bist, springst du runter und rennst. Ich werde dich einholen, aber höre bloß nicht auf zu rennen, bis ich es sage“, sagte er. Ich nickte. Der Gedanke, ihn gleich zu verlieren, schmerzte. Ich beugte mich zu ihm vor und gab ihm einen Kuss. Dann strich ich alle schlechten Gedanken aus meinem Kopf.
„Wir schaffen das“, sagte ich. Dann schauten wir beide nach vorne.
„Bereit?“, fragte er.

„Aber so was von", antwortete ich und machte mich bereit loszulaufen.
„Dann los!" Wir rannten los. Es ging um unser Leben und mein Körper schien das zu spüren. Ich erinnerte mich nicht, jemals so schnell gerannt zu sein. Binnen Sekunden kamen wir an der großen grauen Mauer an. Levin faltete aus seinen Händen eine Räuberleiter. Ich stellte einen Fuß auf seine Hände und schwang mich hoch. Diesmal machte ich gar nicht erst den Fehler, nach unten zu schauen, sondern sprang sofort auf der anderen Seite wieder herunter. Und dann rannte ich. Nach einigen Sekunden fingen meine Füße an zu brennen. Die Schuhe waren zum Rennen völlig ungeeignet. Ich hörte, wie Levin auf den Boden sprang und hinter mir her rannte. Schnell hatte er mich eingeholt und lief neben mir her. Die Wachen schienen uns noch immer nicht bemerkt zu haben. Keine Rufe, man solle die Waffen rausholen und auf uns schießen. Außer unseren Füßen auf dem Boden und den Vögeln im Wald war nichts zu hören. Wir erreichten die letzte Reihe von grünen Sträuchern. Dann tat sich ein riesiges Feld vor uns auf. Hinter diesem Feld wartete die Stadt auf uns.
Wir rannten noch ein wenig auf dem Feld, bevor wir beide allmählich langsamer wurden. Levin warf einen Blick nach hinten und gab die Entwarnung: „Es scheint uns niemand gesehen zu haben!" Also gingen wir schnellen Schrittes weiter. Erleichtert stellte ich fest, dass ich jetzt auch wieder Luft bekam.
Und am nächsten Tag erreichten wir die Stadt. Nelly hatte recht: es herrschte wirklich Chaos. Bisher war ich zwar nur einmal wirklich in der Stadt gewesen, aber trotzdem merkte ich, dass etwas falsch war. Aus den

Wohnungen hörte man die Stimmen von verschiedenen Nachrichtensprechern.

„Und jetzt?“, fragte Levin. Man merkte, dass er sich nicht wohl fühlte. Aber mir ging es nicht anders.

„Jetzt brauche ich irgendjemanden, der mir ein Telefon leiht“, erklärte ich. Nicht viele hatten in dieser Zeit noch ein Telefon. Sie gaben ihr Geld für wichtigere Dinge aus. Ich spürte die ersten Blicke auf mir und hörte Flüstern hinter meinem Rücken.

„Ist das nicht die Tochter des Präsidenten?“ „Wird sie uns retten?“ „Wird sie wieder davonlaufen?“ „Können wir uns auf sie verlassen?“ Ich biss mir auf die Lippe. Nur einer traute sich, mich anzusprechen.

„Bist du nicht Luna Adams? Die, auf deren Rückkehr wir alle warten?“ Es war ein älterer Herr. Mindestens sechzig Jahre alt.

„Ja, das bin ich wohl. Sagen Sie, haben sie vielleicht ein Telefon?“, fragte ich hoffnungsvoll.

„Ja, bei mir zu Hause. Zwei Blöcke weiter. Wenn Sie möchten, stelle ich es Ihnen zur Verfügung!“

Einen Moment zögerte ich. Wer wusste schon, ob er mir was antun würde, wenn ich bei ihm war? Doch Levin war ja auch da. Zu zweit würden wir ja wohl notfalls einen alten Mann besiegen können, oder?

„Das wäre sehr freundlich, danke“, erwiderte ich.

Levin verschränkte seine Finger mit meinen und wir liefen ihm hinterher. Das Flüstern und die Blicke wollten nicht aufhören. Also konzentrierte ich mich auf die Berührung von unseren Händen, während Levin seinen Blick auf den alten Herrn gerichtet hatte. Dieser hatte seine Hände hinter seinem Rücken verschränkt und lief etwas nach vorne gebeugt,

als hätte er Probleme mit seinem Rücken. Wir liefen auf einer engen Straße. Neben uns die hochragenden, grauen Hochhäuser.
„Hier wären wir“, sagte der Mann und stoppte vor einer Tür mit der Nummer 63. Er zog einen Schlüssel aus seiner Hosentasche und hielt uns die Tür auf.
„Danke“, sagte ich und trat vor Levin in den engen Hausflur. Ich sah das erste Mal, wie die Menschen wohnten und erschrak. In der Wohnung, war es noch schlimmer. Da hatten wir im Wald mehr Platz gehabt. Der Mann lebte in nur einem Zimmer. Mit Liege, kleiner Küchenzeile, einem kleinen Schrank und einem noch engeren Bad, in dem sich nur das Allernötigste befand. Ich schluckte und wandte mich dem Mann zu, der mir das Telefon hinhielt. Ich nahm es dankend an und starrte auf die Tasten. Ich versuchte mich an die Nummer zu erinnern und wählte meinen ersten Einfall.
„Hallo?“, meldete sich eine Stimme.
„Maxon!“, sagte ich erleichtert.
„Wer ist denn da?“, fragte er. Maxon war der persönliche Assistent und Berater meines Vaters oder eher gesagt er war es gewesen. Er war um die dreißig Jahre alt und seit fünf Jahren in unserem Dienst. Und obwohl er noch nicht alt war, war er mindestens so erfahren und klug wie ein Fünfzigjähriger in dem Geschäft.
„Ich bin es Luna!“, antwortete ich.
„Luna? Wo warst du denn, verdammt? Weißt du, was passiert ist? Was bin ich froh, endlich etwas von dir zu hören!“, sagte er.
„Eine lange Geschichte. Kannst du mich und meinen Freund abholen?“

„Deinen Freund! Na ja, darüber reden wir später. Wo bist du?"
Ich nannte ihm die Straße, die ich an einem Straßenschild gelesen hatte.
„Ich bin in einer Stunde bei euch", sagte er und legte auf.

Murrend wichen die Leute zur Seite, als sich das schwarze Auto von Maxon durchschlängelte. Doch dann sahen sie neugierig in das kleine Fenster. Mittlerweile war es eine Seltenheit, ein Auto zu sehen. Nur Politiker fuhren sie noch.
„Ich glaube, ich habe das letzte mal ein Auto gesehen, da war ich sieben oder acht Jahre alt", flüsterte Levin. Ich lächelte. Was würde er wohl sagen, wenn ich ihm irgendwann mal ein Flugzeug zeigen würde?
Das Auto hielt vor uns. Der Fahrer blieb sitzen und schaute stur geradeaus, aber Maxon stieg aus dem Auto. Er strahlte, als er mich sah und schloss mich in seine Arme.
„Bin ich froh, dich wieder zu sehen! Ich dachte, du wärst tot oder so etwas", sagte er.
Er ließ mich los und musterte Levin von oben bis unten.
„Das ist also dein Freund?", fragte er. In seiner Stimme lag Freundlichkeit. Ich nickte. „Dein *Freund-Freund*?"
Ich unterdrückte ein Lachen. „Ja, mein *Freund-Freund*."
Maxon ergriff Levins Hand und schüttelte sie.
„Levin", sagte Levin zu Maxon. „Schön, Sie kennenzulernen."
„*Dich*. Nenn mich doch bitte einfach Maxon", erwiderte Maxon. Levin lächelte.
„Steigt ein", sagte Maxon und öffnete eine der hinteren Autotüren. Ich stieg ein und Levin ging um das Auto herum zur anderen Seite. Er fummelte an dem Türgriff, doch die Tür

wollte nicht aufgehen. Peinlich berührt sah er zu mir ins Auto. Ich grinste und öffnete die Tür.
„Tut mir leid, ich weiß nicht, ob ich je in einem Auto gesessen habe", gab er zu und setzte sich neben mich. Er nahm den Gurt in die Hand und sah mich fragend an. Ich lachte und schnallte ihn an.
„Nicht schlimm. Ich bring dir alles bei", sagte ich. Wir lächelten beide. Weil er bei mir war, war es gar nicht so schlimm, zurück zu sein.

Als wir vor meinem alten und ebenfalls zukünftigen Zuhause hielten, half ich Levin, sich abzuschnallen und öffnete ihm die Autotür.
Maxon schloss die Haustür auf und ließ uns rein. Eigentlich hatte sich nichts verändert.
„Dein Zimmer ist noch so, wie du es verlassen hast. Vielleicht solltet ihr euch frischmachen und dann reden wir weiter", sagte Maxon.
Ich nickte, wandte mich noch einmal zu ihm und fragte: „Maxon, weißt du irgendwas von Emma?"
In sein Gesicht, trat ein Ausdruck der nichts Gutes bedeuten konnte.
„Es tut mir leid, Luna. Nachdem dein Vater ihr gekündigt hatte, ist sie auf der Straße gelandet. Vor einigen Tagen bekam ich eine Nachricht von einem Freund, der im Krankenhaus arbeitet. Emma ist dort an einer Infektion gestorben." Ich schluckte. Das alles nur, weil sie meinen Vater davon abhalten wollte, meine Mutter weiter zu schlagen.
„Aber ich kenne ein anderes gut ausgebildetes Mädchen. Ich werde sie dir vorstellen", versprach er. Ich nickte schwer.

„Lass uns hochgehen“, sagte ich zu Levin und ergriff seine Hand.
„Ach so, Maxon? Kannst du noch ein paar Klamotten für Levin organisieren und in einen freien Schrank in meinem Ankleidezimmer einsortieren lassen?“, fragte ich, als wir am Fuß der Treppe standen.
Levin nannte ihm seine Größe, dann gingen wir hoch. Staunend schaute sich Levin um. Immer wieder blieb er stehen. Meistens, um sich ein Bild anzusehen, das an der Wand hing. Auf der Treppe lag noch immer der rote Teppich ausgerollt. Ein gewisses Gefühl von Heimat breitete sich in mir aus.
Maxon hatte Recht: Selbst in meinem Zimmer war alles unverändert. Das Bett wurde gerade von irgendeiner Bediensteten mit neuer weißer Bettwäsche bezogen. Zwei Decken und zwei Kissen lagen nebeneinander auf dem Bett und ein paar quadratische Kissen schmückten das Bett zusätzlich. Auf einem der Nachttische saß noch immer der Teddybär, den ich einst von Noah geschenkt bekommen hatte. Auf der gegenüberliegenden Wand führte die Tür zu meinem Bad und über eine ganze Wand erstreckte sich ein Panoramafenster. Davor stand ein kleiner Tisch und zwei weiße Sessel. Auf dem Tisch lag das Buch, das ich zuletzt gelesen hatte. Sogar das Lesezeichen war noch an der richtigen Stelle. Ich hatte damals kaum Zeit zum Lesen gehabt. Jedesmal, wenn ich dann doch Zeit dafür fand, bereute ich, das es nur so selten war. Im Moment lag ein alter Klassiker dort: ´Romeo und Julia´.
Levins Blick blieb an dem silbernen Kronleuchter hängen.
„Willst du duschen gehen? Mit warmem Wasser“, bot ich an.

„Ihr habt fließend warmes Wasser?“, fragte er begeistert. „Dein Bad ist jetzt für mindestens eine Stunde gesperrt!“, sagte er und ich lachte.

„Lass dir Zeit. Ich gehe bei Noah duschen. Ich sorge dafür, dass dir jemand ein paar frische Klamotten auf mein Bett legt. Handtücher findest du im Schrank unter den Waschbecken“, sagte ich.

„*Den* Waschbecken?“, fragte er und riss die Badezimmertür gespannt auf. Ich warf einen Blick hinein. Ebenfalls alles unverändert. An einer Wand hingen die zwei Waschbecken, darunter der besagte Schrank. In der hinteren Ecke stand die Eckbadewanne, parallel auf der anderen Seite die große Regendusche und hinter einer kleinen Trennwand die Toilette. In der Mitte lag ein großer weißer Tisch und vor dem großen Fenster stand ein Stuhl, auf dem ich immer gesessen hatte, wenn Emma mich fertig gemacht hatte. Und in der letzten Ecke stand ein großer Schrank mit Schminke und Haaraccessoires.

Levin stand einfach nur in der Mitte, wo ebenfalls ein silberner Kronleuchter hing und schaute sich alles genau an. Als er in den Spiegel über dem Waschbecken schaute, fuhr er sich durch die Haare und sagte: „Ich habe gar nicht mitbekommen, dass meine Haare so doll gewachsen sind!“

„Ich werde jemanden organisieren, der dir einen neuen Haarschnitt verpasst.“ Er strahlte begeistert. Ich war mir nicht sicher, ob er sich an irgendeinen Besuch beim Friseur erinnern konnte. Ich drückte ihm einen Kuss auf die Lippen, verließ das Bad und zog die Tür hinter mir zu. Erst als ich in einen Spiegel im Flur sah, merkte ich, dass ein Lächeln meine Lippen schmückte.

„Maxon?“ Er erschien am unteren Ende der Treppe.

„Sorgst du dafür, dass jemand Levins Haare schneidet und jemand ihm zeitnah frische Kleidung auf mein Bett legt?“
„Klar!“, sagte er und verschwand, um die Bitten in die Tat umzusetzen. Dabei hörte ich, wie er „Ich fasse es nicht! Sie ist zurück!“ murmelte. Ich drehte mich um und ging in das Zimmer mit meiner Garderobe. Ich machte das Licht an und genoss einen Moment den Augenblick, zu sehen, wie viele und besonders wie viele passende Kleidungsstücke ich wieder hatte. Mehrere Minuten ging ich durch den Raum, strich über die Stoffe und entschied mich am Ende für ein weißes, kurzes Kleid und genauso weiße Hackenschuhe. Zufrieden mit meiner Auswahl ging ich zu Noahs Bad. Ich versuchte, mich so wenig wie möglich von seinen Klamotten umzusehen, um nicht wieder weinen zu müssen. Doch ich musste feststellen, dass ich im Moment gar keine Träne verlieren konnte.
Ich sah mich im Spiegel an. Meine Haare waren zurückgebunden, doch überall standen sie vom Kopf ab. Die Sachen passten mir nicht. Die Hose und das Oberteil waren mir zu groß. Ich zog sie aus und warf sie auf den Boden. Das Kleid hing ich auf.
Dann stieg ich unter die Dusche. Ich ließ das erste Mal nach langer Zeit wieder das warme Wasser auf meine Haut prasseln. Doch es fühlte sich nicht gut an. Erst als ich die Temperatur kalt gestellt hatte, fing ich an, es zu genießen. Ich öffnete meinen Zopf und wollte nach dem Shampoo greifen, als mir auffiel, dass am Duschrand nur Männershampoo stand. Vor meiner Flucht hätte ich damit niemals meine Haare gewaschen. Jetzt war es mir egal. Ich schäumte meine Haare ein und sog den Duft ein, den ich noch zu gut kannte. Ich erinnerte mich daran,

wie ich diesen Geruch geliebt hatte, nachdem Noah oder auch Vater duschen gewesen waren.

Mit einem Handtuch um den Körper geschlungen fing ich an, meine Haare trocken zu föhnen. Ich konnte mich nicht daran erinnern, je selbst meine Haare geföhnt zu haben.
Dann zog ich mir das Kleid und die Schuhe an. Das Einzige, was noch fehlte, war die Schminke. Aber ich war einerseits völlig untalentiert in Sachen Kosmetik und auf der anderen Seite hatte Noah in seinem Bad wohl nie Schminke gehabt. Also lief ich wieder zurück in mein Zimmer. Auf einem der Sessel vor dem Fenster saß Levin. Ein enges weißes T-Shirt schmiegte sich um seinen Körper und zu der schwarzen Hose sah es einfach nur gut aus. Und dann fielen mir seine Haare auf. Sie waren geschnitten. An den Seiten waren sie ein wenig kürzer als oben und die Haare fielen ihm nicht mehr ins Gesicht. Es sah gut aus.
„Hey, Mondkind!“, sagte er.
„Hey“, erwiderte ich. Ich spürte, wie sein Blick über meinen Körper wanderte.
„Wow. Du siehst wunderschön aus“, sagte er und schien ernsthaft überrascht. So hatte er mich wohl nur an dem Tag gesehen, als er und Ally mich entführt hatten. Obwohl das Kleid an diesem Abend noch ein wenig festlicher ausgefallen war.
„Wir sollten runter zu Maxon gehen. Ich denke, es gibt noch einiges zu bereden“, sagte ich. Er stand auf. Durch meine hohen Schuhe waren wir jetzt fast gleich groß.
Er schnappte sich meine Hand und wir gingen aus dem Zimmer in eines der drei Wohnzimmer.

Dort saß Maxon bereits auf einem der Sofas. Neben ihm eine Frau. Es war ungefähr in Maxons Alter, vielleicht ein Jahr jünger. Ihre braunen Haare reichten ihr bis kurz unter die Schultern, ihre ebenfalls braunen Augen schauten mich neugierig an und sie wippte nervös mit dem rechten Fuß.

„Luna, das ist meine Freundin Rike. Sie ist, wie ich dir vorhin erzählt habe, ausgebildet zur Zofe, also wenn du willst, könntest du sie anstellen." Seine Stimme wirkte ebenso nervös wie das Wippen von Rikes Fuß.

„Klar. Die Verträge machen wir später fertig", erwiderte ich und Rike begann, zu strahlen.

„Danke, Frau Adams."

„*Luna*. Bitte nenn mich doch Luna."

Ich setzte mich auf das gegenüberliegende Sofa, Levin nahm neben mir Platz.

„Also, die Beerdigung deiner Eltern ist morgen Vormittag und am Mittag findet ein Essen mit den engsten Verwandten statt. Ich gehe also davon aus, du wirst auch daran teilnehmen. Am Abend wird der Präsident seine Pläne in der Semperoper im ehemaligen Dresden verkünden. Dein Vater hatte dieses Gebäude für Festlichkeiten stehen lassen, weil er die Aufführungen liebte. Ich habe schon ein wenig herumtelefoniert. Ihr beide werdet morgen dort erwartet", sagte er und deutete auf Levin und mich. „Du wirst kurz mit jedem Anwesenden reden und anschließend eine Rede halten, die auch im Fernsehen übertragen wird. Du wirst versuchen, deine Abwesenheit zu erklären und dann offiziell verkünden, dass du einen Wahlkampf führen willst. Mehr nicht. Klingt doch gut, oder nicht?", fragte er.

Ich nickte. Es war ungewöhnlich, wieder solche Gespräche zu führen und solche Events zu planen.
„Also ihr solltet vielleicht essen und euch dann ein wenig ausruhen. Es ist spät und der Tag morgen wird lang“, sagte Maxon. Rike saß die ganze Zeit still neben ihm und lächelte.
„Ist denn das Abendbrot fertig?“, fragte ich. Ich freute mich darauf, endlich wieder etwas anderes als Beeren und Nüsse zu essen.
„Alles schon im Esszimmer hergerichtet“, antwortete Maxon.
„Sehr gut. Rike, komm du mit mir hoch, damit wir den Papierkram erledigen können. Maxon, könntest du mir einen Gefallen tun und Levin alles Wichtige zeigen und ihn anschließend in den Speisesaal bringen?“
„Gerne“, antwortete er. Ich beugte mich zu Levin und gab ihm einen schnellen Kuss, bevor ich Rike in Vaters altes und somit mein neues Büro führte.
In der Mitte des Zimmers prangte ein großer, dunkler Eichenschreibtisch mit einem Computer darauf und unzähligen Papieren in den einzelnen Schubladen. Dahinter waren die große Fensterfront, die ich auch in meinem Zimmer hatte. Je ein Aktenschrank stand an beiden Seiten des Raumes. Vor dem Schreibtisch stand ein kleiner Holzstuhl und hinter ihm ein großer, schwarzer Schreibtischstuhl. Als ich früher einmal mit Noah auf dem Stuhl gespielt hatte, war ich herunter gefallen und hatte mir eine Platzwunde zugezogen.
„Setz dich“, sagte ich und deutete auf den kleinen Holzstuhl. Rike tat, was ich ihr sagte und noch immer umspielte dieses selige Lächeln ihren Mund. Ich setzte mich

auf die andere Seite des Schreibtisches und fuhr den Computer hoch.
„Du wirst von morgens bis abends arbeiten, bekommst dafür aber ein Zimmer hier und zu den Mahlzeiten Essen“, erklärte ich ihr das, was ich bei meinem Vater schon oft gehört hatte. Dann durchsuchte ich den Computer nach etwas wie einem Arbeitsvertrag und wurde tatsächlich fündig. Während das Dokument ausgedruckt wurde, lauschte ich dem Trommeln von Rikes Fingern auf dem Holz.
„Wo hast du Maxon kennengelernt?“, fragte ich neugierig.
„Er hatte meine Chefin kontaktiert, weil er eine neue Zofe für jemanden brauchte. Meine Chefin hat daraufhin mich empfohlen und so kam ich dann zu einem Vorstellungsgespräch“, erzählte sie. „Darf ich dich mal was fragen?“, fragte sie.
„Hast du doch gerade schon. Wenn du hier unterschrieben hast, darfst du mich alles fragen, was du willst“, scherzte ich und deutete auf die Linie, auf der nur noch Rikes Unterschrift fehlte. Sie schnappte sich einen Kugelschreiber und schrieb ihre Unterschrift, die ich nicht entziffern konnte. Zufrieden legte ich das Papier zur Seite, faltete die Hände und sah Rike neugierig an. „Also spuck’s aus“, sagte ich.
Sie haderte noch einen Moment mit sich, bevor sie fragte: „Wo warst du? Und wo hast du diesen Jungen kennengelernt?“
Mit so einer Frage hatte ich schon fast gerechnet. In Zukunft müsste ich sie wohl häufiger beantworten. Ich überlegte einen Moment, zu lügen, doch entschied mich dann dafür, von Anfang an ehrlich zu sein.

„Ich war im Wald. Ich bin geflüchtet."
„Aber warum? Und wieso bist du dann wieder hier?"
„Weil wir von den Ereignissen hier gehört haben. Da war klar, dass ich zurück musste."
„Bist du froh, wieder hier zu sein?"
„Das weiß ich selbst noch nicht so ganz."

Ich betrat den Speisesaal und genoss einen Moment den gewohnten Anblick. Die große Tafel, die mit Schüsseln und Tellern bedeckt war, die weißen Stühle, die drumherum standen und die großen Bogenfenster an den Wänden. Und Levin saß mittendrin. Neben ihm Maxon, der sich zu mir umdrehte. „Luna, Frau und Herr Almond lassen fragen, ob sie heute Abend noch vorbei kommen können?"
„Nein, ich möchte heute keinen Besuch empfangen. Ich bin mir sicher, sie werden morgen auch in der Oper sein. Da sollten sie genug Zeit finden, um mit mir zu reden", antwortete ich. Ich fühlte mich noch nicht dazu im Stande vor jedem zu rechtfertigen, dass ich weg war und dass ich jetzt nicht mehr Tom, sondern Levin an meiner Seite hatte. Ich wollte noch nicht hören, wie sie versuchten, mir Levin auszureden, weil er doch gar keine Erfahrung in der Politik hatte.
Auf Levins Teller lagen bereits ein paar Nudeln und ein Stück Hühnchen. In seinen Augen erkannte ich im Moment nur eins: Glück. Ich hatte Angst, dass dieses Gefühl nicht lange anhalten würde. Was, wenn er Recht hatte und ich mich jetzt veränderte? Was, wenn er die veränderte Luna nicht mehr mögen würde? Oder noch schlimmer, sie hassen würde? So, wie er es an meinen ersten Tagen im Wald getan hatte.

Ich griff unter dem Tisch nach seiner Hand und verschränkte unsere Finger ineinander. Er lächelte mich an und ich lächelte zurück.
Mit der anderen Hand tat ich mir auch ein paar Nudeln auf und begann, eine nach der anderen aufzuspießen, um sie mir anschließend in den Mund zu schieben. Ich spürte die Blicke von Levin und Maxon auf mir und versuchte, sie es zu ignorieren.
„Ich habe mich darum gekümmert, dass morgen das Küchenpersonal und die Wachen zurückkommen. Sie mussten gehen, als deine Eltern… als deine Eltern starben“, sagte Maxon. Ich nickte. Er schien davon auszugehen, dass ich bei dem Gedanken an den Tod meiner Eltern weinen würde, aber das konnte ich nicht. Hatte ich sie nicht geliebt? War ich jetzt ein schlechter Mensch? Ich wusste es nicht und die Fragen, die mir durch den Kopf schwirrten, änderten auch nichts daran.

Am Abend schlief ich lange nicht ein. Ich ging immer wieder im Kopf den morgigen Tag durch, legte mir jedes Wort, das ich sagen wollte, zurecht. Und dann fiel mir ein, dass ich noch gar nicht wusste, wer der neue Präsident sein sollte. Kannte ich die Person? Es war sehr wahrscheinlich, dass ich sie zumindest schon einmal gesehen hatte. Doch bevor ich dem Gedanken weiter nachhängen konnte, fielen meine Augen zu und das letzte, was ich spürte, bevor der Schlaf die Kontrolle über mich nahm, war Levins Arm um mich geschlungen.

EINUNDDREISSIG

Levin

Am nächsten Morgen wurden die beiden von einem Angestellten geweckt. Levin würde sich wahrscheinlich nie daran gewöhnen können, dass Leute ihn bedienten. Luna setzte sich sofort auf.

„Guten Morgen“, sagte sie mit einer kaum merkbaren Schläfrigkeit in ihrer Stimme. Er stöhnte und drehte sich noch einmal um. Luna drückte ihm einen Kuss auf seine freiliegende Wange und stand dann auf.

Als er sich umdrehte, sah er sie am Fenster stehen. „Heute ist gutes Wetter. Der Sommer rückt immer näher“, sagte sie, drehte sich dabei aber nicht um.

Als nächstes rauschte Rike in den Raum. Hinter ihr ein blondes, etwas breiteres Mädchen. Rike ging auf Luna zu, während das kleine Mädchen Levin ansah.

„Ich soll Sie für die Beerdigung fertig machen“, sagte sie mit einer quiekenden Stimme.

Levin gab sich geschlagen und stand auf.

„Ich kann mich aber auch selber fertig machen“, antwortete er. Schockiert sah ihn das kleine Mädchen an. Er schätzte sie auf sechzehn Jahre.

Hilfesuchend sah sie zu Luna und Rike. Luna verdrehte die Augen.

„Levin, sie tut dir schon nicht weh. Sie gibt dir deine Klamotten und macht dir die Haare. Bitte“, sagte Luna und sah Levin verzweifelt an.

„Na gut“, erwiderte er und folgte dem kleinen Mädchen in ein Badezimmer am anderen Ende des Flures. Ihr blonder Pferdeschwanz wippte beim Gehen auf und ab.

Sie hielt ihm die Badezimmertür auf und zeigte auf die Heizung, an der Kleidungsstücke hingen, die jedoch mit Schutzfolien bedeckt waren.
„Ziehen Sie das bitte an und dann rufen Sie mich“, sagte sie bestimmt, doch als er an ihr vorbeiging, neigte sie den Kopf leicht vor ihm.
Bin ich irgendein König? Habe ich etwa meine Krönung verschlafen?
Sie schloss die Tür hinter ihm und er begann, die Klamotten von der Folie zu befreien. Darunter kam ein teuer aussehender Anzug zum Vorschein. Er war komplett schwarz. Selbst das Hemd dazu.
Als er alles fertig angezogen hatte, stellte er zwei Dinge fest:

1. Er war so enge Klamotten keinesfalls gewöhnt.
2. Er konnte keine Krawatten binden.

Er öffnete die Badezimmertür und das blonde Mädchen trat ein. Sie sah die Krawatte in seinen Händen liegen und gluckste.
„Ich habe vergessen, dass Sie nicht von hier kommen“, kicherte sie und begann, ihm die Krawatte zu binden und umzulegen. Er überging den Kommentar.
„Muss ich so etwas jetzt immer tragen?“, fragte er sie.
„Oft. Jedenfalls, wenn sie Ihre Freundin zu den Veranstaltungen begleiten möchten. Dort kreuzt man nicht mit so etwas wie einer Jeans und einem T-Shirt auf. Ich weiß, Sie kennen so etwas nicht, aber man gewöhnt sich sicher schnell daran“, beantwortete sie seine Frage. Dabei klang sie abwertend. Er schluckte seine Wut darüber hinunter und konzentrierte sich stattdessenauf sein Spiegelbild. Er sah ihr dabei zu, wie sie in seinen Haaren

herumfummelte, bevor sie zufrieden einmal in die Hände klatschte.
Er begutachtete sein Spiegelbild nocheinmal, unsicher, ob er sein neues Aussehen mochte.
„Sie und Frau Adams werden in einer Stunde abgeholt. Essen gibt es dort nach der Zeremonie, es wurde heute also nichts vorbereitet. Sie können jetzt tun, was sie wollen, außer zu Frau Adams gehen. Rike muss ungestört arbeiten können.“ Während sie vorhin noch geklungen hatte, als wäre sie ihm unterlegen, klang es jetzt so, als wäre das Gegenteil der Fall. Er nickte nur, um nichts Falsches zu sagen und verließ das Zimmer.
Maxon hatte ihm gestern das ganze Haus in rasendem Tempo gezeigt. Aber dabei hatte er keine Zeit gehabt alles auf sich wirken zu lassen. Obwohl Levin sich sicher war, dass er etwas so prunkvolles wie dieses Haus noch nie in seinem Leben gesehen hatte. Kaum vorstellbar, dass er jetzt hier leben sollte.
Einerseits reizte ihn der Luxus. Wem würde es anders gehen? Andererseits vermisste er den Wald, Annemarie, sogar Nelly und ganz besonders Ally. Doch er verdrängte das Gefühl, das er verspürte, wenn er an sie dachte. Heute war es nur wichtig, Luna so gut wie möglich zu unterstützen.

Levin hörte, wie jemand die Treppe herunter kam. Und nach den ersten paar Schritten hörte er an der Gangart, auch wer es war. Sein Herz machte einen kleinen Sprung und er hielt sich einen Moment am Geländer fest. Dort stand er, stand am Fuß der Treppe und als er aufsah, musste er sich daran erinnern, seinen Mund, der vor Erstaunen weit aufstand, wieder zu schließen.

In diesem Moment wurde ihm ein weiteres Mal bewusst, dass er den schönsten Menschen, den er je kennen gelernen hatte, seine Freundin nennen durfte.
Luna trug ein vollkommen schwarzes Kleid, welches bis zum Boden ging. Wäre es weiß, hätte es glatt ein Hochzeitskleid sein können. Unter ihrer Brust saß ein schwarzes Band, zu einer großen Schleife gebunden. Dann begannen unendliche Schichten von Tüll zu Boden zu fallen. Der Rock des Kleides war so groß, dass Levin nicht wusste, ob sich darunter so ein Gestell befand, wie es die Frauen früher immer getragen hatten.
Er brauchte einen Moment, bis er seinen Blick von dem Kleid lösen konnte. Ihre Haare waren hochgesteckt und einzelne Strähnen fielen in Wellen auf ihre Schultern. Sie trug einen hellen Lidschatten, der kaum auffiel, und lange Wimpern umrahmten ihre Augen. Ihre Lippen waren von Lippenstift dunkelrot gefärbt. Er verspürte sofort den Wunsch, sie zu küssen und damit nicht mehr aufzuhören. Ungehindert der Tatsache, dass Maxon hinter ihm stand. Dieser sagte jetzt: „Du siehst wunderschön aus, Luna."
Levin wurde wachgerüttelt. Er hatte noch nichts gesagt und er bemerkte den unsicheren Ausdruck in Lunas Augen.
„Mehr als wunderschön, Mondkind. Meine Prinzessin", brachte er schließlich raus. Luna strahlte und begann, etwas schneller die Treppen nach unten zu kommen.
Als sich ihre Arme um seinen Hals legten und sie Anstalten machte, ihn zu küssen, sagte er: „Ich will aber nicht Rikes Arbeit kaputt machen!"
„Kussfest", schmunzelte sie und er senkte seine Lippen auf ihre. Kurz vergaß er tatsächlich,

dass Maxon direkt hinter ihnen stand. Der Moment endete, als Luna sich wieder von ihm löste.

„Ist das Auto da?“, fragte sie Maxon. Enttäuscht warf Levin noch ein letzten Blick auf ihre Lippen, bevor er sich wieder zur Konzentration ermahnte.

„Ja. Pünktlich, wie du es gewohnt bist“, antwortete er und begann den Weg zur Haustür zu gehen.

Luna drehte sich zu Levin um, schnappte sich seinen Arm und hakte sich unter. Dann zog sie ihn auch in Richtung Haustür hinter Maxon her.

„Ich hab ein wenig Angst“, gab Levin zu. „Was werden die alle von mir halten?“ Zu zweit saß er mit Luna auf der Rückbank, während Maxon den Beifahrersitz eingenommen hatte.

Luna sah ihn ernst an und sagte dann ehrlich: „Sie werden dich nicht mögen. Aber das werden sie beschließen, bevor sie überhaupt die Chance haben, dich kennenzulernen. Es liegt nicht an dir, sondern an der Tatsache, dass sie sich wichtiger fühlen, als du es in ihren Augen bist. Sie werden mir sagen, wie schlecht du für mich bist. Und ich werde dann meine Ohren zuhalten, ein schönes Lied summen und sie in Gedanken verfluchen. Ich wünsche mir gar nicht erst, dass es anders ist. Mein einziger und größter Wunsch ist es nämlich, dein größter Wunsch zu sein. Alle anderen sind mir egal.“

Levin sah sie überrascht an. Er hätte mit allem gerechnet, aber nicht mit einer solchen Rede. Luna war eindeutig das Beste, was ihm hätte passieren können.

„Was soll ich deiner Meinung nach tun?“, fragte er.

„Sei glücklich. Damit provozierst du sie am meisten.“

„Luna?“, fragte Maxon. Sie löste ihren Blick von Levin und sah Maxon an. „Was ist eigentlich mit Noah? Hast du ihn wiedergesehen?“
„Ja. Er ist tot, Maxon.“
„Das hat man sich fast gedacht. Ich hörte Gerüchte von einem Wachposten, er hätte einen Jungen angeschossen, der Noah wirklich ähnlich gesehen hätte. Ab da ging jeder davon aus, er sei tot.“
„Das war er. Er starb an den Verletzungen, die er sich bei diesem Schuss zugezogen hatte.“
Maxon sagte nichts weiter. Es gab nichts weiter zu einer Person zu sagen, die ihren Bruder verloren hatte. Man könnte die Person mit keinem Wort trösten.
Luna sah aus dem Fenster. Man sah nichts als graue Häuser. Sie hatte Levin erklärt, es gäbe einen eigenen Friedhof für Politiker. Ungefähr eine halbe Stunde entfernt von ihrem Haus. Levin sah auf die Uhr auf dem kleinen Display vorne im Auto. 11:32 Uhr. Sie müssten also noch sieben Minuten fahren.
Die Kulisse hinter dem Autofenster veränderte sich wieder. Sie fuhren über ein Stück Land, auf dem keine grauen Häuser standen. Stattdessen nur Ruinen von früheren Einfamilienhäusern. Mehrere Menschen beseitigten entweder Müll, schliefen oder sahen aus, als würden sie nie wieder etwas tun. Levin wandte seinen Blick schnell ab.
„Das muss aufhören“, sagte Luna neben ihm.
„Was muss aufhören?“, fragte Maxon und erinnerte Levin daran, dass er gar nicht allein mit Luna im Auto saß.
„Unter welchen schrecklichen Umständen diese Menschen leben oder sogar sterben müssen“, antwortete sie. Levin

hörte deutlich den Schmerz, der sie beim Gedanken an diese Menschen überkam.
„Das wirst du wohl nicht ändern können", sagte Maxon. Wütend schaute Luna auf. „Du glaubst gar nicht, was ich alles kann!" Den Rest der Fahrt schwiegen alle drei.

„Versuch, dich einfach an mich zu halten. Dann werden sie dich schon nicht anquatschen. Und wenn doch, kann ich ihnen antworten", sagte Luna. Levin nickte. Einen Moment fragte er sich, ob sie eigentlich trauerte. Er hatte sie nur an dem Abend weinen sehen, an dem Nelly zurück gekommen war. Er war sich jedoch noch nicht mal sicher, ob sie wegen Lucas oder wegen ihren Eltern geweint hatte.
Sie stiegen aus dem Auto und der Fahrer fuhr es davon. Auf dem Platz vor der kleinen Kapelle hatten sich schon eine Menge schwarz gekleideter Menschen versammelt. Sie sahen allesamt super reich aus und trugen alle hübsche Anzüge oder Kleider. Doch keiner konnte Luna das Wasser reichen.
Als die Menschen Luna sahen, schwiegen sie und schauten sie neugierig an. Fast keiner wusste, dass sie zurück war. Doch die wenigsten trauten sich, zu ihr gehen.
„Lass uns in die Kapelle gehen. Dort hast du nochmal kurz deine Ruhe, bevor alle anderen nachkommen", schlug Maxon vor und führte die beiden durch die Menschenmenge hindurch zu der Flügeltür. Davor stand ein Sicherheitsmann. Er zog die eine Augenbraue hoch, bevor er Luna erkannte. Auch sein Blick zeigte einen Moment seine Überraschung. Schnell fing er sich wieder. „Frau Adams. Eine Ehre, Sie zu sehen. Mein herzlichstes Beileid. Gehören die beiden zu Ihnen?", fragte er.

„Ja, das tun sie", antwortete Luna und überging seine Beileidsbekundung.
Der Mann nickte und öffnete die Tür. Levin und Luna traten hinter Maxon in die Kapelle. Mehrere Bankreihen waren am Rand mit Blumen geschmückt. Vorne stand ein Rednerpult und davor zwei Särge. Einer weiß, der andere schwarz.
Levin nahm Lunas Hand und zusammen gingen sie näher heran. Levin erkannte über dem weißen Sarg ein Foto einer hübschen Frau. Sie sah Luna sehr ähnlich. Er bemerkte, wie verletzlich sie auf diesem Foto doch wirkte. Luna strich mit einer Hand über den Sarg. Und dann sah Levin die erste Träne auf das weiße Holz tropfen. Er drückte Lunas Hand fester.
„Ich weiß nicht, ob sie von den Zuständen wusste. Mit den politischen Dingen hatte sie nie viel zu tun gehabt. Sie hat sich immer um Noah und mich gekümmert. Vielleicht hat Vater ihr genau wie Noah und mir etwas vorgespielt. Auch wenn ich nicht begreife, wie er auf so eine dumme Idee hatte kommen können. Hätten wir seinen Posten eingenommen, hätten wir sowieso alles erfahren", sagte sie, so dass es nur Levin hören konnte. Bevor sie fortfuhr, verlor sie eine weitere Träne.
„Er hat sie geschlagen. Er war so grausam zu ihr und ich habe nichts getan."
„Du hättest auch nichts tun können", antwortete Levin. Ein Blick zu seiner rechten Seite verriet ihm, dass Maxon die beiden nicht hörte. Er stand vor dem Sarg von Lunas Vater und Levin bildete sich sogar ein, Tränen über seine Wange laufen zu sehen. Klar, Maxon war schließlich mehrere Jahre bei Lunas Vater angestellt und

einer seiner engsten Vertrauten gewesen, wenn das stimmte, was Luna ihm so erzählt hatte.
Er wandte sich wieder zu Luna. Schweigend stand sie da und starrte auf den Sarg runter. Das Gesicht ihrer Mutter auf dem Foto lächelte ihn an. Er lächelte zurück. Er glaubte, dass sie ähnlich gewesen war wie Luna. Er hätte sie nur zu gerne kennengelernt.
Anders fühlte er sich, als die beiden vor dem Sarg von Lunas Vater standen. Der Mann auf dem Foto triefte nur so von Arroganz, Machtsucht, Überlegenheit und Egoismus. Levin fand keine Ähnlichkeit mit Luna. Außer vielleicht die Nase. Und auch Luna schien sich anders zu fühlen, als vor dem Sarg ihrer Mutter. Ihr Körper war steif und sie starrte wütend auf das Foto. Doch als Levin genau hinsah, erkannte er auch eine Spur von Trauer. Auch wenn dieser Mann schrecklich gewesen war und es wohl für alle besser war, wenn er nicht mehr unter den Lebenden weilte, konnte er Luna mehr als verstehen. Er war ihr *Vater* gewesen.
„Ich habe meine Familie verloren“, sagte sie.
„Ich weiß“, antwortete er.
„Es fühlt sich schrecklich an.“
„Ich weiß.“
„Wie konntest du die Trauer um deine Eltern verdrängen? Wie hast du dafür gesorgt, dass sie nicht mehr dein Leben bestimmt?“
„Ich weiß es nicht“, gab er zu. Sie seufzte.
Levin wendete seinen Kopf nach hinten, als er Stimmen hörte. Immer mehr Menschen drängten sich in die Kapelle und suchten sich entweder einen Platz oder kamen nach vorne. Einige blieben vor den Fotos stehen und betrachteten sie.

Wieder andere beobachten jede Bewegung von Luna. Dann traute sich die Erste, Luna anzusprechen.
„Luna, bist du es wirklich? Wie schön zu sehen, dass es dir gut geht. Den Umständen entsprechend natürlich", sagte die hochgewachsene Frau. Sie lächelte, doch Levin fand keine aufrichtige Freundlichkeit in ihren Augen.
„Frau Fasanerie! Ich bin ebenso erfreut", sagte sie. „Das ist Frau Fasanerie. Die Mutter... meines Ex-Verlobten", erklärte sie Levin und versuchte, die etwas peinliche Situation mit einem Lächeln zu überspielen.
„Und das ist Levin... mein Freund", erklärte sie und schaute wieder zu der Frau. Diese nickte Levin zu.
„Nun ja, es tut mir wirklich leid, was mit deinen Eltern passiert ist. Ich will dann nicht länger stören", sagte sie und entfernte sich wieder von den beiden. Levin sah, wie sie sich bei einem Mann unterhakte und sah ihr solange nach, bis sie sich in einer mittleren Bankreihe niedergelassen hatte.
Ab diesem Zeitpunkt kamen immer mehr Leute auf die beiden zu und teilten Luna ihre Freude mit, sie zu sehen und beteuerten ihr dann, wie leid ihn das alles täte. Irgendwann gab Luna es auf, Levin jedem vorzustellen. Worüber er nur froh war. So konnte er beruhigt die Gedanken schweifen lassen.

„Ich denke, wir sollten uns hinsetzen", sagte Luna irgendwann und riss Levin damit wieder aus seiner eigenen Welt. Er schaute sich um und sah, dass sich die meisten bereits einen Platz gesucht hatten. Dann fiel sein Blick auf Maxon, der in der ersten Reihe saß und die beiden zu sich winkte. Levin deutete auf ihn, Luna nickte und sie setzen sich neben ihn.

Nach wenigen Minuten begann die Trauerrednerin dann, zu reden.
Sie erzählte davon, wie schwierig es war, einen geliebten Menschen zu verlieren, dass diese Menschen die Trauernden jedoch nie ganz verlassen würden. Ihre Körper seien zwar nicht mehr da, aber dafür hatten sie einen umso größeren Platz in allen Herzen. Alles weitere, was sie von sich gab, ging in die gleiche Richtung. Dann rief sie dazu auf, dass jeder, der wollte, noch etwas sagen könnte. Maxon redete von der guten Zusammenarbeit mit Lunas Vater, so wie es viele weitere nach ihm machten. Andere schwärmten über das große Herz von Lunas Mutter und noch ein anderer sagte, dass wenigstens ein kluges Kind der beiden erhalten blieb. Daraufhin blickten alle wieder zu Luna und Levin drückte ihre Hand. Luna jedoch schien unbeeindruckt von der Aufmerksamkeit, die sie von jedem in diesem Raum bekam.
„Möchte noch jemand etwas sagen?“, fragte die Trauerrednerin. Ihr Blick lag auf Luna. Einen Moment machte diese keine Anstalten, aufzustehen, entschied sich dann aber doch dazu. Sie ließ Levins Hand los und lief die drei Stufen zum Rednerpult hoch. Die Trauerrednerin machte ihr Platz.
„Ich kann mich nur denen anschließen, die meine Mutter als tolle Frau mit gutem Herzen bezeichnen. Sie war mir immer eine gute Mutter. Einer von euch sagte, euch bliebe wenigstens ein kluges Kind der beiden. Ich fühle mich geschmeichelt. Einen vergesst ihr dabei jedoch: Ich hatte einen Bruder, der mindestens ein genauso großes Herz hatte wie Mutter. Es fühlt sich falsch an, ihn nicht wenigstens einmal zu erwähnen. Leider ist auch er tot. Aber ich freue mich für ihn, dass er Mutter wiedersieht.

Und an alle, die gesagt haben, sie hofften, ich würde in die Fußstapfen meines Vaters treten: Ich muss euch leider enttäuschen. Niemals werde ich versuchen, auf die Weise meines Vaters zu regieren. Ich werde es besser machen. Anders als er werde ich mit einem Herzen in der Brust regieren. Ich hoffe, meine Mutter und mein Bruder finden, egal wo sie jetzt sind, ihren Frieden." Sie holte einmal tief Luft, bevor sie die letzten Sätze ihrer Rede sagte: „Vater? Ich weiß nicht, ob du mich hören kannst. Wenn ja, dann will ich dir nur noch eine Sache sagen: Fahr zu Hölle!"

ZWEIUNDDREISSIG

Luna

Nachdem ich meine Rede beendet hatte, ging Gemurmel durch die Reihen. Einige schienen amüsiert, die anderen zutiefst geschockt, wie ich so von meinem ach so tollen Vater reden konnte.
Die Trauerrednerin schien damit völlig überfordert und beendete die Feier. Ich überredete Levin und Maxon, nach Hause zu fahren. Ich wollte nicht dabei sein, wenn die Särge in ein Erdloch runtergelassen wurden und auf das Essen hatte ich auch keine Lust. Maxon schien anfangs wenig begeistert, doch letztendlich überredete ich ihn mit dem Argument, ich müsse mich noch auf meine Rede heute Abend vorbereiten.

Ich saß Levin gegenüber. Wir hatten beide Teller vollbeladen mit Nudeln vor uns. Die Köche waren völlig überrascht gewesen, als wir kamen und hatten nichts weiter vorbereitet. Heute Morgen, kurz nachdem wir los gefahren waren, waren die Männer der Wache angekommen. Sie standen nun vor dem Haus und verteilt vor den wichtigsten Räumen. Ich blickte auf. Levin schaute mich neugierig an. Er hatte mir keinen einzigen Vorwurf darüber gemacht, wie respektlos ich heute gegenüber meinem Vater gewesen war – einem Toten. Anders als Maxon. Die Fahrt über wiederholte er immer und immer wieder, dass ich so die Chance auf Unterstützung der anderen schmälerte. Aber wozu brauchte ich deren Unterstützung? Die Bürger waren es, die wählten. Sie musste ich von mir überzeugen und niemand anderen.

„Es tut mir leid", sagte ich mit vollem Mund. Mein Vater hätte mich dafür aus dem Raum geschmissen, doch Levin schien es noch nicht mal zu registrieren.
„Was tut dir leid?", fragte er und spießte die nächste Portion Nudeln auf seine Gabel.
„Dass du wegen mir hier bist. Ich weiß, du wärst viel lieber im Wald! Das ist nicht das perfekte Leben, wie du es dir vorgestellt hast."
Er hörte einen Moment auf, zu kauen und sah mich an. Er schien schockiert über das, was ich gerade gesagt hatte und schluckte schnell herunter.
„Ich bin aus freien Stücken mit dir hierher gekommen, weil ich dich liebe. Ich möchte kein perfektes Leben, sondern ein glückliches. Mit dir!" Ich sah ihm in die Augen. In diesen Augen sah ich alles, was ich brauchte.
Er senkte seinen Blick wieder auf die Nudeln und legte die Gabel nieder.
„Ich habe ein schlechtes Gewissen. Wir können uns hier den Magen vollschlagen und Nelly, Annabell, Annemarie und Ally stehen knapp an der Grenze zum Hungertod. Besonders jetzt, wo Lucas weg ist; wo du und ich weg sind", sagte er.
„Sobald ein wenig Ruhe eingekehrt ist, werde ich jemanden schicken, der ihnen Essen bringt, damit sie sich wenigstens den nächsten Monat keine Sorgen über Essen machen müssen", versprach ich.

Das Kleid, mit dem Rike ins Badezimmer kam, war wunderschön. Es war dunkelviolett. Bis zur Taille war es mit weißer Spitze bedeckt und dann ging es in einen weiten Rock, über wie das Kleid von heute Morgen.

„Und, wie gefällt es dir?“, fragte Rike.
„Es ist wunderschön“, antwortete ich wahrheitsgemäß. Sie half mir dabei, es anzuziehen, bevor sie ein letztes Mal die Frisur korrigierte.
„Ich denke, so kannst du rausgehen“, sagte sie dann stolz und stemmte die Hände in ihre Hüften. Ich drehte mich zu dem großen Spiegel um. Meine Haare fielen in Wellen auf meine Schultern, meine braunen Augen waren umrandet von einem zarten Rosa und meine Lippen lila wie das Kleid. Ich drehte mich, was sich mit den hohen Schuhen als nicht ganz so leicht erwies. Ich hatte während der Zeit im Wald etwas verlernt, in solchen Schuhen zu laufen.
„Bereit?“, fragte Rike. Sie stand jetzt an der Tür, eine Hand an der Klinke. Sie trug die übliche Zofenkleidung. Ihre braunen Haare hatte sie streng zurückgebunden.
„Ich weiß nicht so recht. Drück mir die Daumen für heute Abend.“ Ich versuchte es mit einem Lächeln. Doch allmählich spürte ich, wie sich die Nervosität in meinem Körper ausbreitete.
„Du schaffst das schon. Ich drück dir die Daumen wund“, lachte sie und nahm mich in den Arm. Sie erinnerte mich an Emma. Die beiden ähnelten sich sehr. Ich erwiderte ihre Umarmung, bevor sie sich zurückzog, wobei sie darauf achtete, nicht aus Versehen auf den Stoff meines Kleides zu treten.
Ich lief durch mein Zimmer auf den Flur. Levin kam gerade aus dem Badezimmer am anderen Ende des Flures. Er trug noch immer einen Anzug. Diesmal aber mit weißem Hemd und schwarzer Fliege. Er sah noch besser aus als heute Morgen.
Seine Augen weiteten sich, als er mich sah und ein Lächeln breitete sich auf seinem Gesicht aus. Er lief schneller. Als

er vor mir stand, hielt er einen Moment inne, bevor er sich vorbeugte und seine Lippen meine trafen. Beinahe wäre ich völlig unvorbereitet nach hinten gekippt, doch er fing mich auf und löste sich wieder von mir.
„Ich liebe dich“, flüsterte er.
„Jetzt aber los, Kinder! Ihr dürft heute nicht zu spät kommen“, sagte Rike und scheuchte uns zur Treppe. Doch sie lächelte dabei.
Ein Kribbeln ging durch meinen Bauch. Er hatte zum ersten Mal einfach nur diese drei Worte gesagt.
Mit genau solch einem Kribbeln begann Liebe und nicht mit irgendeinem Datum.

Vor der Oper standen Menschen mit großen Kameras. Sie waren immer nur bei ganz besonderen Ereignissen dabei. Sie drehten dann etwas fürs Fernsehen, damit jeder Bürger, informiert war. Ich wollte gar nicht wissen, wie viele Menschen heute vor ihren Geräten saßen und live mitbekommen würden, wenn ich etwas falsch machte. Als ich hinter Maxon aus dem Auto stieg, fingen die Menschen hinter den Kameras an, zu schreien.
„Frau Adams, hier! Kommen sie doch einmal für ein Interview zu mir!“ Das war der Inhalt jeden Rufes. Oder sie schrien ihre Fragen direkt: „Wer ist der Herr neben Ihnen?“ Ich sah neben mich. Dort stand Levin und beobachtete alles wachsam.
„Seid freundlich und lächelt in die Kameras, aber lasst euch auf kein Interview ein. Dafür ist später noch Zeit“, flüsterte Maxon uns zu. Wir nickten. Dann liefen wir auf den Eingang zu, Maxon hielt sich hinter uns. Als wir den

Kameras immer näher kamen, setzte ich mein schönstes Lächeln auf und nickte den Kameramännern zu.
Sie schrien, wollten, dass ihnen jemand endlich auf ihre Fragen antwortete. Doch Levin und ich befolgten Maxons Rat und gingen durch die große Tür ins Innere des Gebäudes.
Als sich die Tür wieder hinter uns schloss, war es viel ruhiger. Wir gingen in den Vorraum, in dem sich eine Theke befand. Darüber stand in goldener Schrift „Garderobe“. Doch wir hatten keine Jacken zum Abgeben und stellten uns in eine freie Ecke.
Ich erkannte viele Leute. Entweder noch von heute Morgen oder von den vielen Festen, die Vater veranstaltet hatte oder auf die er mich mitgeschleppt hatte.
Ich nickte ihnen zu. Einige kamen auch auf mich zu, schüttelten meine Hand und fragten, wo ich denn geblieben war. Die Blicke, die sie Levin zuwarfen, versuchte ich zu ignorieren.
Der rote Teppich schien erst vor kurzem erneuert worden zu sein und die weißen Wände schimmerten wie poliert. Noch immer wusste ich nicht, wer der neue Präsident sein sollte. War er schon da? Hatte ich ihn heute schon begrüßt?
Ich drehte mich um und wollte Maxon danach fragen, doch er war gerade in ein Gespräch mit einem etwas zu klein geratenen Mann vertieft. Enttäuscht wendete ich mich wieder ab. Ich verfolgte Levins Blick. Er schaute wütend zum Eingang.
Ich traute meinen Augen nicht. Tom kam gerade zur Tür herein und alle drehten sich zu ihm um. Was wollte er denn hier? Wollte er sich wieder über mich lustig machen. Ich hoffte, er würde mir den Abend nicht versauen. Ich

musste mich wirklich konzentrieren. Sein Blick wanderte durch die Menge, bis er an mir hängen blieb. Ein ekliges Lächeln breitete sich in seinem Gesicht aus.
„Wer ist das?“, fragte Levin, als er den Blickkontakt registrierte.
„Mein Ex-Verlobter“, gab ich zu. Levin sog scharf die Luft ein, als Tom auf uns zukam. Toms Lächeln wollte nicht verschwinden.
„Na, wen haben wir denn da? Die Untergetauchte! Leider nicht zu unserer Hochzeit erschienen!“, säuselte er. Alle Blicke waren jetzt auf uns gerichtet. Die Spannung war deutlich zu spüren.
„Ich dachte, es wäre klar, dass diese ins Wasser fällt, nachdem ich dich mit dieser Schlampe im Bett entdeckt habe!“, antwortete ich.
„Diese *Schlampe*, wie du sie nennst, ist jetzt meine Frau. Ich wäre also vorsichtig, was ich sage. Wo ist denn die *liebe* Luna hin?“
„Ich bin nur solange lieb, bis man mich verarscht“, zischte ich. Er hob beschwichtigend die Arme, doch dieses gehässige Lächeln wollte nicht aus seinem Gesicht verschwinden.
„Vielleicht solltest du höflicher sein...zu deinem Präsidenten“, sagte er. Beinahe hätte ich laut aufgeschrien. Es war mir jeder recht, aber wie hatte gerade *er* es geschafft an die Spitze zu kommen? Ich schluckte runter, was mir auf der Zunge lag und antwortete: „Leider wirst du es nicht mehr lange sein.“
Maxon hatte sich jetzt auch zu uns umgedreht. Er schritt zwischen Tom und mich.

„Luna, wir sollten schon mal weitergehen. Ich glaube, wir benötigen alle mal einen Drink“, sagte er beschwichtigend. Ich wendete meinen Blick nicht von Tom.
„Er hat Recht, wir sollten gehen!“, flüsterte Levin mir ins Ohr. Ich nickte und ließ mich von den beiden davonführen. Wir gingen eine kleine Treppe, mit rotem Teppich ausgelegt, hoch und zwei Meter weiter wieder runter. Und schon standen wir vor der Bar. Auch hier hatten sich schon einige Menschen versammelt und bildeten kleine Grüppchen.
„Einen Tequila, bitte“, bestellte Maxon bei dem Barkeeper.
„Und für euch?“, fragte der Mann hinter der Bar Levin und mich.
„Das gleiche“, antwortete Levin. Ich wusste, dass er keine Ahnung hatte, was das war. Er kannte aber wahrscheinlich garkeinen Namen von irgendeinem Getränk außer Wasser.
„Für mich ein Sprudelwasser, bitte“, sagte ich. Ich musste bei klaren Gedanken bleiben.
Der Mann reichte uns unsere Getränke und wandte sich der nächsten Gruppe zu. Gierig schluckte ich das kühle Nass hinunter.
„Wieso hast du mir nicht erzählt, dass Tom der neue Präsident ist?“, fragte ich Maxon vorwurfsvoll.
„Tut mir leid, das muss untergegangen sein.“
Wie konnte ich das nicht mitbekommen haben?
„Wieso er?“, fragte ich.
„Nachdem dein Vater jemanden in den Wald geschickt hatte, um nach dir zu suchen und die Rückmeldung bekam, du würdest nicht wiederkommen, war er verzweifelt. Er wusste nicht, wer seinen Posten dann einnehmen sollte.

Er verkündete, wenn er sterbe, solle Tom Präsident werden", erklärte Maxon. Ich war also offensichtlich selbst schuld. Und wo wir gerade vom Teufel sprachen, kam Tom wieder auf mich zu. Ich rief mir in Gedanken zu, ruhig zu bleiben.

„In zwanzig Minuten geht es los. Aufgeregt?", fragte er.

„Kein bisschen", log ich.

„Welchen Idioten hast du hier eigentlich angeschleppt?", fragte er und deutete auf Levin, der ihn böse musterte.

„Das ist mein Freund. Ein besserer Freund als du es jemals warst", gab ich schnippisch zurück.

„Da denkt meine Frau bestimmt anders." Ich hasste dieses Lächeln.

„Das ist schön für deine Frau", antwortete ich. Die wird es sicherlich auch irgendwann bereuen, so einen Idioten geheiratet zu haben. Spätestens, wenn sie dich mit einer anderen im Bett erwischt. Denn glaub mir, darauf stehen Frauen überhaupt nicht!"

„Schönes Gebäude hat dein Vater sich für die Versammlungen ausgesucht. Was anderes hat er aber auch nicht auf die Reihe bekommen. Zum Beispiel die Erziehung seiner Kinder", überging er meinen letzten Kommentar.

„Was willst du damit sagen?"

„Dass seine Erziehung anscheinend nicht gefruchtet hat. Sonst wären ja nicht seine beiden Kinder in den Wald geflüchtet, um sich dem größten Abschaum, den die Welt je gesehen hat, anzuschließen", sagte er, als würde er gerade über ein alltägliches Thema wie Essen reden.

Levin versteifte sich noch mehr und es fiel mir schwer, meinen Arm unter Kontrolle zu halten und nicht zu einer Backpfeife auszuholen.

„Ich denke, wir sollten jetzt auf unsere Plätze gehen“, sagte ich stattdessen und stellte mein leeres Glas auf der Theke ab, bevor ich mich durch die Leute schlängelte und hörte, wie Levin und Maxon mir folgten.
Wir gingen die Treppen hinauf und kamen in eine noch prunkvollere Halle. Doch ich hatte nicht den Nerv, stehen zu bleiben, um mir alles anzusehen.
Ich hörte nur, wie Maxon hinter mir zu Levin sagte: „Die Säulen da sehen zwar aus wie Marmor, aber das ist schon alles. Nirgends in dieser Oper findest du echten Marmor. Und wusstest du, dass dieses Gebäude einmal abgebrannt ist, ein weiteres Mal zerbombt wurde und dann durch ein Hochwasser komplett beschädigt wurde? Und jedes Mal musste man alles wieder neu aufbauen.“ Ich hörte keine Antwort von Levin. Wahrscheinlich hatte er einfach nur genickt.
Maxon führte uns durch eine Tür. Wir standen auf einem kleinen Balkon. Unter uns und neben uns Sitze. Aber wir waren durch den Balkon abgetrennt von den anderen. Trotzdem konnte uns jeder sehen.
Ich setzte mich auf den Stuhl in der Mitte. Levin und Maxon rechts und links von mir. Auf der Bühne stand nur ein Rednerpult.
„Tom wird als Erster alles eröffnen. Dann wird er ein wenig über seine Pläne für die Zukunft reden. Anschließend wird er dich ankündigen. Du stellst dich dann an den Rand des Balkons, so dass alle dich sehen können. Du erklärst deine Abwesenheit und dass du nun mit Tom in einen Wahlkampf treten willst. Vielleicht werden dir noch Fragen gestellt. Dann wird Tom die Versammlung schließen“, erklärte mir Maxon. Ich nickte und nahm mir dann die Zeit, mich in Ruhe im Saal umzusehen. Unten

standen viele Stühle vor der Bühne. Die meisten von ihnen auch schon belegt. Vier weitere Reihen an den Wänden. Überall Lichter, die die weißen Wände glänzen ließen. Ein roter Umhang umrandete den Balkon, auf dem wir saßen, genauso wie die Bühne, über der eine komische Uhr hing. Sie zeigte nur zwei Ziffern. Eine Acht, in römischen Zahlen und eine Zwanzig in europäischen Zahlen. Egal, wie lange man darauf schaute, sie änderte sich nicht. Vielleicht war es auch keine Uhr, sondern nur Dekoration?
Ich tippte Maxon an und fragte ihn danach.
„Das ist eine Fünf-Minuten-Uhr. Alle fünf Minuten springt die Zeit um. So weiß man immer ungefähr, wie spät es ist, aber ist nicht verleitet, jede Minute darauf zu schauen. Es ändert sich schließlich fünf Minuten lang nichts. Im Theater sollte man nämlich früher die Zeit ausblenden", erklärte Maxon. Ich ließ mich, zufrieden mit der Antwort, in meinen Sessel sinken und schnappte mir Levins Hand. Er lächelte, als ich seine Finger mit meinen verschränkte.
Wir warteten schweigend. Ich versuchte, mir im Kopf eine Rede für später zurechtzulegen, doch mit keiner der entstehenden Versionen war ich zufrieden. Millionen Menschen würden mich im Fernsehen sehen und ich wusste nicht, was ich ihnen sagen sollte. Ich musste ehrlich sein und ihnen erzählen, wo ich gewesen war. Ich würde ihnen die Geschichte erzählen. Vielleicht mit kleinen Abwandlungen. Weiter wusste ich auch nicht. Ich hoffte einfach, dass mir spontan etwas Brillantes einfallen würde.

„Es freut mich, Sie alle heute Abend hier begrüßen zu dürfen. Ich begrüße auch die Zuschauer vor den

Fernsehern. Am Wochenende haben meine Frau und ich geheiratet. Gemeinsam werden wir Deutschland und danach ganz Europa wieder stark machen.
Es ist mir eine Ehre, Ihnen heute unsere Pläne vorstellen zu dürfen", sagte Tom auf der Bühne und Luna hielt gespannt die Luft an.
„Unser großes Ziel ist es, Amerika einzunehmen und jeden, der dort lebt, umzubringen oder gefangenzunehmen. Sie verdienen nichts anderes, denn sie ließen uns im Stich, als wir sie am meisten brauchten!" Ein zustimmendes Brummen ging durch die Menge. Das konnte doch nicht sein Ernst sein, oder? Er konnte doch nicht unzählige unschuldige Menschen umbringen wollen.
„Um dieses Ziel zu erreichen, brauchen wir eine Gruppe von starken Männern. Wir bringen alle Menschen über 55 Jahren um. Sie sind für uns ab diesem Alter sowieso nutzlos. Alle anderen werden dazu verpflichtet, zu lernen, wie man mit Waffen umgeht. In zwei Jahren greifen wir an. Ausgenommen sind natürlich alle in der Regierung. Männer, die dazu nicht im Stande sind, durch eine Krankheit oder eine Behinderung, werden umgebracht. Ebenso wie die, die sich weigern, für uns zu kämpfen. So schaffen wir Platz für die, die es verdient haben zu leben." Ich glaubte meinen Ohren nicht. Mir war ja jetzt schon seit einigen Monaten klar, dass Tom nicht wirklich Gehirn besitzen konnte, aber das ging zu weit. Selbst für ihn.
„Frauen dürfen bis zu ihrem 35. Lebensjahr am Leben bleiben. Ab heute dürfen sie wieder Kinder bekommen. Mit einigen Einschränkungen: Wird es ein Mädchen, so wird das Baby direkt nach der Geburt umgebracht. Sobald ihr Sohn zehn Jahre alt ist, geben sie die

Verantwortung an den Staat ab und wir sorgen dafür, dass er ein guter Soldat wird." Langsam hatte ich das Gefühl, ich müsse mich übergeben. Und nach Maxons und Levins Gesichtsausdruck zu urteilen, ging es ihnen auch nicht anders.

„Gestern durchkreuzte nur eine Person unsere gut durchdachten Pläne. Luna Adams ist zurück. Ich gebe nun ihr das Wort", moderierte er mich an.

Das kam ohne Vorwarnung. Levin ließ meine Hand los und ich stand auf, strich mein Kleid glatt und hielt mich am Geländer am Rand des Balkons fest. Tom musterte mich schadenfroh. Spätestens als ich begann zu reden, waren alle Köpfe zu mir gedreht.

„Hallo. Auch ich freue mich, Sie alle hier zu sehen. Vielleicht sollte ich erst einmal meine Abwesenheit erklären", fing ich an. „Ich will ganz ehrlich mit Ihnen sein. Ich war im Wald. Bei den Menschen, die Sie, ohne sie vorher einmal gesehen zu haben, als Abschaum bezeichnen. Ich will Ihnen damit keinen Vorwurf machen. Bevor ich dort hinging, ging es mir nicht anders.

Solch einen ´Abschaum´ habe ich auch heute bei mir. Doch ich will ihn nicht so bezeichnen. Bevor ich Ihnen die nächste Neuigkeit mitteile, sollte ich Sie vielleicht warnen: Achten Sie darauf, den Mund vor Erstaunen nicht zu lange geöffnet zu halten. Ich hörte nämlich, es gäbe hier Fliegen." Maxon lachte hinter mir auf und ich konnte mir ein Grinsen nicht verkneifen.

„Der besagte Abschaum hat sich als Liebe meines Lebens entpuppt. Und wenn Sie sich nur eine Stunde Zeit nehmen würden um ohne Vorurteile ein Gespräch mit ihm zu führen, dann würden sie schnell feststellen, dass er anders ist als das Bild, das Sie im Moment von Rebellen im Kopf haben. Und er stellt keine Ausnahme dar. Ich durfte in diesem Wald viele tolle Menschen kennenlernen. Und ich bereue es kein bisschen, dort hingegangen zu sein."

„Ich liebe dich", flüsterte Levin hinter mir so, dass nur Maxon und ich es hören konnten. Ich lächelte.

„Dieses Bild, was wir von den Menschen im Wald haben, führe ich auf unsere Erziehung zurück. Ich bin nicht zufrieden damit, wie mein Vater die Länder geführt hat. Und ich will es besser machen. Ich will Ihnen allen und jedem Bürger in Europa beweisen, dass ich es würdig bin, den Posten der Präsidentin einzunehmen. Ich erkläre deswegen hier offiziell vor jedem Bürger, und auch jedem von Ihnen, dass ich einen Wahlkampf gegen Tom führen werde!" Gemurmel ging durch die Menge. Einige schienen beeindruckt oder belustigt und andere empört von meiner Rede zu sein.

„Was sind deine Pläne für die Zukunft?", fragte Tom lässig. Er hatte sich auf das Rednerpult gestützt und beobachtete schadenfroh die negativen Reaktionen auf meine Rede.

„Anders als du möchte ich dafür sorgen, dass es auch den ´normalen´ Bürgen und nicht nur uns abgehobenen Politikern gut geht. Mein Plan unterscheidet sich auch von deinem was Amerika betrifft. Ich habe nicht vor, die Amerikaner zu bekämpfen. Viel mehr möchte ich endlich mit ihnen zusammenarbeiten. Sie haben dort gut ausgebildete Forscher. Vielleicht schaffen wir es zusammen, endlich ein Gegenmittel gegen die schlimmste Krankheit, die diese Welt je erlebt hat, zu finden um anschließend die anderen Kontinente wieder bewohnbar zu machen. Außerdem müssen wir eine bessere Krankenversorgung schaffen. Wenn ich Präsidentin werde, sorge ich dafür, dass größere

Häuser zu vorläufigen Krankenhäusern umgebaut werden. Des Weiteren soll nicht nur an die, die in einer Wohnung wohnen, Essen verteilt werden, sondern auch an die, die auf der Straße leben. Ich möchte, dass jeder Bürger sich aktiv an der Gestaltung unser aller Leben beteiligen kann. Wir richten eine Stelle ein, an die Briefe geschickt werden können. Eine Nummer, die man anrufen kann und was uns noch so einfällt, damit wir mit den Menschen in Kontakt bleiben. Wir sollten alle öfter unter die normalen Bürger gehen. Mit ihnen reden. Ihre Meinung beachten. Nur so können wir alle zu einer guten Gemeinschaft zusammenwachsen. Und das Wichtigste: Ich habe nicht vor, irgendjemanden umzubringen. Die Entscheidung, ein Leben zu beenden, liegt nicht in meiner Macht. Denkt Ihr nicht auch, es ist langsam an der Zeit für ein bisschen Gerechtigkeit?" Ich holte Luft und wartete auf eine Reaktion. Die Menge fing an zu klatschen. Einige johlten sogar. Nur wenige blieben starr sitzen. Tom schaute wütend zu, wie die Menge mich feierte.
Ich lächelte triumphierend. „Gibt es noch Fragen?", rief ich, um die Menge zu übertönen.
Niemand fragte etwas. Stattdessen klatschten sie weiter. Ich neigte dankend meinen Kopf. Als der Applaus nachließ, sank ich zufrieden zurück in meinen Sessel. Das war besser gelaufen als gedacht.
„Gut gemacht", flüsterte Maxon. Levin nahm sich meine Hand. Er grinste.
„Ich bin unglaublich stolz auf dich, Mondkind", sagte er ohne den Blick von Tom zu wenden, der darauf wartete, dass die Menge sich wieder vollständig beruhigte.

Ich legte meinen Kopf auf Levins Schulter und genoss diesen kleinen Moment des Erfolgs.

„Danke, dass Sie gekommen sind. Danke fürs Einschalten. Die Versammlung ist beendet“, verkündete Tom und verließ schnell die Bühne.

Maxon erhob sich ebenfalls und sagte: „1:0 für uns!“

DREIUNDDREISSIG

Levin

Als Levin am nächsten Tag aufwachte, lag Luna nicht mehr im Bett und war weder auf den gemütlichen Sesseln vor dem Fenster, noch in ihrem Badezimmer zu finden.
Er zog sich seinen neuen Bademantel über und ging darin auf den Flur hinaus. Als er gerade die Treppen nach unten gehen wollte, kam das kleine, blonde Mädchen auf ihn zu.
„So kannst du doch nicht unter Leute gehen. Komm, ich habe dir schon etwas zum Anziehen herausgesucht“, sagte sie und widerwillig ging er ihr hinterher.
Unter Leute gehen? Wer ist denn außer Luna, Maxon und dem Personal noch da?
„Zieh die Sachen an, die ich dir über die Badewanne gelegt habe, und sag mir dann Bescheid.“
Gehorsam tat er, was sie ihm gesagt hatte. Als das blonde Mädchen schließlich in das Bad trat, schüttelte sie ungläubig den Kopf. Sie begann, das schwarze Shirt in seine blaue Jeans zu stecken. Dann stylte sie seine Haare. Er ließ die Tortur über sich ergehen, doch als sie einen Moment nicht hinschaute, zog er das Shirt wieder aus der Hose heraus. Sie bemerkte es nicht.

Umso näher er dem Wohnzimmer kam, desto lauter hörte er die Stimmen. Am deutlichsten hörte er Lunas heraus. Maxon konnte er ebenfalls ausmachen. Doch dann waren da Stimmen, die er noch nie gehört hatte.
Er öffnete die Tür des Zimmers, aus dem die Laute zu kommen schienen. Aufmerksam sah er sich um. Auf

einem Sessel saß Luna. Ein Taschentuch in der Hand und Tränen in den Augen. Neben ihr stützte sich Maxon auf die Lehne. Auf dem Sofa saßen zwei Männer und zwei Frauen in schicken Klamotten. Was war passiert?
Luna entdeckte ihn zuerst. Sie sprang auf, legte ihre dünnen Arme um ihn. Die anderen schwiegen.
Über Lunas Schulter hinweg sah Levin Maxon fragend an. Doch der sah weg, als er den Blick bemerkte.
„Was ist passiert?“, fragte er.
Luna löste sich von ihm. Nach einem weiteren Schluchzen begann sie zu erklären: „Tom ist passiert. Diese Nacht hat er die ersten Schritte zur Erfüllung seines Plans getan. Er hat unzählige Frauen und Männer über den genannten Altersgrenzen umgebracht. Einige Hinrichtungen ließ er sogar im Fernsehen übertragen. Und… er hat eine Truppe in den Wald geschickt. Sie sollen alle Rebellen festnehmen, die sie finden können. Sie sollen ebenfalls hingerichtet werden.“ Ungläubig schaute er jeden Einzelnen in diesem Raum an.
„Warum?“, fragte Levin.
„Wir vermuten, er will Luna einen Denkzettel verpassen und hofft daher darauf, eure Freunde zu finden“, erklärte Maxon.
„Sie werden sie nicht finden“, sagte Levin.
„Doch, das werden sie“, antwortete Luna.
„Was macht dich da so sicher?“
„Sie haben Valentin bei sich.“
Diese Nachricht musste Levin erst mal verarbeiten. Valentin wusste genau, wo er Annemarie, Nelly, Annabell und *Ally* fand. Sein Herz schmerzte bei dem Gedanken, er könnte ihnen irgendwas antun.
„Ihr müsst was dagegen machen!“, rief er aufgebracht.

Maxon kam auf ihn zu und legte ihm beruhigend eine Hand auf die Schulter.
„Wir haben ebenfalls ein paar Truppen losgeschickt. Luna hat versucht, ihnen so genau wie möglich den Weg zu eurem Lager zu erklären. Wir werden alles tun, um dieses Unglück zu verhindern“, versprach Maxon. Levin ließ sich auf den freien Sessel fallen und verbarg sein Gesicht in seinen Händen.
„Wie kann man nur so ein schrecklicher Mensch sein?“, fragte er, ohne darauf eine Antwort zu erwarten. Die schick angezogenen Menschen auf dem Sofa schienen ihm bei näherer Betrachtung bekannt vorzukommen. Er hatte sie gestern in der Oper gesehen. Und er glaubte, dass sie auch bei der Beerdigung dabei gewesen waren.
Sie schienen seinen Blick zu bemerken. Einer der Männer, er hatte graues Haar und die ersten Falten zeichneten sich auf seinem Gesicht ab, räusperte sich und sagte: „Wie unhöflich von uns. Ich bin Matthias und das ist meine Frau Rosa. Wir verfolgten Luna und ihren Bruder schon in den vergangenen Jahren und waren begeistert von Lunas gestriger Rede. Es ist sozusagen unsere Pflicht, euch zu helfen!“
„Uns geht es nicht anders. Ich bin Alex und das ist meine Frau Anne.“, sagte der Mann, der jünger zu sein schien als Matthias. Er hatte noch volles braunes Haar und auf seiner Haut war noch keine Falte zu erkennen. Levin schätzte ihn auf Anfang 30. Seine rothaarige Frau ebenfalls. Sie erinnerte Levin vom Aussehen her schmerzlich an Ally.
„Schön Sie kennenzulernen“, erwiderte er und wendete seinen Blick wieder ab. Er beobachtete, wie Luna sich die letzten Spuren der Tränen weg wischte und dann aufstand.

„Trotzdem dürfen wir nicht den ganzen Tag tatenlos hier herumsitzen. Tom besiegt sich schließlich nicht von allein!“ Fragend zog Levin eine Augenbraue hoch.
„Was hast du denn für heute geplant?“, fragte er.
„Wir gehen heute in die Stadt. Ich habe die Köche Essen einpacken lassen. Wir werden es an Obdachlose verteilen.“
„Sollten wir nicht erst mal Wahlplakate erstellen?“, fragte Maxon und Matthias und seine Frau nickten zustimmend.
„Was bringt es den Menschen, mich auf einem Stück Pappe zu sehen? Ich werde kein einziges dieser Plakate aufhängen. Ich möchte gewählt werden, weil ich es verdient habe. Nicht, weil ich jemanden an meiner Seite habe, der sich schöne, motivierende Sprüche ausdenken kann!“, antwortete sie.
„Sie hat Recht!“, mischte sich Levin ein.
„Macht doch, was ihr denkt“, sagte Maxon. Er schnappte sich sein Telefon und tippte irgendwas darauf ein.
„Der Fahrer ist in zwanzig Minuten da“, berichtete er und verließ anschließend den Raum. Luna wandte sich den Gästen auf dem Sofa zu.
„Vielen Dank, dass Sie gekommen sind. Ich schlage vor, dass wir uns heute Abend nochmal treffen. Dann wissen wir mehr und können die weitere Vorgehensweise besprechen.“
Matthias nickte. „Wir werden um acht hier sein“, versprach er.

„Sie können uns hier rauslassen. Bitte warten Sie hier einfach, bis wir zurückkommen!“, bat Luna, bevor sie aus dem schwarzen Auto stieg. Levin mochte Autofahren noch immer nicht. Er kam sich komisch dabei vor.

Luna öffnete den Kofferraum und holte zwei große Beutel voll mit Essen und Getränken heraus.
Die beiden mussten nicht lange nach jemanden suchen, der ihre Hilfe benötigte. Ein Mann hatte sich auf seine Jacke gesetzt. Er sah aus, als würde er schrecklich frieren. Seine fettigen, braunen Haare fielen ihm ins Gesicht. Seine grünen Augen schienen sich mit Hoffnung zu füllen, als er die beiden auf sich zukommen sah.
Luna setzte sich neben ihm auf den kalten Boden.
„Wie heißt du?“, fragte sie.
„Niklas“, antwortete der Mann unsicher. Levin schätzte ihn auf Mitte zwanzig.
„Hallo Niklas. Ich bin Luna und das ist mein Freund Levin.“
„Von euch habe ich schon gehört!“, sagte er. Doch seine Stimme klang so, als würde sie gleich den Geist aufgeben. „Luna, bitte sorge dafür, dass Tom nicht Präsident wird. Wir haben alle Angst. Wir, die auf der Straße leben, werden seine ersten Opfer sein. Er wird uns umbringen.“
Eine Träne rollte über seine Wange. Mitleid durchströmte Levin und Luna sah aus, als gehe es ihr nicht anders. Er sah, wie ihr auch eine Träne hinunterlief.
„Es tut mir alles so leid, Niklas. Das ist alles meine Schuld, weil ich geflüchtet bin. Ich verspreche dir aber, ich werde mein Bestes geben“, versprach sie, nahm sich seine Hand und drückte sie fest.
„Hast du Hunger?“, fragte sie dann.
Seine Augen weiteten sich und er nickte eifrig. Luna zog ein Brötchen aus ihrem Beutel und reichte es ihm. Gierig fing er an, es zu verschlingen. Luna weinte weiter. Als Niklas aufgegessen hatte, lehnte er seinen Kopf glücklich an die Hauswand. Luna reichte ihm eine Wasserflasche.

„Nimm die auch noch. Wir müssen weiter, aber ich versuche, bald wiederzukommen“, sagte Luna bevor sie aufstand.
„Halt durch!“, fügte sie noch hinzu, bevor sie Anstalten machte, weiterzugehen. Als sie ein paar Meter weiter war und Levin ihr gerade hinterhergehen wollte, sagte Niklas: „Levin?“
Er drehte sich nochmal zu ihm um. „Ja?“
„Du hast echt Glück mit ihr. Behandle sie wie einen Engel. Ich bin mir sicher, dann wird sie dein Zuhause in einen Himmel verwandeln.“

Als sie am Nachmittag durchgefroren zu Hause ankamen, hatten sie all das Essen an über zwanzig Obdachlose verteilt. Sie hatten sich mit ihnen und auch den anderen Bürgern, die auf der Straße unterwegs gewesen waren, unterhalten. Sie hatten immer wieder zugehört, wie die Bürger von ihrer Angst vor Tom erzählten. Luna hatte ihnen immer wieder versichert, sie würde alles tun, um zu verhindern, dass er an die Macht kam.
Jetzt ließ sie sich erschöpft in einen der Sessel in ihrem Zimmer fallen. Er ließ sich auf dem Sessel daneben nieder. Sie hatte ihren Blick aus dem Fenster gerichtet und schwieg. Er tat es ihr gleich. So saßen sie, bis Luna die Stille brach: „So habe ich mir das alles nicht vorgestellt.“
Er drehte sich zu ihr. Sie sah ihn an, in ihren Augen standen Tränen.
„Wie hast du es dir denn vorgestellt?“, fragte er.
„Leichter“, antwortete sie wahrheitsgemäß. „Und das alles ist nur der Anfang. Ich weiß nicht, ob ich es schaffen würde, Deutschland zu regieren.“

„Wurdest du dazu nicht erzogen?“, fragte er. Sie lachte. Es war aber kein fröhliches Lachen.
„Da wusste ich aber auch noch nicht, wie die Welt außerhalb dieses Dorfes wirklich aussieht.“
„Was wirst du mit Tom machen, wenn du die Wahl gewinnst?“, wechselte er das Thema.
„Ich werde ihn einsperren. Dafür, was er den Leuten antut. Er tut so, als hätte er die Wahl schon gewonnen“, antwortete Luna.
Sie schwiegen wieder eine Weile.
„Ich habe Angst“, gab sie dann zu.
„Wovor?“
„Vor der Zukunft. Davor, für Millionen von Leben verantwortlich zu sein. Ich habe Angst, weitere Menschen zu verlieren. Maxon, Ally, Nelly, Annabell, Annemarie – Dich.“
„Du wirst mich nicht verlieren“, versprach er.
Ihm wurde bewusst, wie sehr sie sein Leben auf den Kopf gestellt hatte. Ihm einen neuen Status gab – der Freund der zukünftigen Präsidentin – den er früher niemals hätte haben wollen. Und trotzdem fühlte sich zum ersten Mal alles richtig an.

Als die beiden ins Wohnzimmer gingen, saßen Anne, Rosa, Matthias und Alex bereits auf dem Sofa wie heute früh.
„Freut mich, dass Sie gekommen sind“, sagte Luna und nickte ihnen höflich zu. Levin hob die Hand zur Begrüßung. Die Vier lächelten ihn an.
„Wie ist es gelaufen?“, fragte Maxon, der auf einem der Sessel saß.
„Gut“, sagte Luna abwehrend.

„Die Truppen, die wir losgeschickt haben, sind bei eurem alten Lager angekommen. Eure Freunde sind alle noch da. Sie werden jetzt erst mal bei ihnen bleiben, um sie vor Toms Männern zu beschützen“, berichtete Maxon. Ein Stein schien Levin vom Herzen zu fallen und Luna atmete erleichtert aus.
„Während wir auf euch gewartet haben, erzählten wir Maxon, wir wären nicht die Einzigen, die euch gerne unterstützen würden. Wir schlugen also ein Abendessen in zwei Tagen vor. Zu diesem Abendessen könnten wir alle einladen, bei denen Sie Unterstützung bekommen könnten. Die Einladungen könnten wir auch übernehmen!“, berichtete Matthias.
„Das ist eine tolle Idee. Dann werde ich unser Personal benachrichtigen, das alle weiteren Vorbereitungen treffen wird. Sagen Sie bitte Bescheid, das Essen wird um 20 Uhr stattfinden“, antwortete Luna. Matthias nickte und ließ sich wieder in die Polster sinken.
Maxon kramte auf ein Klingeln hin sein Handy aus der Hosentasche. Alle sahen ihm zu wie, er aufmerksam eine Nachricht las. Dann schaute er wieder auf. Der Ausdruck in seinen Augen konnte nichts Gutes bedeuten.
„Wir sollen den Fernseher anschalten. Es gibt irgendeine Live-Übertragung von Tom“, sagte er und griff sofort zu der Fernbedienung. Der schwarze Bildschirm wurde erhellt. Es gab außer einem Nachrichtensender für das Volk nicht viel mehr Sender, so dass sie sich sofort auf dem richtigen befanden. Gebannt starrte Levin auf das Geschehen. Tom stand vor der Oper und grinste schadenfroh in die Kamera. Levin brauchte eine Weile, um zu verstehen, was er sagte: „Heute Mittag nahmen meine Männer zwei Rebellinnen fest. Sie lebten im Wald. Hatten sich gegen

uns alle gewandt. Heute sollen sie dafür gerecht bestraft werden." Mit einer Handbewegung winkte er einen Wachmann ins Bild. Er hielt ein braunhaariges Mädchen an den Armen fest. Dieses wirkte schwach, ließ den Kopf hängen. Als sie den Kopf hob, stellte Levin fest, dass er sie noch nie zuvor gesehen hatte. Dann wurde ein weiterer Wachmann hinein gewunken. Als er bemerkte, wer das Mädchen war, welches dieser Wachmann festhielt, schrie Luna neben ihm auf. Es war Ally.

„Diese hier", sagte Tom und zeigte auf die braunhaarige, „heißt Elena. Wir fanden sie ein Stück hinter der Grenze. Sie lag dort im Unterholz. Hast du noch irgendwelche letzten Worte an das Volk?", fragte Tom und streckte ihr sein Mikrofon hin.

„Ich hasse dich", zischte sie. Tom lachte und winkte einen Wachmann ins Bild.

„Und sie hier ist jemand ganz Besonderes. Eine Freundin von Luna und ihrem bezaubernden Freund. Wir fanden sie, wie sie gerade zu flüchten versuchte. Meinen Männern sagte sie, sie sollten sie durchlassen, sie kenne Luna. Lächerlich. Du noch irgendwelche letzten Worte an deine tollen Freunde, die dich leider nicht beschützen konnten?", fragte Tom.

„Luna. Levin. Es tut mir leid! Luna, bitte vernichte diesen Mann. Er darf nicht..." Doch sie wurde unterbrochen. Ein Wachmann hinter ihr hatte ihr ins Bein geschossen und sie schrie auf. Tränen rollten ihre Wange hinunter.

„Wage es nicht, so von deinem zukünftigen Präsidenten zu reden!", schrie derselbe Wachmann sie an.

Neben Levin schienen alle scharf Luft einzusaugen. Luna weinte. Er bemerkte, wie auch ihm die Tränen die Wange hinunterliefen.

„Maxon, gib mir dein Telefon!“, schrie Luna ihn an. Verdutzt sah er sie an, bevor er tat, was sie ihm sagte. Sie tippte irgendeine Nummer ein und hielt sich das Telefon ans Ohr. Als Levin wieder einen Blick auf den Bildschirm richtete, begriff er, was sie tat. Tom kramte sein klingelndes Telefon aus der Hosentasche. Als er den Namen darauf erkannte, grinste er.

„Maxon, alter Freund. Was kann ich für dich tun?“ Die Wachen, die ebenfalls im Bild waren, sahen Tom verdutzt an.

„Lass die beiden sofort frei!“, schrie Luna ins Telefon.

„Ach, Luna. Ich hätte nicht gedacht, dass wir so schnell wieder voneinander hören würden. Schön, dass du meinen kleinen Auftritt im Fernsehen auch mitverfolgst.“ Er machte eine Handbewegung. Und schneller als irgendjemand hätte reagieren können, schoss ein Wachmann eine Kugel in Elenas Kopf.

Luna biss sich auf die Lippen. „Ich mach alles, was du willst, aber lass Ally gehen!“

„Tritt zurück. Überlass mir den Posten des Präsidenten“, antwortete er und grinste gehässig in die Kamera.

„Ich hasse dich“, zischte Luna.

„Wirst du es tun?“, fragte Tom ungeduldig.

„Damit du weiter unschuldige Menschen umbringst? Das würde dir wohl so passen“, antwortete sie. Tränen liefen über ihre Wange, doch ihre Stimme klang wie die einer Präsidentin.

„Dann bleibt mir wohl nichts anderes übrig!“ Tom machte wieder diese Handbewegung. Der Wachmann richtete seine Waffe auf Ally und schien den Moment zu genießen. Doch bevor es dazu kommen konnte, wovor sich Levin am meisten fürchtete, landete eine Kugel

im Kopf des Wachmannes. Und dann ging alles ganz schnell. Weitere Wachmänner wurden erschossen, Tom wurde von einem seiner Wachmänner weggezogen und Wachmänner in anderen Uniformen strömten in das Bild. Sie stellten sich beschützend um Ally und erschossen jeden von Toms Leuten, die auf sie zukamen. Dann wurde das Bild schwarz. Die Übertragung wurde unterbrochen.
„Wer waren die?“, fragte Levin panisch.
„Die in Uniformen schienen welche von...“, begann Luna, doch wurde von Maxon unterbrochen.
„Unseren Männern zu sein. Richtig. Sie waren an öffentlichen Plätzen auf Patroullie. Dein Telefonat schien die Hinrichtung so lange hinausgezögert zu haben, dass sie genug Zeit hatten, anzurücken und einzuschreiten.“
Auf Levins Gesicht breitete sich ein Lächeln aus.
„Ally lebt!“

VIERUNDDREISSIG

Luna

Ich schrak auf. Hatte ich einen Klopfen gehört oder nur davon geträumt?
Levin lag neben mir, die Decke bis zum Kinn hochgezogen. Wieder klopfte es. Diesmal hatte ich es mir aber nicht eingebildet. Ich warf die Bettdecke aufs Bett, zog mir den Morgenmantel über und öffnete die Tür.
„Ally ist diese Nacht hier angekommen. Ich dachte, das würdet ihr wissen wollen. Es tut mir leid, ich wollte dich nicht wecken“, entschuldigte Maxon sich.
„In welchem Zimmer liegt sie?“, fragte ich schlaftrunken.
„In dem ganz am Ende des Flures“, antwortete Maxon.
Ich nickte ihm dankend zu und schloss die Tür wieder.
Ich nahm Anlauf und sprang auf das Bett. Levin öffnete die Augen und ich strahlte ihn an.
„Ally ist da!“, rief ich. Er hielt sich das Ohr zu, um meine laute Stimme aus seinem noch halb schlafenden Kopf zu verbannen. Dann schien er zu realisieren, was ich gerade gesagt hatte und sprang aus dem Bett.
„Wo ist sie?“, fragte er aufgeregt.
„Ich zeig es dir.“ Ich schnappte mir seine Hand und zog ihn aus dem Zimmer. Als wir auf dem Flur Levins Zofe begegneten, sah diese uns geschockt an.
„Ich habe Ihnen schon ihre Sachen bereitgelegt!“, rief sie uns hinterher.
Levin drehte sich gar nicht erst um, als er „Jetzt nicht“ zurück schrie. Wir lachten um die Wette, als ich die Tür zu Allys Zimmer aufzog. Doch das Lachen verschwand aus unseren Gesichtern, als wir sie sahen.

Sie lag in ihrem Bett. Die Augen hatte sie halb geöffnet. Ihr Bein wurde von einem Verband umschlungen. Blässe umzog ihre Haut. Sie wirkte fast weiß. Ihre Haare waren unordentlich zurückgebunden, ihre Lippen, das sah man schon aus der Entfernung, waren staubtrocken. Sie schien zu versuchen, zu lächeln, doch versagte kläglich. Levin ließ meine Hand los und ging langsam zu ihrem Bett. Ich blieb wie angewurzelt im Türrahmen stehen.
„Levin“, krächzte Ally als sie ihn erkannte. Er lächelte sie an.
„Wo bist du da bloß wieder hineingeraten?“, fragte er und umfasste ihre Hand.
Doch sie reagierte nicht. Stattdessen suchte ihr Blick meinen. „Luna. Bitte schick den anderen irgendwas zu Essen. Als ihr gegangen seid, wären wir fast verhungert. Es wurde immer schlimmer. Annemarie muss sich jetzt allein um Annabell kümmern und Nelly…“ Eine Träne rollte über ihre weiße Wange. Ich erwachte aus meiner Starre und setzte mich auf die andere Bettkante.
„Ich verspreche dir, ich werde mich darum kümmern.“ Dann nahm ich mir ihre andere Hand. Sie sah uns nacheinander an und es erschien tatsächlich ein Lächeln auf ihrem Gesicht.

Nachdem Levin und ich fertiggemacht worden waren, ging Levin zurück zu Ally, während ich das Küchenpersonal beauftragte, drei große Essenspakte zu packen. Zwei für die Stadt und ihre Obdachlosen, eins für Nelly, Annemarie und Annabell.
Ich hatte Rike darum gebeten, mir ein Kleid herauszusuchen, mit dem ich mich gut in der Stadt bewegen konnte. Und so umschlang mich jetzt ein rotes Kleid, welches mir bis

zu den Knien ging. Es hatte einen runden Ausschnitt und Ärmel bis kurz über die Ellenbogen. Es war, trotz seiner Farbe, viel unauffälliger als sonst.
Jetzt saß ich am Esstisch, eine Schüssel Weintrauben neben mir und schrieb einen Brief:

Liebe Nelly und liebe Annemarie,
bevor ihr euch Sorgen macht: Ally ist bei uns und ihr geht es den Umständen entsprechend gut. Sie wurde angeschossen, doch ich bin sicher, die Wunde wird mit der Zeit wieder vollständig verheilen. Levin und mir geht es gut. Ich kann euch jetzt nicht alles erzählen, was wir bisher erlebt haben, doch das Wichtigste: Wir stecken im Wahlkampf. Da schnell ein neuer Präsident gebraucht wird, geht dieser nur sieben Tage lang. Tom, mein Ex und Idiot, der über Leichen geht, um Präsident zu werden, hat gestern einen Rebellen hingerichtet. Ich weiß, die Wachen sind bei euch angekommen, doch bitte passt trotzdem gut auf euch auf. Achtet darauf, dass ihr niemals ohne diese Wachen unterwegs seid.
Ally berichtete mir, das Essen sei immer knapper. Ich habe euch also auch ein wenig Essen mitgeschickt. Ich weiß, es ist nicht viel. Teilt es euch gut ein, damit es reicht, bis ich wieder dazu komme, euch etwas zu schicken. Wenn ihr etwas braucht, schickt einen Wachmann los, er soll es mir berichten. Wenn er sich weigert zu gehen; sagt ihm, der Befehl kommt von mir und zur Not zeigt ihm diesen Brief.

Ich vermisse euch!
Eure Luna

Zusammen mit dem Sack Essen und diesem Brief, schickte ich einen Wachmann, nachdem ich ihm den Weg genau erklärt hatte, in den Wald. Er versprach, sich zu beeilen und so schnell wie möglich wiederzukommen.

„Wir fahren heute in eine andere Stadt“, sagte ich zu Levin, als wir im Auto saßen.
„Was hast du heute vor? Das Gleiche wie gestern?“
„Ja“, antwortete ich. „Wie geht es Ally?“ Er hatte den ganzen Vormittag bei ihr gesessen.
„So gut wie es jemandem mit einer Schusswunde gehen kann“, antwortete er wahrheitsgemäß.
„Sie wird schon wieder“, versicherte ich ihm.
„Ich weiß.“
„Es tut mir leid. Ohne mich wäre es niemals so weit gekommen.“
„Dir muss gar nichts leid tun. Das, was wir hier tun, ist das Richtige. Und glaube mir, auch wenn ich den Wald liebe, wenn ich mein Leben noch einmal leben dürfte, würde ich dich früher finden, damit ich dich länger lieben kann. Auch wenn das bedeutet, mit dir das Land zu regieren.“

Wir hatten das ganze Essen verteilt, als wir zurück zum Auto gingen. Es dämmerte bereits und meine Beine taten vom vielen Laufen weh. Ich sah das Auto schon in der Ferne, als Levin nach rechts deutete. Ich guckte neugierig, um zu sehen, was er mir zeigen wollte. Dort lag ein Obdachloser an die Wand gelehnt. Neben ihm hockte ein kleiner schwarzer Hund. Er schien noch sehr jung zu sein. Genau wie sein Besitzer, den ich auf Anfang zwanzig schätzte. Ich ging auf die beiden zu.
„Hallo?“, sprach ich den Mann an. Er reagierte nicht.

Ich rüttelte an seiner Schulter. Keine Reaktion. Ängstlich blickte ich kurz zu Levin, bevor ich zwei Finger an den Hals des Mannes hielt. Doch egal, wie sehr ich mich darauf konzentrierte, ich konnte keinen Puls finden. Seine Haut war kalt und bleich. Seine Brust hob und senkte sich nicht wie sie es eigentlich tun sollte. Für den Mann kam jede Rettung zu spät.
Ich sah zu dem kleinen Hund. Er jaulte. An seinem Hals war ein dreckiges rotes Halsband mit einer genauso dreckigen Leine in der gleichen Farbe. Ich schnappte mir die Leine und stand auf.
„Den Hund nehmen wir mit. Wenn wir zurück sind, werde ich Maxon sagen, er soll jemand beauftragen, der den Mann beerdigt“, sagte ich mit belegter Stimme. Levin nickte zustimmend und nach einem letzten Blick auf den Mann gingen wir gemeinsam mit dem Hund weiter.

„Du kannst den Hund doch nicht einfach behalten!“, sagte Maxon. „Er könnte Krankheiten haben.“
„Dann lasse ich ihn vom Arzt durchchecken.“
„Wir haben keinen Tierarzt hier.“
„Was der Arzt am Menschen kann, kann er doch auch am Hund“, sagte ich. Ich wollte den Hund nicht wieder aussetzen und seinem eigenen Schicksal überlassen. Er sah noch so jung aus, er würde es bestimmt nicht überleben.
„Kümmer du dich einfach darum, dass der Mann ordentlich beerdigt wird, dann kümmer ich mich um den Hund!“

Gesagt, getan. Noch am selben Abend bat ich die Ärztin, die für uns arbeitete, sich den Hund einmal anzuschauen. Zuerst zögerte sie, aber willigte schließlich doch ein. Doch sie fand nichts Auffälliges. Maxon hatte sich geschlagen gegeben und sich sogar um ein Körbchen gekümmert, welches jetzt in meinem Zimmer stand, und Hundefutter organisiert.

„Wie nennst du ihn?“, fragte Levin, während wir zusahen, wie er die erste Portion des Essens verschlang und sich anschließend in seinem neuen Körbchen zusammenrollte.

„Millie!“, entschied ich spontan. Lächelnd und Arm in Arm sahen wir zu, wie Millie versuchte, eine gute Schlafposition zu finden.

„Luna! Levin!“, rief Maxon von unten. Sein Ton verhieß nichts Gutes. Ich öffnete die Zimmertür und rannte die Treppe zu ihm runter. Hörte, wie Levin hinter mir war. Er bedeutete uns, schnell ins Wohnzimmer zu kommen. Als ich sah, dass der Fernseher lief, war mir schon fast klar, was als nächstes kommen würde. Wieder war Tom zu sehen. Hinter ihm aber nicht die Oper, sondern eine schwarze Wand, so dass man nicht wissen konnte, wo er war. Vor ihm hockten fünf Menschen. Alle hatten einen weißen Sack über dem Kopf, so dass man nicht erkennen konnte, um wen es sich handelte.

„Heute haben wir einundsechzig Männer, die das 55. Lebensjahr überschritten haben, erfolgreich umgebracht, dazu dreiundzwanzig Frauen über 35. Außerdem wurden weitere Rebellen aufgegriffen!“, sagte Tom locker und zeigte auf die Menschenreihe vor ihm. Wenn man genau hinsah, sah man, dass er versucht hatte, eine Schramme auf seiner rechten Wange mit ein wenig Make-up zu überdecken. Die musste er sich gestern zugezogen haben.

„Diesmal erkennt man Sie zwar nicht, aber sie können sich sicher sein, es sind Rebellen, die Ihnen was Schlechtes wollten. Doch wir haben sie gestoppt“, sagte Tom stolz. „Ich habe heute noch ein wichtiges Treffen. Ich wünsche Ihnen also noch einen schönen Abend“, sagte er und ging aus dem Bild. Doch der Bericht war nicht zu Ende. Stattdessen kam ein einzelner Wachmann ins Bild und erschoss die Rebellen einen nach dem anderen.

Sehr geehrter Präsident Amerikas,
mein Name ist Luna Adams. Vielleicht erinnern sie sich an mich. Ich war oft mit meinem Vater bei Ihnen. Dieser verstarb vor einigen Tagen. Doch das ist gar nicht mein Anliegen. Ich weiß nicht, was genau mein Vater von Ihnen wollte. Er gewährte mir keinen großen Einblick in seine politische Arbeit. Aber ich möchte Sie bitten, mir zu helfen. Mir ist bekannt, dass Sie die besten Forscher der Welt bei sich beherbergen. Ich möchte mit deren Hilfe an einem Heilmittel arbeiten, um Asien, Afrika und auch Australien wieder bewohnbar zu machen. Ich weiß, dass das noch wie ein Traum scheint, doch wenn wir zusammenarbeiten, statt uns zu bekämpfen, vielleicht könnten wir dann etwas erreichen. Ich bin mir nicht im Klaren, ob ich irgendwas für Sie tun kann, doch wenn Sie und ihre Forscher mir und meinem Kontinent zur Seite stehen, so würde ich alles tun, um mich zu revanchieren.

Mit den freundlichsten Grüßen
Luna Adams

FÜNFUNDDREISSIG

Levin

„Bevor ich irgendetwas anderes sage, möchte ich allen Angehörigen, die durch Tom einen geliebten Menschen verloren haben, mein herzlichstes Beileid auszusprechen. Ich weiß, wie das ist. Diese Menschen sind für nichts gestorben. Sie waren unschuldig. Wir können sie nicht zurück ins Leben holen, doch wir können – nein, wir müssen sogar – verhindern, dass es weitere Opfer gibt. Ich kann Ihnen nicht versprechen, dass, wenn Sie mich wählen, sich alles zum Guten wendet. Es wird ein Haufen Arbeit auf uns zukommen. Doch gemeinsam, mit Zusammenhalt und Menschlichkeit können wir das schaffen. Da sind wir uns sicher!"

Die Kameras gingen aus und Levin spürte, wie die Anspannung von Lunas Körper wich. Die beiden standen auf der Bühne des Veranstaltungssaales und mindestens fünfzehn Menschen hatten dafür gesorgt, dass Lunas Rede live übertragen wurde.

Luna hatte ein himmelblaues Kleid an, mit weißen Stickereien und einem weiten Rock. Sie sah traumhaft aus.

Er beobachtete sie, wie sie zu den einzelnen Menschen, die gerade ihre Sachen packten, ging und sich für die Zusammenarbeit bedankte. Während er seinen Blick durch den Raum schweifen ließ, entdeckte er Ally in der Ecke. Sie saß im Rollstuhl und beobachtete das ganze Geschehen. Auch sie hatte ein Kleid an. Jedoch sehr viel schlichter als das von Luna. Ihres schmiegte sich eng um ihren Körper und war einfach schwarz.

Levin sprang von der Bühne und lief auf sie zu. Als sie ihn bemerkte strahlte sie.

„Was machst du denn hier? Müsstest du dich nicht eigentlich ausruhen?“, fragte er neckend als er bei ihr angekommen war.

„Ich kann nicht mehr still liegen. Ich wollte das Haus sehen.“

„Wie gefällt es dir?“, fragte er.

„Es ist unglaublich schön und beeindruckend. Es wird trotzdem niemals mein Zuhause. Sobald der Wahlkampf zu Ende ist, die Situation sich beruhigt hat und ich wieder völlig gesund bin, gehe ich zurück in den Wald“, sagte sie und sah ihn ernst an bevor sie fragte: „Ist das hier dein Zuhause?“

„Nein. Aber ich glaube, irgendwann wird es das sein. Denn Luna ist hier.“ Sie lächelte, als er das sagte.

„Ihr seid ein tolles Paar“, gab sie zu. Er lächelte dankbar zurück.

„Wenn alle weg sind, könnte ich Luna fragen, ob wir zu dritt ein wenig spazieren gehen wollen. Du würdest mal rauskommen und sie könnte uns das Dorf ein wenig zeigen“, schlug er vor.

„Klingt gut.“ Und wie gerufen kam Luna auf sie zu.

„Hallo, Ally“, begrüßte sie sie.

„Hey, Luna!“

„Wie geht es dir?“, fragte sie ernsthaft besorgt.

„Schon viel besser als gestern.“

„Das freut mich. Habt ihr einen Plan? Heute Abend ist das Abendessen mit den anderen Politikern. Bis dahin lohnt es sich aber nicht, in die Stadt zu fahren, also haben wir sozusagen frei.“

„Tatsächlich haben wir einen. Ich hatte vorgeschlagen, dass wir zu dritt spazieren gehen. Du könntest uns das Dorf zeigen“, mischte sich Levin in das Gespräch. Er umfasste Lunas Taille und zog sie näher zu sich.
„Das Dorf ist zwar nicht weiter spektakulär, aber dann kommen wir wenigstens ein wenig raus. Dann kann ich ja Millie gleich mitnehmen. Ich hole sie von oben. Wartet einfach vor der Tür auf mich“, sagte sie und schon war sie aus dem Saal verschwunden.

Levin schob den Rollstuhl von Ally, während Luna mit Mühe die Leine von Millie festhielt. Diese zog sie immer schneller mit sich, so dass Luna schon fast rannte. Und das in ihrem Kleid. Ally und Levin lachten und Luna stimmte ein, während sie Millie wieder unter Kontrolle brachte. Auf den ersten Blick war die Hündin schwarz, doch auf ihrem Bauch zogen sich weiße Flecken über das Fell.
Immer wieder zeigte Luna zur Seite und erklärte den beiden, wer in diesem oder jenem Haus wohnte.
„Das hat er nicht getan!“, rief Ally empört, nachdem Levin ihr berichtet hatte, wie viele Menschen Tom bereits getötet hatte.
„Wieso macht er so was?“, fragte sie verzweifelt.
„Keine Ahnung“, antwortete Levin und sah Luna dabei zu, wie sie Millie hinterher rannte.
„Wie kann sie in solchen Schuhen und so einem Kleid rennen?“, lachte Ally. Levin war froh über den Themenwechsel. In letzter Zeit hatte er genug über Tom geredet.
„Ich habe keine Ahnung“, stimmte er in ihr Lachen ein.
„Was liebst du an ihr?“, fragte Ally, offensichtlich ernsthaft interessiert an einer Antwort.

„Alles“, antwortete er, als sei es selbstverständlich.
„Was *genau*?“, hakte Ally nach.
Er überlegte einen Moment, bevor er so leise antworte, dass nur Ally es hören konnte: „Ich mag ihren Kopf, der mitdenken kann. Ich liebe ihren Mund, der argumentieren, lachen, küssen und Blödsinn quatschen kann. Ich liebe ihre Ohren, die auch die Zwischentöne registrieren. Ich liebe ihr Herz, das lieben und Mitleid empfinden kann. Ich liebe ihren Willen, der stark ist und kämpfen kann. Ich liebe ihre Augen, die mehr sehen können, als nur den ersten Eindruck. Ally, ich liebe sie wirklich.“
„Ich weiß“, antwortete sie. „Und ich wünschte, ich hätte auch jemanden so wie du Luna hast und wie Luna dich hat.“

„Schön, dass Sie alle gekommen sind. Ich bin mir sicher, wir werden einen schönen Abend miteinander haben“, sagte Luna, als alle einen Moment still waren.
Sie saß an der Spitze der Tafel. Luna hatte Levin erzählt, früher hatte dort immer ihr Vater gesessen. Er saß zu ihrer Rechten und Maxon zu ihrer Linken.
Man hatte sogar einen Tisch zu der großen Tafel dazustellen müssen, weil der Platz einfach nicht ausreichte. So viele Menschen waren gekommen, die Luna bei ihren Vorhaben unterstützen wollten.
Auf Levins Teller lagen Nudeln mit Tomatensoße. Das meiste, was er hier aß, hatte er in den letzten zehn Jahren nie gegessen. Hier gab es nur selten Nüsse oder Waldbeeren. Sogar Brot kam selten auf den Tisch.
Luna hatte sich umziehen müssen. Sie hatte sich beim Spielen mit Millie dreckig gemacht. Als Rike das schmutzige Kleid gesehen hatte, wäre sie fast explodiert.

Doch als Luna und Levin über ihren Wutanfall lachen mussten, hatte sie mitgelacht und Luna ein neues Kleid gegeben. Es war vom Schnitt genau das gleiche, nur dass es diesmal in einem zarten Rosa gehalten war.
Die meiste Zeit während des Essens schwieg Levin. Maxon und Luna hörten den anderen Gesprächen zu und klinkten sich an geeigneten Stellen ein.
Levin hörte nur zu oder versank in seinen Gedanken, bis eine junge Frau, in Lunas und seinem Alter, auf ihn zukam und ihn ansprach.
„Und du kommst also aus dem Wald?“, fragte sie. Er konnte nichts Abfälliges aus ihrer Stimme heraushören, so dass er wahrheitsgemäß mit Ja antwortete.
„Ich finde das unglaublich interessant. Zumindest tausendmal interessanter als ich Tom fand als Luna ihn mir vorstellte. Ich wusste gleich, das würde nichts werden.“ Er wusste nicht ganz, was er darauf antwortete sollte, so dass er nur lächelte.
„Und hattest du einen Schlafplatz? Hattest du ein Zelt oder so etwas in der Art?“ Sie schien ein ernsthaftes Interesse zu haben. „Nicht ganz. Ich und ein paar Freunde, die ich im Wald kennengelernt hatte, haben uns dort ein Lager aufgebaut… aus Baumhäusern.“
„Das ist ist ja voll cool! Wie lange hast du dort gelebt?“
„Sieben Jahre.“
„Und was isst man dann so?“
„Hauptsächlich Beeren und Nüsse. Nur wenn es mal ganz knapp wurde, töteten wir ein Tier. Ich glaube, in den sieben Jahren haben wir das achtmal gemacht. Wir konnten es nicht ertragen, das Tier zu töten“, gab er zu. „Und manchmal wurde uns Essen gebracht. Etwas zu kompliziert, um es jetzt zu erklären“, wich Levin

aus. Er wusste nicht ganz, ob es intelligent war, ihr von dem Boten zu erzählen, der vielleicht sogar ihre Familie beklaut hatte, um ihnen Essen zu bringen.
Als Luna vom anderen Ende der Tafel wiederkam, und das Mädchen neben ihm sah machte sie große Augen.
„Alexa!“, rief sie und handelte sich komische Blicke der anderen ein. Sie fiel dem Mädchen in die Arme. Beide lachten.
„Ich wusste gar nicht, dass du auch hier bist“, flüsterte sie. Doch Levin hörte es auch.
„Natürlich bin ich hier. Ich muss doch der Präsidentin bei ihren Zukunftsplänen helfen“, lachte das Mädchen, das anscheinend Alexa hieß.
„Noch bin ich nicht Präsidentin“, antwortete Luna und sah das Mädchen glücklich an.
„Das mit deinen Eltern und deinem Bruder tut mir übrigens leid!“ Ihre Stimme wurde ernster. Luna wischte die Beileidsbekundung mit einer Handbewegung weg.
„Levin, das ist Alexa. Sie war meine beste Freundin“, wandte sich Luna an ihn. Alexa schien die Vergangenheitsform in Lunas Vorstellung nicht zu entgehen.
„War?“, fragte sie.
„Ich hab dich lange nicht gesehen. Wer weiß, vielleicht bist du ja jetzt auch heimlich an Tom interessiert. Dann *warst* du meine beste Freundin“, lachte Luna ausweichend. Levin wusste, sie dachte an Nelly, die zu Hause saß und trauerte.
„Ich und Tom? Nur über meine Leiche“, stimmte sie in das Lachen ein und ergänzte lächelnd: „Ich bin froh, dass du wieder hier bist!“
„Der Tag war echt anstrengend. Aber erfolgreich. So viele Menschen haben mir ihre Hilfe angeboten und

Tom hat diesmal niemanden vor laufender Kamera umgebracht", sagte Luna und setzte sich auf ihr Bett. Die Sonne war bereits völlig untergegangen und am Himmel standen die Sterne. Eine einzige Nachttischlampe sorgte für Licht im Raum. Levin beobachtete, wie Luna ihre Schuhe auszog und vor dem Nachttisch abstellte, während er tief durchatmete.

„Luna?", fragte er nervös.

Sie hob den Kopf. „Ja?"

„Ich muss dir was sagen." Seine Stimme zitterte ein wenig.

„Schieß los", sagte sie misstrauisch. In ihren Blick mischte sich Neugier, doch auch ein Hauch von Angst.

Er atmete noch einmal tief durch, bevor er anfing: „Luna Adams, ich liebe dich. Und das bedeutet, dass ich dich als die Person akzeptiere, die du bist. Als die Person, die du im Wald bist, als die Person, die du als Präsidentin bist, als die Person, die mit mir allein ist und als die Person, die vor einer großen Menschenmenge steht. Es bedeutet, dass ich niemals wollen würde, dass du dich meinetwegen ändern müsstest. Es bedeutet, dass ich keine Perfektion von dir erwarte. Es bedeutet, dass ich dich in guten Zeiten liebe, aber auch in den schlechten an deiner Seite stehen werde. Es bedeutet, dass ich dich auch liebe, wenn du schlecht drauf bist. Wenn du Dinge nicht tun willst, die ich gerne tun würde. Es bedeutet, dass ich dich auch dann liebe, wenn du am Boden liegst. Es bedeutet, dass ich alles daran setzen werde, dich wieder vom Boden hoch zu holen. ´Ich liebe dich´ heißt, dass ich dich für keines deiner Geheimnisse verurteilen werde. Das ich dich mit all deinen schönen Seiten, aber auch mit deinen Ecken und Kanten liebe. Es bedeutet, dass ich immer für das kämpfen werde, was zwischen uns ist. Es bedeutet, dass

ich dich so stark liebe, dass ich dich niemals loslassen könnte. Es bedeutet, an dich zu denken, in jeder Situation. Es bedeutet, dass ich jede Nacht von dir träume, dich immer zu wollen und vor allem zu hoffen, dass du du genauso für mich empfindest.
Ich weiß, dass wir erst seit sehr kurzer Zeit zusammen sind. Mir jedoch kommt es vor als wären es schon Jahre. Und zwar die schönsten Jahre meines Lebens. Deswegen frage ich dich, Luna Adams, willst du meine Frau werden?“

SECHSUNDDREISSIG

Luna

„Was ist los, Maxon?“, fragte ich, als ich ins Wohnzimmer kam. Millie rannte mir hinterher.
„Ein Brief für dich“, antwortete er und zeigte auf den kleinen Tisch in der Mitte des Zimmers, auf dem ein Briefumschlag lag. Darauf stand mit geschnörkelter Schrift „Für Luna“ geschrieben.
Ich riss den Brief auf.

Liebe Luna,
danke für das Essen und deinen Brief. Wir alle sind froh, dass es Ally, Levin und dir soweit gut geht. Das Essen kam gerade richtig. Ich weiß nicht wie lange wir noch durchgehalten hätten. Doch auch sonst läuft alles gerade nicht so gut. Nelly sperrt sich fast den ganzen Tag im Zimmer ein. Ich versuche, Annabell ein wenig abzulenken, doch sie fragt immer wieder nach Nelly und Lucas. Ich weiß nicht mehr, was ich tun soll. Doch wichtig ist jetzt erst mal, dass du diese Wahl gewinnst. Ich bin mir sicher, das wirst du schaffen.
Ich glaube an dich. Bitte bestell den anderen die besten Grüße!
Annemarie

Einen Moment war ich enttäuscht über die Größe des Briefes. Dann bemerkte ich Maxons neugierigen Blick auf mir.
„Ich werde ihn später beantworten. Ich muss mich noch anziehen, meine Rede für heute Abend vorbereiten und

Levin wecken", sagte ich bevor ich, den Brief zurück in den Umschlag packte und das Wohnzimmer schnell wieder verließ.
Levin. Oder sollte ich eher sagen *mein Verlobter*? Mein Herz machte einen Sprung, als ich diese zwei Worte immer wieder in Gedanken wiederholte. Ich war mit ihm verlobt. Ich würde ihn heiraten!
Mit einem breiten Grinsen hob ich Millie hoch und ging zurück in mein Zimmer.
Levin zu wecken, stellte sich als überflüssig heraus. Er saß aufrecht im Bett und lächelte mich an. Ich ließ Millie runter und setzte mich zu ihm.
„Ich habe diese Nacht eine wichtige Erkenntnis getroffen", sagte er.
„Sag mir, welche." Ich grinste ihn an, bekam diesen Ausdruck nicht mehr von meinem Gesicht.
„Man schläft besser, wenn der Traum neben einem liegt."
Ich lachte und drückte meine Lippen auf seine.
„Soll ich dir meine Erkenntnis mitteilen?", fragte ich.
„Natürlich!"
„Aus Liebe machen Menschen die komischsten Sachen. Manche heiraten sogar."

Diesmal trug Levin einen dunkelblauen Anzug. Dazu passend hatte ich ein enges Kleid in derselben Farbe an. Es hatte einen runden Ausschnitt und Ärmel bis zum Handgelenk. Es ging mir bis kurz über die Knie und war am Kragen mit kleinen, silbernen Glitzersteinen besetzt.
„Bei unserer Hochzeit müssen wir aber auch tanzen. Kannst du tanzen?", fragte ich neckend, als wir ins Auto einstiegen.
„Nein", gab er zu.

„Super. Dann kann ich dich ja mit Tanzstunden quälen", sagte ich begeistert und klatschte aufgeregt in die Hände. Er schnallte erst mich und dann sich an.
„Auch wenn du bald mein Mann bist, bin ich trotzdem noch ziemlich selbstständig und kann mich selber anschnallen. Und dafür, dass du das bis vor ein paar Tagen gar nicht konntest, machst du es jetzt sehr gut!", sagte ich mit gespielter Wut.
„Ihr heiratet?", fragte Maxon und setzte sich auf den Beifahrersitz. Er musste den Rest unseres Gesprächs gehört haben.
„Ja", antwortete Levin stolz.
Der Fahrer fuhr los. Wir fuhren wieder zur Oper. Heute war unsere letzte Rede und morgen der letzte Tag vor der Auszählung der Stimmen. Den Tag über war ich drei mal mit Levin und Ally spazieren gegangen. Ich zeigte ihr meinen Verlobungsring und wir fantasierten zusammen über die Hochzeit, während Levin nur hin und wieder lachte oder schnaubte, wenn er einen Vorschlag komisch fand. Doch bei einem waren wir uns einig: Annemarie, Nelly und Annabell mussten auch dabei sein.
Der Verlobungsring hatte früher Levins Mutter gehört. Zuerst hatte ich gesagt, den könne ich nicht annehmen, doch dann sagte Levin, er solle nicht nur in einer Schublade verstauben. Er sagte, er hätte ihn für einen besonderen Menschen aufgehoben und er sei sich sicher, diesen besonderen Menschen mit mir gefunden zu haben. Der Ring war schlicht silbern mit einem eingerizten Unendlichkeitszeichen.
„Hast du deine Rede ordentlich vorbereitet?", fragte Maxon.

„Nein. Ich habe versucht irgendwas zusammenzuschreiben. Mir ist aber nichts Ordentliches eingefallen. Also verlass ich mich einfach darauf, dass mir wieder spontan etwas einfällt. Letztes Mal hat das schließlich auch ganz gut funktioniert“, gab ich zu. Ich hatte es wirklich versucht. Doch alles hatte doof geklungen.
Maxon antwortete: „Das wird schon. Schließlich wurdest du dafür geboren. Es liegt dir also sozusagen im Blut!“

Wie bei unserem letzten Besuch in der Oper, warteten wieder mehrere Kameramänner und Journalisten auf uns. Als Levin und ich ausstiegen, schauten sie sich alle zu uns um. Statt weiter nach Tom zu schreien, der sich ebenfalls auf dem Weg ins Innere befand und gerade mehrere Interviews zu geben schien, schrieen sie jetzt nach mir. Selbst der Journalist, der Tom gerade eine Frage gestellt hatte, ließ von ihm ab. Tom warf mir einen vernichtenden Blick zu, bevor er seine Frau in die Oper zog. Ich lächelte triumphierend.
„Beantwortet einfach ein paar Fragen, lasst euch fotografieren und kommt dann rein. Ich warte dort auf euch“, wies Maxon uns an.
„Ich auch?“, fragte Levin ungläubig.
„Als Freund, oder besser gesagt als Verlobter von Luna interessieren sie sich auch für dich“, antwortete Maxon. „Also bis gleich.“ Er ging über den roten Teppich in die Oper. Nur vereinzelte Journalisten drehten sich zu ihm. Die meisten Blicke ruhten auf Levin und mir.
„Dann mal los“, sagte ich und ging zu einem der vorderen Journalisten. Und auch Levin ging zu jemandem, der nach ihm schrie. Doch ich hörte nicht, was man ihn fragte,

denn mir wurde selbst von dem Glatzkopf vor mir eine Frage gestellt.
„Wie fühlen Sie sich vor ihrer letzten großen Rede, bevor es zur Auszählung kommt?“
„Noch bin ich ziemlich entspannt. Ich denke, die Aufregung kommt kurz vorher“, antwortete ich.
„Denken Sie, dass Sie gewinnen werden?“
„Ich weiß es nicht. Aber ich hoffe es natürlich sehr.“
„Ist ihr Freund Ihnen eine Hilfe bei ihrer Arbeit?“
„Ja.“
„Wobei hilft er Ihnen denn zum Beispiel?“
„Beim Überleben.“ Diese Antwort schien zu überraschen und ich nutzte die Pause, um zum nächsten Reporter zu gehen.
„Vielen Dank für das Interview, Frau Adams!“, rief der erste mir hinterher.
Eine Frau war meine nächste Auserwählte. Sie lächelte, doch ich glaubte nicht, dass es ein ehrliches, fröhliches Lächeln war.
„Was werden Sie dem Volk bei Ihrer Rede heute Abend sagen?“
„Das werden Sie dann sehen, denke ich“, antwortete ich ungeduldig. Sollte ich jetzt meine Rede vor ihr üben oder welche Antwort hatte sie sich mit dieser Frage erhofft?
„Sie wissen aber, dass egal, was sie sagen werden, Tom den Wahlkampf gewinnen wird?“ Einen Moment sah ich sie verdutzt an.
„Was war das gerade?“, fragte ich sie.
„Ich fragte, ob...“
„Ich habe ganz gut verstanden, was sie sagten. Ich dachte nur immer, Reporter sollen bei solchen Veranstaltungen neutral sein. Also eine Gegenfrage: Ihnen ist bewusst,

dass ich Sie dafür aus ihrem Job werfen könnte?" Wut brodelte in mir auf und ich ergänzte: „Wir haben das nämlich auf Video." Und deutete auf den Kameramann neben ihr. Sie sah mich böse an, doch ich erkannte auch die aufkommende Angst in ihren Augen. Damit ließ ich sie stehen. Mir war die Lust auf Interviews vergangen und an den anderen Reportern ging ich ohne ein Wort vorbei. Ich bemühte mich ausnahmsweise noch nicht mal um ein Lächeln. Und Levin kam mir hinterher.

An der Bar kam Tom auf mich zu. Wie immer das hässliche Grinsen in seinem Gesicht und seine Frau an seinem Arm hängend.
„Luna Adams. Da hast du mir tatsächlich die Show gestohlen. Nun ja, ausnahmsweise vergesse ich das einfach mal. Wir wollten dich eigentlich zu einem Ball morgen einladen. Es ist schließlich der letzte Abend vor dem entscheidenden Tag, nicht wahr? Sei also um 21 Uhr mit Maxon und deinem kleinen Freund bei mir", sagte er und ging ohne eine Antwort von mir zu erwarten weiter.
Ich wandte mich an Maxon: „Wir müssen da doch nicht hingehen, oder?"
„Ich befürchte schon. Wie ich Tom kenne, wird das eine große Feier. Da solltest du auf gar keinen Fall fehlen."
Er schenkte mir einen mitleidigen Blick und Levin nahm meine Hand. Ich sah erst wieder auf, als Toms Frau auf uns zukam.
„Tom hat vergessen, euch zu sagen, dass es ein Motto gibt: Tiere. Eure Kleidung sollte an ein bestimmtes Tier erinnern", sagte sie mit einer quiekenden Stimme, bevor sie wieder in der Menge verschwand. Ich hatte sie mir ganz anders vorgestellt.

„Rike schafft es niemals, mir noch ein Kostüm zu nähen. Und eure Zofen auch nicht“, sagte ich und hoffte innerlich, das sei eine gute Ausrede, um nicht hinzugehen.
„Ich gebe sofort Bescheid. Dann können sie gleich anfangen“, beruhigte Maxon mich, kramte sein Handy aus und tippte auf einige Tasten, bevor er zufrieden aufschaute.
„Das wird schon, Luna. Wir...“, doch Maxon wurde unterbrochen von dem Geschrei einiger Sicherheitskräfte.
„Alle verlassen bitte umgehend das Gebäude!“, schrien sie und sofort wurden wir drei von Wachen umringt. Laut ihren Uniformen gehörten sie zu uns. Ich hatte heute noch gar keinen von ihnen gesehen.
Sie umringten uns und führten uns auf dem schnellsten Weg nach draußen.
„Was ist los?“, fragte ich den Mann rechts neben mir.
„Eine Bombenwarnung, Frau Adams.“

SIEBENUNDDREISSIG

Levin

Diesmal konnte er den Grund für sein Aufwachen nicht ausmachen. Es dämmerte draußen. Ein Blick auf die Digitaluhr auf seinem Nachttisch verriet ihm, dass es 7 Uhr war. Er konnte Lunas Umrisse nur schwer erkennen. Sie lag zusammengerollt unter ihrer Decke. Seine Decke hatte sie mit den Armen umschlungen. Vielleicht war er aufgewacht, weil ihm ohne Decke kalt war?
Sobald Millie bemerkt hatte, dass er wach war, sprang sie auf das Bett und bedeckte ihn mit Hundeküssen. Er lachte.
„Hör auf Millie, sonst weckst du noch Luna“, flüsterte er lachend. Doch sie dachte gar nicht erst daran, aufzuhören. Also hob er sie hoch und ging mit ihr aus dem Zimmer. Schlafen könnte er jetzt sowieso nicht mehr. Er setzte Millie im Flur ab und fröhlich sprang sie herum. Sie war es nicht gewöhnt, dass sich jemand schon so früh mit ihr beschäftigte. Levin setzte sich währenddessen auf die oberste Stufe der Treppe. Morgen würden sie erfahren, ob Luna gewonnen hätte. Wenn nicht, würde sie dann zurück in den Wald wollen? Könnten sie dann noch heiraten?
Als sich nach gefühlten Stunden immer noch nichts regte und selbst Millie sich wieder zusammengerollt hatte, stand er auf und ging zu Ally.
Es war nicht anders zu erwarten, doch sie schlief. Ihre roten Haare auf dem weißen Kissen ausgebreitet. Er wollte sie nicht wecken. Also setzte er sich lediglich auf

einen Stuhl neben ihrem Bett. Ihr Zimmer war wie das von Luna eingerichtet. Nur war alles viel kleiner. Es gab kein Panoramafenster und keine Sessel vor dem Fenster. In dem Bett würde außer Ally kein zweiter schlafen können. Ein kleiner Kleiderschrank stand im Zimmer, was darauf schließen ließ, dass für sie kein eigenes Zimmer nur für ihre Kleidung vorgesehen war.
Millie kam in den Raum gerannt. Er hatte sich also doch nicht davonschleichen können. Sie sah ihn mit schief gelegtem Kopf an. Als er nicht reagierte und weiterhin Ally ansah, bellte sie laut.
„Psst“, fuhr er sie an. Doch sie hörte nicht auf, bis er sie aus dem Raum schob und die Tür hinter ihr schloss.
Als er sich wieder zu Ally umdrehte, hatte sie die Augen geöffnet und lächelte.
„Guten Morgen“, murmelte sie schlaftrunken.
„Es tut mir leid, ich wollte dich wirklich nicht wecken!“, entschuldigte er sich und setzte sich wieder auf den Stuhl.
„Nicht schlimm. Kannst du nicht schlafen?“
„Keine Ahnung.“
„Was ist los?“, fragte sie. „Ich merke doch, dass dich irgendwas beschäftigt!“
„Ich weiß nicht. Ich frage mich nur, wie es nach morgen weitergeht. Ich meine, wenn Luna gewinnt, was folgt dann als nächstes? Und wenn sie nicht gewinnt? Gehen wir dann zurück in den Wald? Werden wir dann trotzdem heiraten können?“
„Das weiß ich auch nicht. Aber manchmal ist wahrscheinlich das Beste, was du tun kannst, nicht zu denken, dich nicht zu wundern, dir nichts vorzustellen. Atme einfach und habe den Glauben, dass alles gut ausgehen wird. Vielleicht nicht, wie du es geplant hast,

aber so, wie es sein soll." Sie nahm seine Hand und drückte sie einmal.
„Hilfst du mir mal bitte, mich aufzusetzen?", fragte sie dann. Er nickte, fasste sie unter den Armen, zog sie hoch und sorgte dafür, dass sie sich anlehnen konnte, ohne dass ihr Bein weh tat.
„So gut?", fragte er.
„Ja. Aber jetzt erzähl. Wie war's gestern? Ich konnte die Live-Übertragung nicht sehen. Ich habe schon geschlafen", gab sie zu.
„Also weißt du es noch gar nicht?"
„Nein. Was denn?"
„Es gab keine Live-Übertragung. Wir befanden uns im Empfangssaal, als wir alle rausgeschickt wurden. Luna, sagte, sie hätte mit einem Wachmann geredet und er hätte gesagt, die Veranstaltung wurde wegen einer Bombenwarnung unterbrochen. Wir wurden nach Hause geschickt. Auf die Rede musste verzichtet werden."

Lunas Kleid war orange und hatte einen großen weißen Fleck. Der große Rock bestand aus orangem Tüll. Ihre Haare waren ordentlich hochgesteckt und sie trug zwei orangefarbene Ohren auf dem Kopf.
„Ein Fuchs also!", sagte Levin und schloss sie in die Arme. Sie lachte, als sie sein Outfit näher betrachtete.
„Ein Zebra?", fragte sie ungläubig.
Er musste zugeben, dass seine Zofe nicht ganz so kreativ gewesen war wie Lunas. Sie hatte ihm lediglich einen Anzug mit Zebraprint gegeben. Und dabei hatte sie ziemlich schlecht gelaunt „Das muss reichen" gebrummt. Was blieb ihm anderes übrig, als das zu akzeptieren?

Doch als sie nach unten gingen, stellte Levin erleichtert fest, dass seine Zofe nicht die einzige unkreative war. Maxon trug einen Anzug mit Tigerprint.
Sie einigten sich, dass Luna wohl das beste Kostüm von allen hatte.
„Also dann, mein Zebra und mein Tiger. Noch einmal schlafen und wir sind Tom los!“, rief Luna und ging voraus zur Tür. Levin lachte, Maxon schüttelte den Kopf und gemeinsam gingen sie dem Mädchen aus Levins Träumen hinterher.

„Schön, euch zu sehen“, begrüßte Tom sie scheinheilig. Wie Levin dieses Grinsen hasste. Er unterdrückte den Drang, ihm ins Gesicht zu schlagen für alles, was er bereits getan hatte. Glücklicherweise zog Luna ihn, bevor es dazu kommen konnte, weiter. Er fühlte sich wie im Zoo. Um ihn herum überall Menschen in Tierkostümen. Einige mit kreativen Kostümen, so wie Lunas, andere jedoch noch unkreativer als Levins Zebraanzug oder Maxons Tigeranzug. Ein Mann mittleren Alters trug zwei Katzenohren auf dem Kopf. Ansonsten hatte er nur einen schwarzen Anzug an.
Hätte Levin das vorher gewusst, hätte er einfach dasselbe gemacht und sich diesen etwas zu eng geratenen Anzug erspart.
Es war offensichtlich, dass Luna sich in dem Haus auskannte. Und als Levin sich wieder den Grund dafür ins Gedächtnis rief, schmerzte es ihn einen Moment in der Brust. Luna war früher bestimmt oft hier gewesen.
Sie zog ihn raus auf die Terrasse, auf der ganz am Rand eine Bank stand, zu der Luna anscheinend wollte. Doch es

saß bereits ein Mädchen darauf. Zu Levins Überraschung zog Luna ihn trotzdem weiter darauf zu.
„Alexa!“, rief sie, als sie nur noch einige Meter von der Bank entfernt waren und dann erkannte auch Levin sie wieder. Alexa saß auf der Bank, doch als sie die beiden erblickte, erhob sie sich. Sie schlang zuerst die Arme um Luna und dann um Levin. Dieser brauchte einen Moment, um zu reagieren. Am Ende legte auch er einen Arm um sie bevor sie ihn wieder frei ließ.
„Ich wusste, du würdest hierher kommen. Früher hast du oft auf der Bank gesessen. Besonders, wenn hier ein Fest war und du eifersüchtig warst, weil du der Meinung warst, Tom sei einem Mädchen zu nahe gekommen“, kicherte sie. Als ihr Blick auf Levin fiel, schwieg sie wieder.
„Tut mir leid. Das war etwas unpassend“, entschuldigte sie sich.
„Kein Problem“, antwortete Levin und zwinkerte ihr zu. Sie warf den Kopf lachend nach hinten.
„Setzen wir uns doch“, schlug Luna vor. Sie taten, was sie sagte. Er fragte sich, ob Luna auch mal seinetwegen eifersüchtig gewesen war. Ihm fiel keine Situation ein, in der er ihr einen Grund dafür gegeben hätte.
„Morgen ist also dein großer Tag“, begann Alexa. „Ab morgen bist du unsere Präsidentin“, quiekte sie fröhlich.
„Oder Tom wird es sein und macht uns das Leben zur Hölle“, gab Luna zu bedenken.
„Das wird er nicht. Was muss denn in einem Kopf vorgehen, um Tom zu wählen?! Wer will denn freiwillig mit 35 oder 55 Jahren sterben?“, fragte sie, erwartete jedoch keine Antwort darauf.

„Jemand, der sein Land, was rede ich da, den Kontinent auf dem er lebt, stärken will?“, schlug Tom vor. Niemand hatte bemerkt, dass er zu den dreien gekommen war.
„Luna, es freut mich, dass du kommen konntest. Ich wollte nämlich mit dir reden. Bevor einer von uns morgen verliert, sollten wir uns aussprechen. Zu viel Ungeklärtes ist in der Vergangenheit zwischen uns geschehen.“
„Ich glaube kaum, dass das so eine gute Idee ist“, gab Luna zurück.
„Luna, ich bitte dich. Gib mir zehn Minuten unter vier Augen“, bat er. Es schien ihm wirklich wichtig sein.
„Damit du mir sonst was antust? Alles, was du mir erzählen willst, kannst du auch vor den beiden sagen. Sie werden es sowieso erfahren.“
„Na gut. Dann nimm deinen tollen Freund mit. Aber sie bleibt hier“, sagte er und zeigte auf Alexa. Einen Moment zögerte Luna. Doch ihre Neugier siegte und sie willigte ein.
„Ich gebe dir zehn Minuten. Alexa, tut mir leid. Wir sind gleich wieder da. Warte hier auf mich.“
Dann stand Luna auf, Levin tat es ihr gleich und sie folgten Tom ins Innere des Hauses. Er führte sie in einen kleinen Raum, in dem ein Schreibtisch und ein paar Aktenschränke standen.
„Setzt euch“, bat er und deutete auf die zwei Stühle vor dem Schreibtisch. Er selbst ließ sich auf dem großen Bürostuhl nieder.
„Fangen wir vielleicht von vorne an. Das mit meiner jetzigen Frau ging schon länger. Als du uns an dem einen Abend im Bett erwischt hast, war es nicht das erste Mal. Ich hatte sie einige Monate vorher kennengelernt und mich verliebt.“

Luna schnaubte. „Als ob du irgendwen lieben könntest! Wie soll das gehen ohne Herz?“
Er überging ihren Kommentar, als hätte er ihn gar nicht gehört.
„Ich blieb bei dir und machte dir einen Heiratsantrag. Das alles war aber schon lange nicht mehr aus Liebe. Um ehrlich zu sein, sah meine Familie nur Vorteile, wenn ich mit dir zusammenbleiben würde. Schließlich würde ich der Mann der mächtigsten Frau werden. Oder zumindest der Schwester des mächtigsten Mannes. Damals wussten wir ja noch nicht, ob du oder dein Bruder den Posten deines Vaters übernehmen würden.“
An Lunas Gesichtsausdruck erkannte Levin, wie sehr Luna das weh tat, was er sagte. Auch wenn sie nichts mehr für ihn empfinden mochte.
„Als du dann weg warst, sprach nichts mehr dagegen, eine andere Frau zu heiraten. Aber jetzt bist du zurück. Ehen lassen sich auflösen. Ich meine, wir könnten den Wahlkampf abbrechen, die Stimmenzählung beginnt erst um Mitternacht. Ich würde Präsident werden und du würdest mich heiraten und hättest damit auch Einfluss“, sagte er. Luna sprang auf. Ihre nächsten Worte schrie sie: „Verdammt, was geht in deinem Kopf vor? Hast du jetzt langsam realisiert, dass ich vielleicht gewinnen könnte? Und jetzt willst du, dass ich aufgebe? Das kannst du dir abschminken. Ich bin bereits verlobt. Du kommst reichlich spät. Levin und ich werden jetzt gehen. Wir werden uns morgen sehen. Hoffentlich das letzte Mal!“
Dann rannte sie, so gut wie es mit ihren Schuhen ging, aus dem Raum und Levin ihr hinterher.
„Diesen Abschaum willst du heiraten?“, brüllte Tom. Dann knallte die Tür zu dem kleinen Büro zu.

„Hast du diese Nacht überhaupt geschlafen?“, fragte Rike und führte Luna ins Badezimmer.
„Nein“, gab sie zu. Dann wurde die Tür geschlossen. Levin rappelte sich auf, streckte sich und ging aus dem Zimmer. Wie hätte es anders sein sollen, wartete seine Zofe schon im Flur. Genau wie Millie.
„Gut, dass Sie wach sind. Wir müssen Sie fertig machen. Sie müssen schon in einer Stunde los. Die Bekanntgabe der Ergebnisse wurde heimlich etwas vorverlegt, um einen weiteren Bombenangriff zu verhindern. Das ganze Spektakel wird diesmal nicht live übertragen, sondern zur eigentlich angesetzten Zeit gesendet“, erklärte sie hastig und scheuchte ihn in das Badezimmer.
Wie immer lag ein Anzug für ihn bereit. Diesmal jedoch nicht mit einer Krawatte, die ihm seine Zofe immer binden musste, sondern einer Fliege.
„Machen Sie schnell!“, hetzte ihn seine Zofe durch die Tür hindurch.
„Ist ja gut!“, rief er zurück und schlüpfte in die Hose. Sie war schwarz. Danach das weiße Hemd und anschließend das schwarze Jackett und die Fliege.
Dann stürmte die Zofe in den Raum und begann sofort, ihm die Haare zu richten
„Das Auto ist bereits da! Wir haben uns mit der Zeit vollkommen verschätzt. Das Frühstück wird wohl ins Wasser fallen“, sagte sie. „Und jetzt gehen Sie runter. Man wartet bereits auf Sie!“ Dann schob sie ihn aus dem Raum, ohne ihm eine Chance zu geben, nochmal im Spiegel ihre Arbeit zu überprüfen.
„Aufgeregt?“, fragte Maxon die beiden. Diesmal gab es keine Journalisten vor der Oper. Ihnen wurde die

Tür aufgehalten und sie traten in die bereits gut gefüllte Eingangshalle.
„Und wie!“, gab Luna zu. Levin nickte zustimmend.
„Es gibt keinen Grund zur Aufregung. Ich glaube nicht, dass du dir Sorgen machen musst. Es würde mich wundern, wenn überhaupt jemand Tom gewählt hat“, versicherte Levin Luna. Und dann führte Maxon sie direkt weiter in den Opernsaal. Diesmal war wohl keine Zeit für kleine Unterhaltungen.
„Luna, du musst auf die Bühne. Eine Frau, die beim Stimmenzählen geholfen hat, verkündet das Ergebnis. Der Gewinner hält eine Rede. Der Verlierer tritt in den Hintergrund der Bühne. Levin und ich werden in der ersten Reihe sitzen“, erklärte Maxon hastig, während er die beiden durch das Treppenhaus jagte.
„Ich wünschte, wir hätten mehr Zeit gehabt, um alles zu besprechen, aber das lässt sich jetzt auch nicht mehr ändern.“
Sie traten in den großen Saal, den Luna mindestens genauso beeindruckend fand wie beim letzten Mal.
Tom stand bereits neben der Treppe, die auf die Bühne führte. Fast alle Sitze waren bereits belegt. Maxon schaute auf die Uhr.
„Noch fünf Minuten. Stell dich schon mal neben Tom. Levin und ich müssen uns hinsetzen. Viel Glück!“
Levin sah Luna an, dass ihr alles viel zu schnell ging. Bevor er Maxon zu seinem Platz folgte, zog er sie zu sich heran und drückte seine Lippen auf ihre. Dankbar erwiderte sie den Kuss.
„Ich glaub an dich, Mondkind“, flüsterte er, als er sich von ihr gelöst hatte. Dann ging er auf seinen Platz zu, setzte sich neben Maxon und beobachte, wie Luna sich

mit viel Abstand neben Tom setzte. Die beiden wechselten kein einziges Wort miteinander. Es war unvorstellbar, dass sie sich mal geliebt hatten. Es kamen immer mehr Menschen in den Saal. Einige kannte er noch von den anderen Veranstaltungen. Diesmal stand nur eine einzelne Kamera vor der Bühne.

Eine Frau kam zwischen den Vorhängen hindurch. Sie war etwas rundlicher und ihr Gesicht wurde umspielt von schwarzen Locken. Ihre Nase trug ein alt aussehendes Brillengestell.

Allmählich verstummten alle Gespräche und jeder schaute gespannt auf die Bühne. Die Frau bedeutete Luna und Tom, jetzt zu ihr zu kommen. Sie gehorchten. Tom stellte sich rechts neben die Frau, Luna links. Dann erhob sie die Stimme: „Es ist mir eine Ehre, Ihnen heute das Ergebnis der Wahl zu präsentieren“, fing die Frau an. „Dieses Ergebnis wird unser aller Zukunft bestimmen. Also hoffen wir, die Bürger haben den oder die Richtige gewählt. Ich möchte niemanden zu lange auf die Folter spannen. Wir gratulieren also hiermit unserer neuen Präsidentin zu ihrer neuen Zukunft!“

ACHTUNDDREISSIG

Luna

Die Musik veränderte sich. Alexa lächelte mir noch einmal zu, bevor sie durch die große Tür der Kirche lief. Bevor Luna einen Blick in das Innere werfen konnte, waren die Türen auch schonwieder geschlossen.
„Gleich ist es soweit. Bist du bereit?“, fragte Maxon. Ich hatte ihn gebeten, mich zum Altar zu führen. Es hatte ihn völlig überrascht, doch er hatte zugestimmt.
Also stand ich jetzt hier. Sechs Monate, nachdem ich zurückgekehrt und Präsidentin geworden war. In einem weißen Kleid, das einen so großen Rock aus Tüll hatte, dass es mich überraschte, überhaupt darin laufen zu können.
„So was von bereit!“
Die Musik wechselte ein weiteres Mal und die Türen wurden wieder geöffnet. Einmal noch atmete ich tief ein, bevor ich, untergehakt bei Maxon, den Weg zum Altar antrat. Den Weg zu der Liebe meines Lebens.
Ich blickte auf den Boden. Ich wollte gar nicht wissen, wie viele Menschen uns zuschauten, wenn wir uns das Ja-Wort geben würden. Die wichtigsten Personen waren anwesend: Ally, Nelly, Annemarie und Annabell. Sie saßen in der ersten Reihe. Alle anderen waren mir in diesem Moment egal.
Als ich den Kirchsaal betrat, hörte ich Aufatmen, Schluchzen, Kommentare zu meinem Kleid, Kommentare zu meiner Frisur und Kommentare, wie toll Levin und ich doch zusammenpassten.
Das hier war die erste Hochzeit, bei der ich dabei war. Und als ich die Mitte des Ganges erreicht hatte, beschloss

ich, sobald das alles hier vorbei war, würde ich jedem Bürger wieder erlauben, zu heiraten.
Ich hob das erste Mal meinen Blick. Dort stand er. In weißem Anzug, seine Haare ordentlich gekämmt. Eine Träne rollte über meine Wange. Levin strahlte. Ich war mir jedoch sicher, ich strahlte noch mehr.
Und plötzlich waren wir schon vorne angekommen. Maxon legte meine Hand in die von Levin. Eine weitere Träne rollte über mein Gesicht auf mein Kleid hinunter. Levin wischte sie lächelnd weg, bevor er auch meine zweite Hand in seine schloss und sie auf seine Brust legte.
„Spürst du, wie schnell mein Herz schlägt?“, flüsterte er. Nur hörbar für mich und die Frau, die uns trauen würde.
Es gab Momente im Leben, in denen die Welt einen Augenblick stehen zu bleiben schien. Und dieser war einer davon.
Dass die Frau anfing zu reden, bemerkte ich nur am Rand. Erst als sie ihr Wort an Levin richtete, wachte ich aus diesem unbeschreiblichen Zustand auf.
„Dann antworten Sie jetzt mit *Ja*“, sagte sie.
„Ja“, antwortete er mit fester Stimme. Und jetzt sah ich auch in seinen Augen eine winzige Träne.
Er nahm meine Hand und steckte den Ring an meinen Finger. Dann hob er sie zu seinem Mund und küsste meinen Handrücken.
„Ich liebe dich“, hauchte er.
„Dann antworten sie jetzt mit *Ja*.“ Wieder hatte ich gar nicht mitbekommen, dass es weitergegangen war.
Ich sah Levin fest in die Augen.

Ja!
Ja zu dir!

Ja zu den anderen!
Ja zu dem, wie es ist!
Ja zu dem, wie es nicht ist!
Ja zu dem, was du hast!
Ja zu dem, was du nicht hast!
Ja zu dem, wie du bist!
Ja zu dem, wie du nicht bist!
Ja zu gestern!
Ja zu morgen!
Ja zu diesem Tag!
Ja zu diesem Augenblick!

„Ja!" Wie in Trance steckte ich ihm seinen Ring an.
„Dann dürfen Sie die Braut jetzt küssen!"
Und das ließ sich Levin nicht zweimal sagen. Er umfasste mein Gesicht und drückte seine Lippen auf meine. Und das war wahrscheinlich einer der schönsten Küsse, die ich je hatte. Ich vergaß die Zeit. Einen Moment sogar, wo wir waren. Ich dachte an jeden einzelnen Augenblick mit Levin zurück. Und als sei der Moment noch nicht perfekt genug, spürte ich das erste Mal wie sie oder er, wer wusste das schon, mich trat. Ich legte meine Hände auf meinen Bauch. Levin sah mich fragend an. Ich legte auch seine Hand auf meinen Bauch.
„Es hat mich getreten", verkündete ich. Ich wusste nicht, dass es gehen würde, aber sein Lächeln breitete sich noch ein wenig mehr auf seinem Gesicht aus und er sagte: „Ich schulde meinen Träumen noch ein Leben, du auch?"

EPILOG

2059: Die ersten Menschen kehren wieder nach Australien zurück.
2066 ist auch Asien wieder bewohnbar. Zehn Jahre später Afrika. Auf jedem Kontinent beginnt der Wiederaufbau. Allen ist es wieder erlaubt, zu heiraten und Kinder zu bekommen. Die ersten Kinder gehen wieder in die Schule. Menschen werden ausgebildet, um bei der Arbeit, die auf jeden Einzelnen zukommt, zu helfen.
Bevor Tom geschnappt werden kann, nimmt er sich das Leben. Ally und Annemarie kehren in den Wald zurück und schließen sich einer neuen Gruppe an. Nelly zieht Annabell in der Stadt auf. In einem Haus mit Alexa.
Luna und Levin bekommen eine gesunde Tochter. Später wird sie in Lunas Fußstapfen treten.
Den Menschen geht es wieder besser. Sie verehren Luna und Levin. Die Hoffnung flammt wieder in jedem Einzelnen von ihnen auf.

Solange Sterne noch Licht haben, gibt es noch Hoffnung.

Matabooks verlegt vegane Bücher aus Graspapier

Matabooks ist das erste Medienunternehmen, welches vollkommen vegane Bücher aus Graspapier herstellt. Das Wort „vegan“ mag in diesem Zusammenhang verwirrend erscheinen, da es sonst hauptsächlich für eine auf Pflanzen basierte Ernährungsweise ohne tierische Produkte steht. Doch genau so wie viele Lebensmittel, Bekleidungstextilien und Kosmetikartikel enthalten auch herkömmliche Bücher oft versteckte tierische Bestandteile. Um zu verstehen, wie Bücher ‚veganisiert‘ werden können, ergibt sich zuerst folgende Frage : „Wie kommen eigentlich tierische Bestandteile in Bücher?“. Die Antwort gliedert sich in drei Teile:

1) Bei dem Binden von Büchern wird u. a. sog. Knochenleim (Glutinleim) verwendet. Dieser Klebstoff besteht aus tierischen Bestandteilen, welche durch Auskochen von Knochen, Häuten und Leder entstehen.

2) Druckfarben im Offsetdruck bestehen aus Pigmenten, Harzen, Mineralölen und Additiven. Zur Herstellung von Pigmenten werden u. a. organische Farbstoffe verwendet. Diese bestehen teilweise aus dem Farbstoff Karmin (E120), welcher aus Läusen hergestellt wird.

3) Als Ausgangsmaterial für Bucheinbandmaterialien aus Leder dienen überwiegend Tierhäute. Die Bücher von Matabooks sind frei von tierischen Bestandteilen in den Druckfarben, dem Buchbinderleim und den Bucheinbänden.

Des Weiteren verwenden wir Graspapier statt Papier aus Holzzellstoff, denn die Herstellung von Holzzellstoff ist leider nicht sehr nachhaltig und birgt viele ökologische wie auch ökonomische Nachteile, zum Beispiel dadurch, dass:

» das Holz im Schnitt 4.000 km unterwegs ist, bis es in der Papierfabrik ankommt. Dies verursacht einen hohen CO2-Ausstoß.
» zur Herstellung einer Tonne Holzzellstoff mehr Energie verbraucht wird als zur Herstellung von einer Tonne Stahl.
» bei der Holzzellstoffherstellung Chemie benötigt wird.
» für die Herstellung von einer Tonne Holzzellstoff über 5.000 Liter Wasser verbraucht werden.

Im Gegensatz zu Holzzellstoffpapier besitzt Graspapier eine gute Ökobilanz:

» Es wird keine Chemie bei der Herstellung eingesetzt.
» Die Einsparung an CO2 beträgt 75%.
» Die Herstellung von Graszellstoff erfordert gegenüber Zellstoff einen geringeren Energieeinsatz, wodurch bei der Produktion 80% der Energie eingespart werden können.
» Das Gras in der näheren Umgebung der Papierfabrik geerntet wird – der Transportweg liegt im Schnitt nur bei 100 km.

Derzeit gibt es keine Bücher aus Graspapier, somit sind unsere Bücher eine innovative Weltneuheit. Der Unternehmensname Matabooks leitet sich von dem Wort „Mutter" in der indischen Ursprache Sanskrit ab und ist Ausdruck für einen respektvollen Umgang mit Mutter Natur.

Die Autorin über sich:

Ich bin Sophie, 16 Jahre alt und gehe aktuell noch in die Schule. Schon seit ich klein war, habe ich gerne gelesen und im Unterricht hat es mir immer am meisten Spaß gemacht, Geschichten zu schreiben. In der 8. Klasse habe ich dann zum ersten Mal ein ganzes Buch geschrieben, und zwar im Rahmen eines Schulprojektes. Diese Geschichte habe ich später noch einmal umgeschrieben und sie wurde zu „Das Flüstern der Rebellion". Jetzt bin ich froh, dass ich diese Geschichte auch endlich mit anderen teilen kann. Genauso viel Freude macht es mir, dass meine Leser hiermit das erste vegane Buch aus Graspapier in den Händen halten. Ein Stück weit passt diese neue Art Buch ja auch zu meiner Geschichte, da das Graspapier in der Buchbranche auch eine Art Rebellion darstellt. Ich hoffe, dass die Bücher aus Graspapier ein Erfolg sein werden und später auch meine aktuellen Buchprojekte bei matabooks erscheinen können.